SONIA RODRIGUES

2010

SONIA RODRIGUES

A rainha que atravessou o tempo

Lançado antes como O robe do dragão.

© 1997 by Sonia Rodrigues
© desta edição, 2010 by Editora Nova Fronteira Participações S.A.

Direitos de edição da obra em língua portuguesa no Brasil adquiridos pela EDITORA NOVA FRONTEIRA PARTICIPAÇÕES S.A. Todos os direitos reservados. Nenhuma parte desta obra pode ser apropriada e estocada em sistema de banco de dados ou processo similar, em qualquer forma ou meio, seja eletrônico, de fotocópia, gravação etc., sem a permissão do detentor do copirraite.

EDITORA NOVA FRONTEIRA PARTICIPAÇÕES S.A.
Rua Nova Jerusalém, 345 – Bonsucesso – 21042-235
Rio de Janeiro – RJ – Brasil
Tel.: (21) 3882-8200 – Fax: (21) 3882-8212/8313

Texto revisto pelo novo Acordo Ortográfico.

CIP-Brasil. Catalogação na fonte.
Sindicato Nacional dos Escritores de Livros, RJ.

R611r
2ª ed.

Rodrigues, Sonia
  A rainha que atravessou o tempo / Sonia Rodrigues. - Rio de Janeiro : Nova Fronteira, 2010.

  Publicado anteriormente como O robe do dragão

  ISBN 978-85-209-2463-1

  1. Romance brasileiro. I. Título.

CDD: 869.93
CDU: 821.134.3(81)-3

Passeio minha morte nesses campos que não Elísios. Nêmesis, alimenta a minha dor e não permita que minha memória se apague para que eu possa lavar, a cada momento de minha estadia aqui, todas as esperanças, as dores, a paixão vivida e a ferida do abandono. Lavar as lembranças com minhas lágrimas e não com as águas do Lete, porque eu não quero o dever do esquecimento. Quero a vingança da memória.

Tivesse eu permanecido fiel à alma daquele que me amou primeiro, aquele que realmente me queria! Digo e me recrimino por ser difícil, mesmo depois da morte, conhecer o coração dos homens, sendo eles como são, criados para outras lutas que não as amorosas e estimulados desde que nascem a confundir os seus desejos com divinos desígnios.

Passeio sobre minha morte. Vendo o que não vi em vida. Vejo o futuro do amado que não me foi imposto por alianças políticas, nem como quis o poeta, por desígnios divinos. Foi o escolhido de minha carne e de minha alma e o perdi por sua opção de se submeter ao destino. Eu não agirei como os gregos, acreditando que a morte é seguida pelo esquecimento. Se as águas do Lete apagassem a memória terrestre, eu não teria reconhecido Eneias quando por mim passou no Vale das Lágrimas. E quando minha punição aqui terminar e me for dado voltar à terra, não importa em que corpo, não importam as vezes, conservarei minha memória, e Mnemósina será minha guia e minha vingadora.

I

A auxiliar de enfermagem aguardava, em pé, que o médico começasse a interrogá-la. A auxiliar era antiga na casa. O médico, novato. Ela já vira todo tipo de loucura, de malucos, de médicos, enfermeiros, chefes e acreditava que tudo se resolvia quando as coisas não eram levadas à ponta de faca. Faca. A paciente gostava de facas. "Valeria a pena mencionar esse detalhe?" Só se o médico estivesse muito interessado, resolveu. E dependendo de qual fosse o interesse dele. Mais um dos caminhos que sua esperteza escolhia. Quase tudo se resolve sem desespero. Algumas coisas não se resolvem a "toque de caixa", por mais que se corra atrás. Ela não conhecia direito o médico, não sabia por que ele estava preocupado com Elissa. Nem mesmo sabia se adiantava alguém se preocupar com ela. Suspeitava, era só uma suspeita, ser aquele um dos casos sem solução.

"A mania que as pessoas têm de desejarem resolver tudo, explicar cada atitude dos pacientes, curá-los."

— Mandei chamá-la, enfermeira, para que a senhora me ajude a entender a situação dessa interna, Elissa.

— Ex-interna, o senhor quer dizer...

Fizera uma besteira, recriminou-se na hora. Não se deve corrigir os superiores. O cansaço faz essas coisas. Horas e horas em pé, cuidando de malucos, aturando os que acham que não são loucos, os piores, e agora cometia o erro grave: refazer a palavra de um doutor.

— Ex-interna. A senhora tem razão. Ex-interna, por enquanto. Sente-se, por favor, enfermeira.

Ele queria se mostrar simpático. "Muito bonzinho ou muito esperto. Bonzinho, em pouco tempo os outros o engolirão. Esperto, vai fazer, de quem se prestar ao papel, escada. Não de mim. Sentar, sentava, mas não ia ajudá-lo a encontrar a pobre coitada."

O hospital inteiro sabia que o médico fora convidado pelo diretor para assessorá-lo, para tentar modernizar os métodos usados ali. Talvez encontrar Elissa fosse, para ele, um desafio profissional.

— A senhora achava o que de Elissa, enfermeira? Qual a característica dela que mais lhe chamava a atenção?

— Era uma mulher estranha, doutor. Isto me impressionava.

— Estranha como? Na maneira de vestir, de falar, nos delírios?

— No jeito de ser obedecida.

— Ah, ela mandava nos outros pacientes? Nas enfermeiras?

— Não, doutor. Nós obedecíamos a ela. É diferente, não é?

"Nada boba esta enfermeira. Não quer colaborar por algum motivo. Todo o cuidado é pouco nesta entrevista. Tenho de encontrá-la. Preciso conquistar a enfermeira como aliada. Adversária, ela vai se tornar um obstáculo. Suspeito que intransponível."

— É verdade. A senhora tem razão. Algumas pessoas são líderes naturais. O que me interessa descobrir é como Elissa exercia a liderança. O que ela conseguia das pessoas, de que maneira ela conseguia, o que dava em troca.

— O senhor me desculpe, doutor. Mas de que adianta descobrir essas coisas agora?

— Enfermeira, a senhora é uma profissional experiente, está aqui há muito mais tempo do que eu. A senhora sabe que esses dados ajudam a conhecer o paciente. Ajudam a descobrir a etiologia da doença.

— Mas ela não é mais nossa paciente, doutor.

— Podemos, a partir dessas informações, encontrá-la.

"Pronto. Ele quer a pista, quer farejar o caminho por onde ela fugiu. Descobrir quem ajudou, para onde ela foi. Trazê-la de volta."

— Vamos lá, enfermeira! Tente me explicar como Elissa agia. Como liderava. Ela organizava as atitudes dos outros pacientes, reivindicava atenção especial das enfermeiras?

— De jeito nenhum, doutor! Não era esse tipo de coisa que ela fazia. Era uma vontade que as pessoas tinham de cuidar dela, de perguntar se precisava de alguma coisa...

— A senhora acha que Elissa parecia uma pessoa frágil, necessitada de proteção especial, pouco resistente?

— O senhor me desculpe, mas eu tenho que rir! Ela não era frágil, nem desprotegida. Se fosse, teria sido maltratada imediatamente pelas pacientes mais fortes, as mais violentas. Ela inspirava... vontade de servir. Vontade de cuidar, para que ela estivesse bem.

"Parecia com uma ex-patroa minha. O mesmo jeitinho tranquilo. De quem sabe que os outros vão cumprir com sua obrigação de fazer o serviço dela direito porque foi para isso que ela nasceu. Não era arrogância. Certeza, apenas. Conheci uma mãe de santo que era a mesma coisa. Todos queriam fazer o melhor para ela. Mostrar que podiam dar tudo de si."

— Tudo bem. Elissa despertava nas pessoas o desejo de servi-la. Não era maltratada, era querida até, pelo que a senhora diz. Eu fui informado, está escrito no prontuário dela, que ela só lembrava do primeiro nome. Elissa. As assistentes sociais levaram fotografias a outros hospitais, procuraram a polícia, divulgaram na imprensa e não descobriram a origem da paciente.

"Para que ele está repetindo isso? O hospital inteiro sabe que as madames do Serviço Social não se conformavam com o fracasso da investigação. Chamavam Elissa de E.T. Diziam que viera de um mundo desconhecido. Como as pessoas são bobas! O que elas não conhecem não existe!"

— Os médicos conversaram bastante com ela, doutor. Teve um até que sentou numa cadeira na enfermaria, observando Elissa dormir. Para ver se ela sonhava em voz alta.

— Só que ninguém descobriu nada, enfermeira. Será que ela não fez alguma confidência para outro paciente, para alguma enfermeira, para a senhora?

— Doutor, eu posso estar enganada, mas quem manda não faz confidências. Não fica chorando as mágoas. Se agir assim, passa a ser mandado.

— Engraçado, a senhora fala como se Elissa não fosse uma pessoa com problemas sérios.

— Mas todo mundo tem problemas sérios, não tem?

— A senhora é uma mulher inteligente, enfermeira. Está esquecendo, apenas, que Elissa não tem memória, parentes, amigos. Ninguém procurou por ela.

"Ele não deve me achar tão inteligente assim. Achando, não tentaria me convencer de que uma pessoa é doente porque não tem parentes ou amigos. O hospital está cheio de gente que os parentes e os amigos ajudaram a colocar aqui. A falta de memória, eu não sei. Às vezes, esquecer é um grande negócio!"

"Ela não vai colaborar. Não confia em mim. Acho que em nenhum médico. Deve ser um problema de classe. Nós somos os brancos, doutores, ela acha que ricos. Estamos do outro lado."

— O senhor tem toda a razão, doutor. Elissa não lembrava onde morava, o que fazia, para onde estava indo quando foi encontrada.

— Sem sinais de violência, vestida de maneira simples, encontrada à beira do rio. Trazia dentro da blusa um saco plástico, do qual nunca se separava, nem para tomar banho. Isto não lhe chamou a atenção, enfermeira?

— Não, doutor. O que me chamou a atenção foi um colega seu arrancar um objeto de uma paciente, sem o consentimento dela.

— A senhora está certa. Ele não devia ter feito isso. Foi repreendido por sua atitude e a justificou com o argumento de que o Serviço Social não conseguia identificar a paciente, o embrulho poderia ter dados importantes. Foi para ajudá-la, ele disse.

— E, ajudando-a, ele tomou o embrulho, provocou a única crise violenta que Elissa teve aqui e depois a sua fuga.

— A senhora assistiu à crise?

— Não foi no meu plantão, doutor.

— A senhora não sentiu curiosidade de saber o que havia dentro do embrulho? Nunca?

"Não. Como também não sentia curiosidade de mexer nas gavetas da minha ex-patroa, aquela. Nem de descobrir o que minha mãe de santo conversava quando recebia uma visita importante. Existem pessoas que a gente respeita. Com ou sem memória. Malucas ou não. Será que algum dia você vai aprender a reconhecer uma pessoa assim?"

— Se a paciente quisesse mostrar o embrulho, ela mostraria. Eu não costumo forçar intimidade, doutor.

— A senhora daria uma excelente psicóloga.

— Gentileza sua.

"É claro que ela não aprova o que o idiota fez. Ninguém aprova. Mas não podemos puni-lo por sua burrice. Nem afirmar que houve má intenção. Ainda bem que o embrulho foi tomado dele e não foi entregue ao Serviço Social. É a única coisa que pode me levar a Elissa. Se essa enfermeira me ajudar a decifrá-lo."

— Eu gostaria que a senhora me fizesse um favor, enfermeira. O diretor do hospital me entregou o embrulho e me pediu que avaliasse o seu conteúdo. A senhora sabe o que ela guardava com tanto cuidado?

— Não faço a menor ideia.

— Papéis, enfermeira. Manuscritos. Eu gostaria que a senhora lesse o que Elissa escreveu.

— Eu não gosto de ler, doutor. Além do mais, se Elissa quisesse que eu lesse esses papéis, ela mesma teria me mostrado.

— Mas ela não está aqui, enfermeira. E eu preciso da sua opinião.

— Por que da minha opinião, doutor? O senhor pode reunir a equipe médica e pedir um parecer. Pode pedir à chefia da enfermagem.

— Porque a senhora penteava os cabelos dela, enfermeira. A senhora ria com ela. A senhora cuidava muito de Elissa. Outras pacientes me contaram. Suas colegas me contaram, também.

"Ciúmes. Inevitável que isso acontecesse. Mesmo todos gostando de mim. Dependendo da minha aprovação ou do meu apoio. É uma oportunidade boa demais para ser desperdiçada. Podem denunciar que eu estive mais próxima da fugitiva, sem correrem o risco de serem acusados de uma maldade."

— Eu sei cumprir ordens, doutor. Se o senhor faz questão, eu leio. Sem pressa porque sou uma mulher bastante ocupada.

— Sei disso, enfermeira. Leve o tempo que for preciso. Agora, lembre-se de que quanto mais rápido nós entendermos o que está escrito, mais cedo encontraremos Elissa.

"Para que ele precisa encontrar Elissa? O que move esse homem? Talvez valha a pena ler o que está escrito. Talvez eu possa entender o que aconteceu."

— Eu te procuro quando terminar, doutor.

— Eu aguardo, enfermeira.

"Parece que não é apenas Elissa que obriga as pessoas a jogarem dentro das suas regras. Essa enfermeira também sabe ser obediente. Não prometeu, não revelou. Nenhuma informação. Nenhum dado novo. Eu só conseguirei seguir adiante se elas não impedirem."

Tentara conversar com o colega que, num rompante de autoritarismo, tomara os papéis da interna. Sabia que era inútil, porque quem faz uma besteira dessas não seria capaz de lhe ajudar. Nem estaria preocupado com isso. Inútil também pela raiva que lhe comia por dentro o tempo todo, desde que soubera da atitude do outro. Um misto de irritação profissional e vontade de proteger quem não sabe se defender sozinho.

A capacidade de incoerência das pessoas sempre o surpreendia. Para que um sujeito desses se dava ao trabalho de arranjar emprego num hospital público, psiquiátrico ainda por cima? Não era para aliviar a dor, para estudar, nem mesmo para ganhar dinheiro. Suspeitava que fosse para olhar o sofrimento alheio. Não. Era romântica demais aquela hipótese. O sujeito devia ser apenas um medíocre inofensivo, dos que colecionam empregos sob o argumento de que faltam apenas 22 anos para se aposentar.

O outro o recebeu afável, como se não soubesse que o diretor o encarregara de verificar o desaparecimento de Elissa. Sua primeira observação foi a respeito da estranheza do nome. "Deve ser erro de grafia na certidão de nascimento. Por falar nisso, você chegou a examinar a certidão de nascimento dela?" A pergunta, evidentemente, não merecia ser respondida, mas ele se considerava dono de autocontrole suficiente para não demonstrar irritação ao primeiro idiota que lhe passasse pela frente. Os dois sabiam que Elissa chegara sem documento nenhum, em pânico, quase muda de tão silenciosa. O que os médicos e enfermeiras sabiam era o pouco que ela conseguira informar. Elissa. Era quase um delírio a repetição do nome. Talvez esse nem fosse o dela.

Durante a conversa, ele começou a duvidar se o colega seria apenas inofensivo. De alguma maneira, parecia contente com o desaparecimento da interna, da provável Elissa. Como se ela não estar mais ali fosse um alívio, apesar dele não entender em que a ausência de uma paciente que não falava quase nada, que se sentava nas reuniões dos grupos de trabalho e ficava apenas olhando, ouvindo o que os outros diziam, recusando-se a dar opinião, poderia afetar um psiquiatra da equipe.

Agradeceu o mais educadamente que pôde a valiosa colaboração do colega, que a rigor não fora nenhuma. Ao sair, não resistiu:

— Por que mesmo você tomou os papéis da moça?

O outro pareceu embaraçado, ele começava a se arrepender da pergunta e das desconfianças:

— Sei lá, de repente me ocorreu que podiam ser perigosos. Quem sabe os papéis traziam a confissão de um crime? Foi uma besteira, é claro. O diretor reclamou um bocado, você sabe como é o velho.

A resposta era vazia, digna de um inútil ocupando o lugar errado, mas o olhar era de satisfação maldosa. Isso o deixou chocado. Vira aquele olhar antes em pacientes capazes de retalhar um colega de enfermaria com a simplicidade com que comiam um pastel de queijo, num homem preso por estupro de uma criança num assaltante que obrigou um motorista parado no sinal, à sua frente, a saltar do carro e, antes de arrancar com o carro do outro, se deu ao trabalho de atirar nas costas do infeliz assaltado.

Existia sempre a possibilidade dele estar fantasiando aquele caso, mas alguma coisa na história o preocupava mais do que gostaria de admitir. Seria bom se pudesse discutir o caso, a sério, com alguém que se interessasse de verdade e em quem ele pudesse confiar. Talvez Nadir, a enfermeira. Se ela resolvesse colaborar.

II

PASSEIO MINHA MORTE no reino de Dite e Prosérpina, em cujo vestíbulo se agrupam o Luto e os Remorsos vingadores. Todos os sentimentos, as dores, as ilusões que dilaceram os vivos estão presentes nesta morada. A pálida Doença nas formas mais disfarçadas e mais assombrosas. A triste Velhice, o Temor, a Fome, má conselheira. A Pobreza, na qual eu não me detivera em vida, é terrível de se ver. Assustadores a Morte, o Sofrimento, as Alegrias perversas do espírito. Essas últimas são coloridas, num tom forte que mãos humanas não conseguiriam colocar num tecido. Suas cores cegam, como se berrassem um prazer tenebroso. Tenebroso é o espaço em frente, onde habita a Guerra mortífera, acompanhada de mutilados e daqueles que se decompõem nos campos de batalha com seus odores pestilentos. A Discórdia insensata, com sua cabeleira de víboras atada com fitas sangrentas, trouxe à memória meu irmão. Era ela que inspirava Pigmalião quando assassinou seu cunhado e tio e quando planejou assassinar a mim, sua irmã? Esse monstro habitava a alma daquele que cresceu ao meu lado, filhos, os dois, do mesmo pai. Os tálamos das Erínias que vingam o sangue materno. Quem vingará a dor da mulher que não deixou descendência? A memória. A ela me agarro, enquanto me espanto de nunca ter percebido que esses deuses, assustadores de se ver em suas formas espectrais, fizeram companhia a mim e aos que me rodeavam durante a existência na terra.

Os espectros precedem a árvore sagrada, os sonhos vãos nela pendurados como morcegos, e os fantasmas dos monstros e animais selvagens derrotados um dia pelos heróis. Eneias os teve em sua companhia, esses mesmos deuses que agora me aterrorizam, durante os dez anos do cerco grego a Troia e durante a sua viagem em busca do novo lar para os Penates, o novo lar que previu Cassandra. Assim, ele contou a mim e ao meu povo reunido, quando o recebi como hóspede, antes de tomá-lo como amante, em Cartago. Sua ligação com a Guerra e a Morte foi constante e atingirá, no futuro, toda sua descendência. Eu sei. Não adivinham apenas os mortos ancestrais que ele cultua, que lhe aparecem em sonhos e que, segundo o poeta, lhe servem de oráculo no reino de Dite. Eu também adivinho depois que me perdi na vida. Ele espalhará mortos por seu caminho de piedosas tarefas. Começou por mim que o amei um dia. Assim fará também sua descendência, que destruirá Cartago, não sem antes se consumir por cem anos na guerra.

Este é o limiar. A antessala do reino dos mortos. Logo adiante, encontram-se o rio pelo qual passam os mortos e Caronte, o barqueiro, velho, sujo e implacável. Só atravessam para as outras m argens aqueles que foram sepultados. Os outros vagueiam um século, e Caronte não abre exceções, por maior que seja o desespero de velhos ou jovens, crianças ou heróis.

Ser aceito na barca de Caronte não garante que a paz seja alcançada porque a Assembleia dos Silenciosos não permite que alguns ultrapassem o pântano odioso e os campos das Lágrimas. Os Silenciosos são especialmente severos com os que desistiram da vida, como eu.

O passeio sobre minha morte, a ferida aberta pela espada dardânia deixada sobre meu leito ainda sangra, como sangram sempre os ferimentos eidolons, como se ficassem congeladas as imagens do momento em que deixaram a vida.

— Recebei esta vida e libertai-me destes cuidados. Vivi e terminei a missão que a Fortuna me tinha dado e agora a minha sombra irá para debaixo da terra. Fundei ilustre cidade; vi as minhas muralhas; vinguei meu esposo; castiguei um irmão inimigo. Feliz teria sido se nunca os navios troianos tivessem tocado os litorais de minha terra. Morro sem vingança, mas morro. Agrada-me ir para junto das sombras. O cruel dardânio, do alto-mar, acolhe com os olhos a chama dessa fogueira que ele pensa que mandei erguer para servir de guia à sua frota, mas essas chamas serão meu túmulo e, para ele, maldição. — Assim falei em vida, assim desejei vir para o reino das sombras.

Esta pensei ser a revanche. Creditava às lendas a impossibilidade de abraçar Siqueu, meu esposo assassinado. Sombras com as marcas da vida. De que me vale amar sombras? Partilhar o amor assim é tudo o que me resta. Além da vingança.

Por que me detenho nessa geografia infernal? Sei que o lugar em que estou ainda não é o máximo do sofrimento. Ainda existe o caminho que conduz ao Tártaro ímpio, onde dizem que os considerados pelos deuses culpados de crimes hediondos são submetidos por Radamanto às piores torturas de fome, sede, dor. São punidos os fraudulentos, os gananciosos, os adúlteros, os incestuosos, os traidores de suas pátrias e de seus senhores. Sábios são os deuses e dura é sua justiça.

A justiça dos deuses, a se acreditar no que o aedo conta, só atinge aos que lhe interessa perseguir. Mas os poetas mentem muito, eu já suspeitava. A fraude dos dânaos, com seu cavalo de madeira, será punida? O rompimento do compromisso que uniria Lavínia a Turno, tramado para entregar a vitória a Eneias, pequena recompensa pela destruição de Troia, quem punirá? Qual castigo estará reservado aos que convocam a Guerra e a Morte? Qual será a punição da descendência de Eneias pela destruição de Marco Antônio e de sua bela amante, rainha africana como eu? Falsos são os deuses ou falsos são os poetas, que em suas histórias só contam o que faz bem às suas invenções?

O médico acariciou a perna da mulher e ela sorriu no sono. Valeria a pena tentar acordá-la? "Hoje, não", pensou com preguiça. Era cada vez mais frequente a tendência ao adiamento. Carinhoso ao telefone quando ligava do trabalho para casa, ouvinte atento durante o jantar, companhia exemplar quando saíam. Era um bom marido. Ele se reconhecia assim. Mas o desejo não estava presente. Talvez com um pequeno esforço, alguma concentração, conseguisse. Não queria cair nessa armadilha. Seria infantil demais.

A esposa perceberia a sua inquietação? Duvidava. Nunca fora mulher de procurar razões ocultas nos acontecimentos; não consultava as entranhas dos bichos. Pronto. Estava lá de novo. Volta e meia aquelas expressões esquisitas se intrometiam em seus pensamentos. Provavelmente o cansaço, a gripe recente, os infindáveis compromissos profissionais as causavam. Seria bom que ele se parecesse com a mulher com quem casara. Ela não se perguntava por que o marido se perdia no silêncio ou por que permanecia no pequeno estúdio a ler, ouvindo música, quando ela se despedia à noite. Devia creditar sua distância à sobrecarga de trabalho, a um previsível tédio depois de dez anos de um casamento quase perfeito.

Ela sabia de seus projetos, de sua dedicação aos pacientes, de seu esforço em procurar soluções para os tormentos alheios. Conhecia também o equilíbrio que era a maior qualidade do homem que escolhera. Ela pensava que ele era equilibrado.

Equilíbrio. Onde estava o seu famoso equilíbrio quando aquela paciente dera entrada no hospital psiquiátrico? Ele não trabalhava na internação, isso era serviço para médicos novos, plantonistas. Soubera depois do caso. Elissa. Nem curioso era, não havia motivo plausível para se dirigir à enfermaria de mulheres para conhecê-la. Espiá-la dormindo.

Pela manhã, Mauro observava a mulher dando os pequenos passos que garantiriam o dia tranquilo e organizado. Ordens à empregada, dinheiro para as despesas, orientação sobre consertos domésticos inadiáveis. Sabia que não adiantava apressá-la, nem teria razão para isso. O tempo era mais do que suficiente para deixá-la no trabalho e dirigir até o hospital.

A impaciência começava, no entanto, a enervá-lo. Agenda sobrecarregada, talvez. Casos e mais casos insolúveis à sua espera. Receitas, reuniões, consultas. O cotidiano se tornando insuportável.

A mulher sorriu para ele, do outro lado da sala, sempre um sorriso de rosto inteiro, pedindo-lhe que não ligasse para as bobagenzinhas que ela precisava fazer a fim de garantir a sua felicidade.

Era injusto, ele sabia, irritar-se com o bom humor dela. Era injusto também escutar apenas com uma parte da mente as intermináveis queixas dos pacientes, como fizera no dia anterior e, tinha certeza, faria naquele dia. Ele estava obcecado. Ideia fixa. Coisa de criança, estresse, fosse o que fosse, não podia continuar roubando tempo de sua própria vida, para ler escondido os manuscritos deixados por aquela mulher.

Estava se tornando uma situação absurda. Dez vezes por dia, ele se sentia tentado a ligar para o ramal da enfermeira negra, Nadir, convocá-la à sua sala e perguntar o que achara daquele amontoado de palavras vingativas. Dez vezes por dia, ele desistia com medo do ridículo, dos comentários pelos corredores do hospital. Não sabia de intrigas envolvendo a enfermeira, mas ela era antiga na casa, ele não.

O Serviço Social continuava trabalhando no caso, mais cedo ou mais tarde encontrariam Elissa, eram mulheres eficientes, bem-treinadas, o comentário na sala dos médicos era de que ninguém escapava das suas bem-sucedidas investigações.

Precisava esperar por isso. Ou pelo parecer da enfermeira, a que penteava os cabelos de Elissa e achava natural servi-la. Não podia envolver outras pessoas na sua curiosidade doentia por uma mulher que nem ao menos sua paciente era.

Aquele seria um dia em que felizmente não teria tempo para pôr as mãos nos malditos papéis. Compromissos impossíveis de desmarcar. Retribui ao último sorriso da mulher quando ela desce do carro. Não seria capaz de lembrar de uma palavra do que ela dissera no trajeto, nem da roupa que vestia, ou do que combinara para a noite. Só dos cabelos de Elissa, derramados no travesseiro, no escuro da enfermaria.

Nadir era uma mulher que trabalhava demais, e como tal se sentia cansada. Passava já dos quarenta, idade negada pela cor negra que favorece os que a possuem, dissimulando a velhice, e pela capacidade de não levar a sério tristezas. Era uma mulher pesada, graças ao seu amor pela boa comida, aquela que não consta nos manuais médicos, mas que dá prazer aos que a usufruem. Talvez pela idade ou pelo cansaço que lhe causava carregar o corpo pelas muitas horas de trabalho, ela levou dias para começar a atender ao pedido do médico. Ler o manuscrito. Uma natural resistência em mexer com o que não considerava assunto seu. O que estaria escrito naqueles papéis que o médico considerava importante? Não sentia a mínima curiosidade em descobrir.

Uma noite resolveu enfrentar a tarefa. Ler os benditos papéis. Há quanto tempo Elissa fugira? Quinze, dezesseis dias, no máximo. Às vezes se surpreendia questionando a fuga. Ela teria realmente um motivo para sair do hospital? Não seria mais perigoso enfrentar sozinha e sem memória o mundo do lado de fora? Talvez devesse ler os tais papéis para diminuir a preocupação. Diminuir a dúvida em relação à última prescrição do dr. Munhoz. Nunca gostou daquele médico. A gordura branca e socada, os cabelos amarelos demais, o bigode de poucos fios, o pescoço grosso, talvez a aparência física dele fosse a causa da repulsa. A causa de sua decisão de não medicar a interna com os remédios prescritos.

Abriu uma cerveja gelada, ligou a televisão baixinho e, refrescada por um banho, começou a ler o que o médico supunha que Elissa escrevera. Porque aquilo podia não ter sido escrito por Elissa. Ela podia ter pego em algum lugar aquele manuscrito. Ou alguém poderia ter-lhe dado. As hipóteses eram muitas e pensar nelas cansava.

O manuscrito fora xerocado. O médico devia estar com o original. Nadir o leu, entendendo só a metade. Não se espantou com o tom intenso. Os fatos é que a deixaram intrigada. Quem seria o *Dragão*? Alguém apaixonado que não realiza o sentimento. As pessoas complicam a vida. Muito mais fácil procurar um canto no intervalo de uma batalha e satisfazer o desejo. Pobrezinha! Lógico que dá até para perder a memória. Traída pelo irmão, perseguida por quem deveria amá-la, rejeitada por um sujeito mais preocupado com essa história de certo ou errado do que com a simplicidade do corpo. Pensar demais dá nisso. "Por isso eu sempre fiz o que bem entendo. Quero um homem? Ganho ou desisto. Nada de inventar muita história."

Nadir lia devagar e havia trabalhado em pé o dia inteiro. O som da televisão, a letra miúda, a cerveja gelada, companheira de seu bem-estar solitário, conspiravam contra a curiosidade de conhecer o que tanto escondia Elissa.

Era um sonho diferente de qualquer outro. O ar era diferente, mais seco, talvez. As roupas, a pele, os cabelos dos que caminhavam por caminhos estranhos, numa terra onde não existiam edifícios, estradas, asfalto.

Duas mulheres iam e vinham no sonho. Alguma semelhança física, o formato do rosto. Parentes, com certeza. Primas talvez, mais provável que fossem irmãs. A diferença de idade não seria grande, mas, engraçado, a que parecia mais velha demonstrava precisar sempre da outra. Em torno dela podia-se sentir a raiva, a raiva que vem de muita dor, quase insanidade, a do pior tipo, aquela que nasce da sensação de injustiça, de perda frente à vilania, à infâmia.

A outra — aparecia com as mãos ocupadas, em massagens no corpo da irmã, a raivosa; em bordados esquisitos; em trançar os cabelos — exalava dor, mas era uma dor limpa, se é que esse tipo de dor existe, uma dor que o tempo aos poucos cura, porque não é acompanhada de revolta contra o inevitável.

As imagens eram como fotos coloridas boiando numa lagoa escura ou numa praia já fora da arrebentação. Como se um barco as tivesse perdido por ali. Não explicavam nada, só mostravam as duas mulheres, no meio de muitos homens, mulheres também, mas essas apenas serviam, eram quase sombras, enquanto aquelas duas estavam juntas sempre, uma silenciosa e a outra guerreando contra si mesma ou contra alguém que Nadir não via.

Era forte o sentimento que existia entre elas, dava para pressentir, quando uma imagem se fixava no sonho e ia sendo ampliada, a ponto de quase ser possível sentir o cheiro de suor daquele exército em fuga, porque era um exército, esquisito, é verdade, mas com certeza uma formação de homens e mulheres com um comando, e a fuga era evidente também porque todos os vultos nas fotos — nas fugidias imagens molhadas do sonho — transpiravam medo e raiva, o tipo de mistura que se sente quando se corre de alguma coisa.

Aos poucos, as imagens se tornaram mais suaves e o território também. As duas mulheres já riam uma com a outra, a mais velha se enrolava num belo pano de seda, a coisa mais bonita que Nadir já vira em sonho ou em vida, depois que a irmã massageava o seu corpo moreno. Porque eram bem morenas, as duas. Não crioulas, como gostava de dizer um antigo chefe do ambulatório encantado com Nadir, há muitos e muitos anos. Crioula. O médico enchia a boca, acariciando a palavra e a bunda da enfermeira, na época bem mais moça, sempre disposta a se arriscar no que alegra a vida. Casado, é claro. Ela não evitaria um homem desejado por ser comprometido.

Tormentos inúteis as imagens mostravam. O trio, a mais velha comandando o corte de um couro de boi, a multidão amarrando as tiras finas, o homem alto e sério ao seu lado, o desejo e a ternura escurecendo o ar com um tom de rosa triste, triste como costuma ser o dia quando se mantém o desejo a distância.

O mais estranho era a ausência das vozes. Nadir podia perceber que as irmãs falavam entre si, a mais escura por dentro falava, quase brigava numa reunião com vários homens, mas não se escutava nada. Só imagens e sentimentos.

O homem sério era especial. Pobre coitado, o desejo e a vontade de cuidar estavam na pele, valia a pena se dedicar a quebrar um homem assim. Quebrar de gozo. Eram quase tão bons quanto os que não têm vergonha de assumir a paixão, às vezes eram melhores. Tivera um colega assim. Esse não era médico, apesar de também casado. Dividiam o plantão, ele sempre poupando-a do serviço pesado, dos loucos mais empedernidos, dos psiquiatras pedantes quando a paciência dela já estava por acabar. Um dia, uma noite, aliás, final de plantão, Nadir o agarrara no roupeiro. Coitado! Era nítido o prazer e depois o trauma. Ele não quis repetir a dose, ela não era mulher de sofrer por causa de homem. Foram bons amigos até o dia da morte dele por úlcera perfurada. Dava nisso, adiar o desejo.

No sonho, nas imagens dentro da grande bacia em movimento — semelhante à bacia de brincadeiras de São João, onde as meninas colocavam os nomes dos pretendentes na esperança de que o rosto do eleito surgisse —, a mulher trancada por dentro, amarrada por seu orgulho, incapaz de agarrar aquele homem e rolar com ele nas almofadas de tecido macio, na cama de sua tenda. Nadir não sabia de quê, só sabia que a outra fugira e isso lhe dava enorme pena.

As duas irmãs no alto de um morrote olham orgulhosas uma grande construção, num lugar próximo ao mar. Homens, mulheres, crianças constroem muros, casas, abrem ruas. Elas estão alegres, conversam, palavras continuam sem som, mas transmitem algum matiz próximo da felicidade, são quase crianças também, as duas irmãs esquentando ao sol. Homens chegam à praia, a pele é mais clara do que a do povo do lugar, apesar do bronzeado do mar, são homens que vieram de longe e, no sonho, dentro dela se aperta a sensação de perigo, porque à frente deles vai o que comanda, e Nadir conhece, pelo jeito de pisar, o mais perigoso dos homens, o que acredita estar certo, e por essa certeza destrói qualquer coração de mulher.

III

Fui um ser de muitos amigos, homens quase sempre. As mulheres cedo se cansavam de meus tormentos, de minhas dúvidas, da minha incapacidade de viver sem questionar a existência. Os homens eu conseguia ouvir, e a mim eles sempre contavam seus temores mais íntimos, suas traições, seus medos e sua maneira de enfrentá-los, muitas vezes um caminho infantil demais para ser confessado às mulheres que conquistavam ou às pessoas do mesmo sexo.

Só desejei os homens que despertavam a minha admiração. Nobres, dignos, éticos. Esses, em geral, são homens muito próximos à tristeza. Carregam sobre si todas as obrigações do mundo, o sentimento de dever e de justiça é forte em excesso. São melhores na paixão. Talvez porque me libertassem da tentativa permanente de ser reta, eu os tenha recompensado, sempre, com o furor de uma adoração sem limites, tenha exibido a alegria que escondo debaixo das muitas camadas dos infindáveis compromissos com as culpas passadas, presentes e futuras.

O Dragão foi um deles. Encontrado nas circunstâncias mais diversas, em cada vida, em momentos cruciais, importantes, amigo formal, conselheiro distante, sempre estendendo a mão para me ajudar a subir do precipício. Quanto eu busquei este homem nos arremedos de sua figura! Em muitas ocasiões me enganei, acreditando reconhecê-lo naqueles que eram gentis por faltar-lhes energia para agredir abertamente ou nos que mascaravam o desejo em atitudes amigas por não considerarem sensato assumirem querer uma mulher forte por um breve instante de gozo.

Enganei-me algumas vezes. Quem não se engana? A alguns entreguei desvairadamente o sentimento que acreditava ser correspondido. Falta critério às pessoas que carregam o peso da existência? Talvez. Confundi desejo com solidão e investi, como se daquela investida dependesse minha vida. Momentos ilusórios. Eu estava com aqueles homens, mas eles estariam com qualquer outra mulher. Hipnotizada por minha própria fantasia, sofria ao ter de reconhecer, finalmente, a inutilidade de minha tentativa.

Quando o encontrei, da primeira vez (terá sido realmente a primeira? Ou será a primeira que a memória alcança?), precisei usar toda a disciplina de quem já foi muitas vezes ferida para não me atirar em sua direção. Encantamento, é isso o que me provocavam o ligeiro prateado nos seus cabelos, a curva dos ombros, a gentileza ampliada a cada dia. O vinho servido por ele e não por escravos. Os conselhos políticos nas crises do meu reino ameaçado. O seu riso de menino às minhas tiradas ácidas, rancorosas, contra os falsos amigos ou os aliados pusilânimes. O ligeiro rubor de seu rosto, habitualmente contido, quando lutava contra a minha amargura de mulher em guerra por um poder necessário, mas não desejado.

Teria sua esposa, mãe de seus filhos, apagada e cordata figura, suspeitado que em suas viagens de aconselhamento ele encontrava não apenas uma soberana quase deposta, mas também alguém sequiosa por assumir a posição de rival? Os meses de intervalo entre suas visitas eram para mim um período de êxtase e tormento. Cada frase e cada gesto relembrados na alucinação. O que significaria a sua referência a "gente como nós"? A mão encostada, muito leve, no meu ombro? As suas confidências sobre a infância solitária, preparando-se para ser um estrategista a serviço dos outros e não um guerreiro, sobre a distância que o separava dos companheiros, crianças como ele, capazes de torturarem um pássaro enquanto ele tomava a defesa do animalzinho, seriam essas confidências sinais de aproximação, indícios de desejo?

"Não", clamavam a Insegurança, a Timidez e a Soberba, "apenas gestos de cortesia social a quem lhe paga os serviços de conselheiro".

"Como cortesia?", contra-argumentava a Paixão. "Um homem não se despe por dentro frente a uma mulher para ser cortês. Não ri com uma mulher a quem ele serve, não consola alguém que lhe paga, por gentileza."

"O que adianta ele desejar ter em seu leito, por um momento, uma mulher envolvida já em tantas guerras? Qual tenda de campanha abrigará mais um conflito, desta vez um embate amoroso com um conselheiro real, um dos poucos que restam? O que importa, se forem verdadeiros os indícios de um interesse pela carne e não pelo espírito? Um instante de prazer que a tropa pode descobrir com facilidade e fragilizar mais ainda a figura da mulher comandante. Loucura!", bradava o Juízo.

Têm razão os sensatos soberanos que me habitam. Vozes que ouço dentro de mim. Só uma mulher desesperada por depor as armas, resistente às suas obrigações clânicas, pode se sentir tentada a arriscar um reino quase perdido por um homem que já pertence a outra e com quem ela só pode dividir a luxúria clandestina em algum esconderijo desconfortável. Mas a Paixão é sempre desesperada, lasciva, cega. Ela se abate sobre mim quando escuto a voz dele, chegando de mais uma das intrincadas negociações em que busca um território para meu povo quase dizimado. Suas garras me dilaceram, enquanto tento pensar as opções que ele me oferece na assembleia dos homens que eu comando. A Paixão me entontece e me faz imaginar, no lugar do estrategista, o amante, envolto na seda desenhada por antigos artesãos, seda guardada na arca que está sempre aos pés do meu leito, manto para cobri-lo quando dormisse em meus braços. O manto de seda com desenhos de dragões.

Ana, minha irmã, deve ter percebido tudo. Querida e silenciosa companheira, diferente de mim, uma pessoa fácil de se amar e que me acompanha sem queixas há anos, desde que nosso clã se dividiu. Acostumada estive sempre a ter Ana à minha espera, pronta a me consolar nas ocasiões em que maldigo minha sorte de rainha, de mulher e de irmã mais velha deposta por Pigmalião. Como eu não imaginei ao segurá-lo pela primeira vez em meus braços de menina que aquele ser iria conspirar um dia contra mim, a herdeira do trono de nosso pai? Eu o amei demais, desde criança. Acreditei que seu coração visse em mim a substituta de sua mãe sacrificada pelos ciúmes do marido. Mas alguém deveria se tornar o alvo de sua vingança e eu tomei por afeto o que não passava de dissimulação, de espera do momento mais propício para colocar seus planos em marcha. Por que Ana ficou do meu lado e não do lado dele? Afinal, éramos filhas de mães diferentes e ela também não tinha direito ao trono de nosso pai. Mais do que isso, era flagrante sua atração pelo homem que me fora destinado.

Para mim, Siqueu representava apenas um homem mais velho, um príncipe aliado, irmão de meu pai, filho de uma das numerosas concubinas do pai dele. Nada mais. Os conselheiros do reino o indicaram para meu esposo, e eu, consciente dos deveres de rainha, aceitara. Ana tremia em sua presença, ruborizava-se quando sua chegada era anunciada, adoeceu durante os preparativos para o casamento. Mal sabia eu que a sublevação de meus soldados estava planejada para o momento da cerimônia. Enquanto pensava uma forma de oferecer meu futuro marido à minha irmã, sem magoar seus sentimentos de apaixonada, nem pôr em risco a aliança almejada por meus velhos conselheiros, parte do Conselho já se vendera ao irmão traidor.

Os homens estiveram sempre ao meu lado, pelo menos parte deles. Até em meus sonhos são masculinos os seres que me protegem. Sem eles poderia ter acreditado em Pigmalião, irmão que me combatia e tramava a usurpação de meu trono e, talvez, minha morte:

"Siqueu desistiu da aliança, minha rainha. Regressou ao seu reino antes de consumar as núpcias, carregando os presentes, o dote e parte de nosso tesouro. Minha irmã deve ouvir o Conselho. Deve ouvir este que vive para a proteção dos interesses de nosso clã. Enviar uma expedição de resgate ao território de Siqueu. Retomar o que é nosso, anexar a Tiro os bens do traidor que foge aos seus compromissos. Retaliação é o que sugiro. A rainha deve comandar pessoalmente a expedição, usar toda a ascendência sobre a tropa para garantir nosso triunfo. Não punir Siqueu dará margem a que outros aliados tentem imitá-lo. São minhas palavras de irmão e de conselheiro."

Palavras de meu irmão, que protegi e criei. Filho de Belo, neto de Agenor. O mesmo clã, o mesmo sangue. Ana desconfiava dele e chorava pelas salas do meu palácio fenício. Oferecia sacrifícios aos deuses pelo retorno de Siqueu, preferindo tê-lo como esposo da rainha, habitando o mesmo teto, a suportar a ideia de nossos soldados trucidarem seu amado.

E Siqueu estava morto. Executado por Pigmalião, depois de se tornar meu marido perante o Conselho, antes de ser conduzido a mim. Tornei-me viúva e não fui esposa. A meu irmão não bastava o trono, que não lhe cabia herdar. Ele precisava do sangue. De Siqueu, tio e cunhado. O meu sangue também. Eu comandaria a expedição e um de seus asseclas se encarregaria de não permitir o retorno da rainha fugitiva, a rainha Dido, a viúva Dido.

Magnífico plano. Nascido da Inveja, é certo. Quanto sua mãe deve ter-lhe inspirado contra mim, contra Belo, contra Ana. Terá ela embalado seu sono com insinuações de que ele deveria ser o herdeiro, de que não era justo ser preterido por ser mais novo e filho de uma concubina? Seu massacre, por ordem de Belo, terá envenenado seu jovem coração de filho? Foi naquele momento que ele se insurgiu contra a herdeira de nosso pai?

Não terei essas respostas. As dúvidas servem apenas para torturar meu espírito, já atormentado o suficiente. Não importam os motivos que levam um irmão a querer destruir o outro. Desvendar os motivos, admiti-los, é debruçar-se sobre os méritos da destruição. É duro o bastante conviver com a dor de ser odiada por quem deveria me amar.

Siqueu me apareceu em sonhos. Na véspera de minha partida, à frente das tropas. Pigmalião não previu isto. A imagem da vítima prevenindo sua irmã e adversária. Ensanguentado, com a marca do punhal de meu irmão em sua garganta, a expressão de escândalo e terror, assim Siqueu foi chamado ao Hades. Assim ele retornou, em meu sonho, mostrando onde Pigmalião enterrara o tesouro depois de sua morte, os conselheiros que o acompanhavam, os inimigos a quem eu deveria temer.

Belo, meu pai, fez de mim sua herdeira. Siqueu, meu marido e tio, voltou do reino dos mortos para me manter viva. O Conselho me obrigou à fuga com sua traição.

Alguns comandantes e soldados me acompanharam, atendendo ao clamor da rainha em perigo. Onde consegui forças para deixar o palácio em segredo, desenterrar o meu próprio dote, reunir aqueles que me ajudaram por ódio ao tirano ou por temor das consequências da usurpação? Dividida fui sempre, entre a valentia e o medo. Às vezes, dominada por um desejo muito forte de depor as armas, esquecer por um momento os deveres, os compromissos de Estado, deixo-me dominar pela valentia de ser irresponsável. Em outras ocasiões, sou tomada por uma emoção que não reconhece riscos, não admite dores. Não tive dúvidas quanto ao sonho: o tesouro estava lá, enterrado sob a árvore que Siqueu mostrara. Nós o desenterramos. Eu, Ana e uma escrava de confiança. Pela primeira vez, não procurei motivos que atenuassem a crueldade de Pigmalião. Devo à Ira a força que me fez conter o medo, a dor de ser traída por alguém do meu próprio sangue. Irada, pude convencer os soldados a me seguirem. Pude escapar da cidade antes que meu irmão se desse conta. "Ele ocupará meu trono", pensei, "mas como usurpador e, não, herdeiro". E todos murmurarão, quando ele passar com seu séquito:

"Ali vai um rei que assassinou o tio e aliado e traiu a própria irmã, destronando-a. Não merece confiança ou amor. Devemos temê-lo, até a volta de nossa rainha."

Eu não voltei a Tiro, mas a Ira contra Pigmalião e os traidores que o apoiaram me deu forças para edificar outra cidade ao meu povo. Não cedi à coragem da Paixão. Não abandonei minha vingança contra o usurpador. Não importava a mim se o primeiro conselheiro a apoiar os meus propósitos é o desencadeador dessa chama. A Paixão me arrastava para longe de meus objetivos. Comovia meus sentimentos quando recordava sua lealdade, seu esforço de convencer os comandantes, os outros conselheiros, seu empenho em garantir minha fuga, em assegurar meu exílio.

"Tomara que a esposa mantenha quente o leito nas noites que ele passa longe de mim", eu suplicava dentro de mim mesma. "Queiram os deuses que ele não sonhe com sua rainha, que a Paixão seja apenas minha companheira e não habite o seu coração. Resistirei enquanto ele resistir."

Eu poderia ter uma alma mais simples. Amar Jarbas. Quantas disputas teriam sido evitadas. Eu sofreria menos, muito menos. "Ele é um bom rei", me dizia o Dragão nas reuniões do pequeno grupo que ainda acompanhava a rainha refugiada. "É a única chance que nos resta." Eu pensava no preço dessa aliança. Não era difícil para mim mais um casamento político em troca de um território para o que restava de meu povo. O que me impedia de aceitar era a Paixão que me dominava. Fingia não concordar, exigia novas negociações e ele baixava a cabeça e prometia se esforçar ainda mais, quando nós dois sabíamos, e talvez Ana também soubesse, que eu resistia porque não me interessava outro homem que não ele.

Eu tremia em pensar que a escrava fenícia que destinei para servi-lo, quando ele visitava nosso acampamento, pudesse executar outras tarefas que não as destinadas apenas ao seu conforto. Ela o contemplava com adoração, surpreendi seus olhares para o meu conselheiro mais de uma vez.

"Loucura! Que direito tenho de impedi-lo de procurar algum divertimento nos braços de outra mulher se minhas obrigações de rainha me impedem de visitar sua tenda como eu sonho, de olhos abertos, nas noites em que ele está por perto? É a solidão que provoca esses delírios, tento evitar o tormento da Paixão insone. São os deuses que me fazem desejar um homem que, amigo, pode me salvar, amante, pode me perder."

Não calculava, nos primeiros dias de nossa fuga, o quanto seres mesquinhos como Pigmalião arregimentam seguidores. Para muitos não importa o direito do sangue, o direito da herança. Meu irmão tinha aliados, descobri cedo. Aliados entre meu povo. Cúmplices no meio de minhas escravas. Informantes fora do meu reino, pelos caminhos que trilhei na fuga. Alguns aprovavam a usurpação. Compreendiam os seus motivos. Negaram apoio às minhas primeiras tentativas de retomar o trono. Outros o temiam. Acreditavam que, permitindo o pouso de minhas minguadas tropas, atrairiam para si a violência que o rei usurpador usara contra a própria irmã.

Existiam ainda os pusilânimes: incapazes de assumir a ganância ou a covardia, teciam insinuações. Siqueu teria se recusado ao casamento com Elissa. Descobrira que a rainha traíra Belo, seu próprio pai. Dido teria surpreendido sua irmã mais nova, Ana, com seu noivo e tio e o assassinara, num ímpeto de violência. Pigmalião seria não o usurpador e, sim, o que realiza a Nêmesis dos deuses.

Por muito tempo os fluidos que emanavam dos gananciosos, dos covardes, dos intrigantes envenenaram meu espírito. Durante o dia, eu avançava à frente dos meus soldados, quase um homem como eles. Infundia ânimo, dividia as provisões, impedia que se instalasse a desordem. À noite, em vão, procurava o sono. A memória me atormentava com a repetição de um por um dos argumentos usados para recusarem apoio ao meu desejo de justiça.

O sono deixou de ser uma presença amiga para tornar-se um território impossível. Perdi a noção de quantas noites passei atormentada pela ânsia de justiça, justiça sanguinária, nada me servia que não fosse a destruição de Pigmalião e de seus cúmplices. Em outras, atravessei insone tecendo fantasias com aquele que atravessa cidades em guerra para me aconselhar. O dia me encontrava executando todos os passos que me exigia a realeza, repetindo as tarefas e as palavras que a situação exigia de mim, quase em estado de sonho.

Quando a Paixão começou a abandonar meu pensamento e meu corpo? Quando o clamor pela Vingança parou de inundar meu espírito? No dia em que o homem recuou e deixou que dominasse o estrategista que deve sempre vencer, sem sangue, as batalhas. No dia em que minha fama de rainha capaz de não recuar frente a traições dentro de seu próprio palácio ajudou meu conselheiro a arrancar de Jarbas outra alternativa que não apenas a do matrimônio.

Ele se afastou de mim. Evitou meus olhares, ignorou minhas queixas contra os adversários e contra seus cúmplices. Suspeito até ter permitido que a escrava, no acampamento, fizesse mais do que simplesmente cuidar do seu conforto. Mas seu grande triunfo foi Jarbas, o rei getulo, permitir a mim edificar uma cidade em seu território.

"E se nós não conseguirmos?", perguntei quando ele me trouxe essa proposta.

"Se a rainha não conseguir erguer uma cidade a partir do tamanho de um couro de boi, só lhe restará dois caminhos: o casamento com Jarbas ou uma nova fuga."

Foi sua indiferença, seu esforço em não olhar para os meus pés, ou para o meu manto de seda, que me decidiram. Porque eu o recebera em minha tenda, sozinha, banhada, perfumada, descalça, enrolada no manto que tantas vezes imaginara cobrir o seu corpo quando ele, finalmente, dormisse em meus braços. Descalça, porque sei que tenho belos pés, pés que Ana massageia quando não consigo dormir depois de alguma jornada mais cansativa. Ele desviou o olhar dos meus pés o tempo todo, ignorou meu manto, não me contou histórias divertidas sobre os lugares em que passara no longo caminho até o acampamento. Frio e indiferente, deu conta das negociações com Jarbas, como se a única coisa que lhe importasse fosse cumprir com suas obrigações de conselheiro de uma rainha em fuga. Era a rainha que deveria erguer uma cidade, aceitar um casamento ou escolher a fuga. "Nós" era a palavra que poderia, ainda, alimentar a Paixão. Ele não a pronunciara. Eu estava sozinha.

"Ele não quer a rainha", gritaram as vozes que me habitam, "cumpre com seu dever apenas".

O Orgulho me sustentou nessa hora. Não recuaria também de meu dever e de meu direito. Respondi que aceitaria a oferta de Jarbas, a primeira, a da terra que mal daria para erguer um casebre, quanto mais uma cidade.

"Se a rainha Dido quiser, o couro de boi pode ser cortado em quantas tiras forem necessárias, e seu tamanho assim se tornará satisfatório para um empreendimento à altura de sua coragem."

Ele me acha corajosa, olha para o meu rosto ao dizer isso, não para os pés que estão nus e frios à sua frente, olha para o meu rosto como se olhasse para o rosto de um homem a quem ele admirasse e tivesse a honra de servir. A mim ele faz sugestões estratégicas de como conseguir o objetivo de edificar um novo reino; à mãe de seus filhos, às outras mulheres que lhe aquecem o leito, ele se dá como amante.

Ele esperava a minha resposta ao estratagema de dividir o couro em mil pedaços. Também dessa vez eu aceitei o conselho que reconhecia sábio. Quando ele deixou minha tenda, correto e satisfeito com sua principal tarefa cumprida, dirigindo-se, quem sabe, para os braços da escrava que lhe serve, a Paixão ainda me inspirou a estraçalhar o manto com os dentes, com as unhas, como se assim eu pudesse arrancar de mim os sonhos que me perseguiram dia e noite em todo o tempo de minha fuga. Sonhos com um homem que, me salvando, escolheu não me querer.

Não consegui destruir o manto. Temi destruir também a memória dos momentos em que a esperança de tê-lo em meus braços era a única barreira contra o tormento que me causava a usurpação.

Nadir acordou assustada, às duas da manhã. Foi um despertar de alerta, completo, como se alguma coisa urgente a retirasse do sonho.

A cerveja estava quente, o corpo doía na poltrona boa para ler, mas inadequada para uma mulher de seu tamanho dormir.

— Sonho maluco — resmungou para si mesma. — São esses papéis, essa história de traições e de mortes. Arrumava sonolenta a sala de seu miniapartamento, tinha que estar no plantão às sete horas e precisava dormir mais um pouco. Dormir de verdade, na cama enorme, seu único luxo.

"Um exército de *eguns*. Mortos e mais mortos, traições, ódio, rancor. Para que o dr. Mauro resolvera mexer com essa história? Elissa estava perdida mesmo."

Nadir socava os travesseiros, ajeitava lençol e colcha, deitava esperando que o sono retornasse, antes que a inquietação com o sonho que não entendia, as imagens boiando na água, a fizessem perder de todo a noite.

O sentido de alerta, de urgência, aos poucos ia passando. O pior era o que o substituía: a preocupação com Elissa. Podia não ter escrito aquelas coisas, alguém podia ter escrito para ela, quem sabe achara os papéis antes de perder a memória. Burrice sua, esta era apenas a hipótese mais fácil. Uma mulher apaixonada escrevera. Apaixonada pela vingança, pela traição, pela fuga. Apaixonada também por um idiota que achava mais importante conter a paixão do que vivê-la. A própria Elissa, ou alguém próximo a ela, vivera aquela história.

O diabo era a falta de referência. Nome completo, endereço, família. Alguma pista para unir o passado, os sonhos e aquela moça magra e quieta.

Mas que era rainha, era. Nadir sabia reconhecer uma. O tipo de gente que encontrava quem desejasse cuidar, nem sempre por recompensa. Ela achava que, na maior parte do tempo, eram pessoas que sabiam comandar, mas não sabiam se proteger.

Não tinham, como Nadir, a capacidade de tirar tudo o que encontrassem da vida. A patroa que morrera de câncer, alcoólatra em último grau, aquela que parecia com Elissa, no jeito de ser servida, a que pagara o curso de enfermagem para a mocinha negra há quase trinta anos. Morreu de tristeza, não adiantava os médicos dizerem o contrário, triste porque o marido arranjara outra, muito mais nova e mais esperta também. Nadir assistira à decadência, aquilo era quase suicídio, mas fizera questão de ser fiel, fidelidade só aos amigos, já pensava assim quando jovem. Homem nenhum merece a morte, em geral nem de fidelidade eles precisam.

A única rainha que ela conhecera que era capaz, apesar de inspirar cuidado, apesar da liderança, de resistir também, fora a sua mãe de santo. Esta morrera velha, querida, quase sem inimigos, sem nenhum seria impossível, não dá para viver sem tropeçar em um ou outro espírito de porco. Talvez a solução fosse procurar seu irmão de santo, voltar ao barracão, pedir que conferisse nos búzios aquele emaranhado. Ele parecia um pouco com a mãe, cordato, brigas só as inevitáveis. Não tinha a mesma majestade, mas Nadir renova o carinho, na lembrança da calma que sempre lhe transmitiu o barracão.

Ela brinca com os pensamentos, esperando que o sono volte. Pena que não existisse um serviço mágico, sem burocracias e grandes perguntas, para se localizar desaparecidos. Nataniel. Este seria capaz de aliar a picardia à crença na busca por Elissa. Qual! Será que ela ainda teria algum cartaz junto ao detetive? Não seria pedir demais, depois de tantos anos? "Tentar não custa", murmura para si mesma.

Assim a enfermeira pensava, já quase dormindo, decidindo procurar no outro dia um jogo de búzios, consultar alguém que visse, alguém não cego pela ciência, um pai de santo, quem sabe, um bom padre? Buscar um espírito aberto, alguém que entendesse da morte e soubesse que os que se foram não podem conviver com os vivos.

IV

Mauro começou a listar as hipóteses. Precisava colocar alguma ordem naquela fantasia. Não conhecia a história, mas em algum livro existiriam os dados. A doente copiara. Pode até ter inventado alguma coisa a partir de um filme, uma história que escutara. Vozes. Alguns diziam escutar vozes que lhes ditavam obras inteiras. O inferno é que ele não tinha dados conclusivos sobre a patologia.

Não conversara com Elissa. Não era sua paciente. Via aquela mulher passar nos corredores do hospital, não fosse o uniforme nem ao menos saberia que ela estava internada. Um dia a vira dormir na enfermaria, os cabelos no travesseiro.

A descrição do inferno, se é que aquilo era o inferno, tudo indicava que sim, podia ser uma mania de fundo religioso.

"E o desejo pelos pés calçados com sandália havaianas, balançando numa reunião de grupo, sinalizam o quê?"

Ele se considerava um sujeito honesto, com poucas incursões fora do leito oficial, sempre com mulheres que sabiam as regras do jogo, colegas, enfermeiras, uma ou outra desconhecida. Um sujeito razoavelmente sensato. Nunca desejara crianças, travestis ou pacientes internadas. Reconhecia-se como alguém compassivo, capaz de entender a dor de quem está trancafiado num hospital, sem família, sem objetos conhecidos, apartado de um ambiente seu. Era obrigado a reconhecer, no entanto, que a moça desmemoriada, de cabelos compridos e pés magros, mobilizava sentimentos inesperados dentro dele.

Não devia ter aceitado a tarefa de investigar esse caso. Ela fora embora, provavelmente com ajuda de alguém. Quem sabe a ajuda da enfermeira Nadir. Podia ter fugido de medo. Medo de alguma coisa de que se lembrara. Medo de alguém no hospital.

Ele queria protegê-la e não sabia de quê. O texto não era de um ser humano doente, apesar da história ser inacreditável. Pessoas não escrevem depois de mortas. Escritores inventam essas coisas, sabia que sim, e ele estava adiando a entrada de pacientes que esperavam na antessala, pacientes particulares, pacientes de consultório, tentando organizar um pouco aquela confusão na qual a desconhecida o metera. Pensar nos impulsos que, porventura, guiam um escritor a inventar tramas fora da realidade era tudo de que não precisava agora.

"Nem eu estou lendo Leonardo da Vinci, muito menos sou Freud, para investigar as raízes da criação."

O mais sensato seria, quando tivesse tempo, procurar alguém que pudesse ajudá-lo a descobrir quem eram aqueles personagens. Dido. Começaria por aí. Sem mostrar o texto. Fez a lista: Eneias, Mnemósina, Dite, Prosérpina, Troia, essa era fácil, ele próprio lembrava da lenda, a guerra e o cavalo de madeira, Cassandra, existia uma frase qualquer a respeito, "falar como Cassandra", "as cassandras dos quartéis", isso era fácil também, Cartago, relações com Roma, estudos do vestibular, Marco Antônio, idem. Telefonaria para um amigo intelectual, desses que conhecem história e literatura.

"Já estou atrasado uns quarenta minutos, se for olhar a agenda perco mais dez."

Sabia, porém, que não conseguiria começar uma consulta a sério, com atenção, se não encaminhasse, pelo menos, um início de solução para o seu problema. "Nem é de solução que preciso, precisava mesmo era alcançar essa tal de Elissa; onde, pelo amor de Deus, ela se meteu? Por que não consigo tirar essa fulana da cabeça?"

A agenda não o ajuda, pela primeira vez se dá conta do perfil da amizade. Médicos, a maioria, várias especialidades, psicólogos, alguns, administradores de empresa, como sua mulher, uns poucos nomes. Não lembrava de amigos do colégio que tivessem optado pela área de humanas. Existiam, é claro, mas não eram do seu grupo. Além do mais, onde arranjaria o endereço, o telefone deles?

Lembrou-se de repente, quase desesperado — o texto à sua frente, com a letrinha miúda, se tornara um desafio intolerável, como os pés de Elissa se recobriam do significado de um fetiche, ocupando seu pensamento durante quase o tempo todo —, que a mãe podia conhecer alguém.

"Ela vai ficar morta de curiosidade. Qual a justificativa que eu darei para estar atrás de um especialista fora de minha área?"

Era a única chance de tentar decifrar o enigma que os papéis representavam. Começar a entender Elissa. Entendendo-a, poderia tirá-la da cabeça, assim esperava.

A mãe só estaria em casa à noite. Quando terminasse as consultas, ligaria para ela. Acabaria de ler o manuscrito. Não se arriscaria a outra madrugada insone, com vontade de ler, mas com medo de estar agindo como as pessoas de quem tratava.

Eu conseguira construir minha cidade. Consolidar meu exílio. Não era mais a fugitiva. Da pequena fraude sugerida pelo Dragão, o embuste do couro de boi, surgiram casas, palácios, templos, um porto cuja fama se espalhava pelos mares e trazia riqueza para os que acreditaram em mim, rainha despojada, rainha perseguida. Quantas vezes subi com Ana até o monte mais alto do nosso recém-conquistado território e agradeci aos deuses por terem permitido que chegássemos até ali. Da mulher que fugira durante a noite de sua própria casa, acompanhada por alguns servidores fiéis, uns poucos escravos, carregando seu dote como se fosse produto de um roubo, não restava nada, a não ser as lembranças. Algumas, amargas.

Jamais perdoarei meu irmão. Não se perdoa a traição do próprio sangue. As noites de desesperança e de medo. Ele, com certeza, se espojando no meu palácio, levando para seu leito as minhas escravas, presenteando as concubinas com as minhas joias. Eu, sua irmã e rainha, precisando dormir em acampamentos acanhados, tendo minha vida guardada por homens que a qualquer momento poderiam desistir de seguir minha fuga em busca de um destino que nada nos assegurava ser de glórias.

Outras lembranças eram suaves, apesar de tristes também. O rosto de Siqueu, não como me apareceu em sonho — a expressão de dor e escândalo frente ao surpreendente assassinato —, e, sim, com a alegria contida de um parente mais velho que é aceito como noivo pela jovem e bela sobrinha. Eu fui bela em minha juventude, assim contam. Talvez um pouco aguerrida demais, um quase nada masculina, pela convivência com os homens que ajudavam meu pai a fazer a paz e a guerra. Acostumada a acreditar no meu direito a exigir obediência, a esperar lealdade. Deve ter sido essa crença e essa espera que me impediram de aprender a manejar as armas da sedução como observava outras mulheres fazerem com maestria. Ana inclusive. Mesmo assim, Siqueu me desejava. Mais, ele sentia alegria perto de mim. Deve ter confiado que os deuses nos dariam um longo reinado e filhos, para continuarem nossa linhagem de mercadores astutos. A lembrança dele me entristecia por tudo que nos foi impedido de realizar.

O amante dos sonhos era outra coisa que a memória me trazia quando contemplava, do alto, com Ana ao meu lado, meus súditos construindo Cartago. Era nele que pensava quando recebi a notícia da chegada dos dardânios. Pensava nos motivos que o teriam impedido de frequentar meu leito mesmo depois da vitória de nosso ardil contra Jarbas. Talvez o conselheiro não me desejasse como mulher. Quem sabe, acostumado com a esposa e as concubinas, a cuidarem silenciosas dos interesses de seu senhor, não achasse atraente uma mulher capaz de se rebelar contra o destino. A lembrança de sua lealdade me fazia duvidar de seu desinteresse. É certo que eu lhe dei o cargo de sacerdote vitalício. Não foi um prêmio grande demais pelos seus serviços. Ele poderia ter recebido também um lugar no leito da rainha. Pena que não tenha tentado.

"Aqui estou, especulando sobre os possíveis amores que inspiraram esta mulher a escrever a autobiografia de uma morta. Não tem o menor cabimento uma coisa dessas. Estou me comportando como um adolescente. Mal termina uma consulta, mergulho de novo nesta história. Um mínimo de racionalidade se impõe. Primeiro: ela pode não ter escrito nada disso. Segundo: pode ter copiado de algum lugar. Terceiro, e mais provável: se foi ela que escreveu, isso é um delírio. Ela leu a história da rainha Dido, se encantou com as coincidências, assumiu a personalidade da outra. Alguma ameaça de aniquilamento deve ter desencadeado a identificação. Eu precisaria, preciso, urgente, saber mais sobre os antecedentes dela. Não sei por que não consigo imaginá-la com o tipo de personalidade que encarna uma heroína para fugir da própria imagem de nulidade. A enfermeira disse que ela se impunha às outras pacientes. Como os paranoicos. Mas a enfermeira não é idiota, teria levantado esta possibilidade. Ou não teria? Mas a hipótese dela não estar doente é impossível. Pelo menos, uma amnésia traumática esta mulher tem. Já passei muito do intervalo entre uma consulta e a outra. Onde será que encontro minha mãe agora?"

Conta o poeta que Vênus, mãe de Eneias, enviou Eros para que me enamorasse do guerreiro troiano. Não seria preciso tal encantamento. Eu estava apreciando a construção das muralhas de Cartago junto com Ana e a sensação de triunfo dentro de mim era forte o suficiente para que buscasse alguma forma de embriaguez.

A cidade era minha, afinal. Existia a pressão de Jarbas para um casamento que consolidasse nossa aliança, quem sabe um casamento que curasse a sua vaidade arranhada com o nosso ardil. Mas a pressão não me atormentava, não naquele momento. Eu me sentia triunfante, vingada, quase feliz. Meus súditos estavam recompensados por terem se arriscado em minha companhia. Barcos de terras distantes chegavam ao nosso porto, o nome de Cartago já infundia respeito, os templos recebiam oferendas de um povo agradecido aos deuses. E a mim.

Faltava pouco, eu dizia a Ana. Pouco para que a vitória fosse completa. Este pouco me perdeu.

Escutar Eneias era a embriaguez de que a rainha precisava. Seu relato era contido, apesar de heroico. Podíamos ver, através de suas palavras, o cerco a Troia, o embuste do cavalo grego, a conspiração dos deuses contra Laocoonte, o único troiano capaz de perceber o perigo representado por aquele presente.

A primeira coisa que me encantou em Eneias foi sua preocupação com os seres mais próximos, o pai, Anquises, a esposa, Creúsa, o filho, Ascânio. Um homem deve zelar primeiramente pelos seus, pensei. Estava preparado o caminho para a embriaguez que eu buscava. O poder não pode ser mais importante do que as pessoas que se aprendeu a amar desde criança, eu sentia. A coragem de enfrentar o massacre inimigo não é nada perto da preservação dos laços de sangue. De que vale ser valente quando se é capaz de abandonar pessoas a quem se ama? Pigmalião não pensava assim, por isso eu não o perdoava.

Eneias era capaz de abandonar o solo destruído de sua pátria para colocar em segurança os seus. Para preservar os deuses sagrados de sua raça. Merecia o apoio de Cartago, merecia o apoio da rainha Dido. Foi o que senti quando escutava com meus conselheiros os pedidos da armada troiana, do que sobrara dela.

Não hesitei em permitir que ele repousasse em meu palácio, usasse as riquezas de meu reino para reconstruir seus barcos, alimentasse seus soldados com o produto de nossas colheitas. Era tão pouco o que ele pedia. Eu já vivera a situação de receber ajuda de outros reinos em minha fuga para o território getulo, antes de construir Cartago. Era um prazer, a oportunidade de ser generosa para com um fugitivo. Poder cuidar de um homem cansado de batalhas, um homem que merecia ser amado.

Ana foi, em nosso palácio, a pessoa que mais se encantou com Eneias. Depois de mim. Talvez por minha causa. Minha silenciosa irmã se preocupava com minha solidão de rainha. Com meu rancor de fugitiva, com a dureza de minhas decisões. Silêncio não era exatamente o forte de Ana. Nós sempre conversamos muito, enquanto ela massageava meu corpo, no final do dia, ou trançava meu cabelo, antes do sono. Ela era silenciosa nos assuntos do reino. Não interessavam a Ana as decisões do poder. Sempre me acompanharia, estaria do meu lado quando fosse preciso, até contra o próprio irmão, sua lealdade já o provara. Mas as discussões sobre alianças, comércio e guerra Ana só escutava.

Ela sonhava com alguém que temperasse a minha força, que hoje sei fraqueza. Um homem que me aquecesse o leito e povoasse o palácio de herdeiros, a quem ela pudesse acariciar, contar os feitos da velha terra, assustar com as histórias dos nossos antigos deuses a quem eram oferecidas crianças em sacrifício. Ela sentia falta da alegria nessa cidade em permanente construção, na entrada constante de visitantes estrangeiros, na irmã que não era mais a prometida de Siqueu, e, sim, Dido, a fugitiva.

Eneias era o consorte que ela esperava, não para si, Ana não sentia falta de laços permanentes com homens. Ela o queria para mim, sua irmã que suspeitava perdida para a tristeza da traição, para a crueza do combate. Talvez preferisse que o Dragão houvesse sucumbido ao meu desejo. Mas ele se contentara com o cargo, as tarefas, a serventia de estar próximo à rainha, jamais próximo o suficiente. Ana esperara tempo suficiente por uma mudança nas noites em acampamentos estrangeiros. O troiano perdera a esposa, o pai, as riquezas e a pátria. Para uma mulher de índole alegre como Ana, ele significava uma boa presa.

Morta, eu sei o que não fui capaz de perceber em vida. Mulheres como eu, como Cassandra, não poderíamos ter Eneias. Talvez porque esperássemos do homem amado tudo. Ele só era capaz de entregar o que não atrapalhasse a nobreza de sua busca.

Seria outro o meu destino se um estrangeiro e suas belas histórias de sobrevivências e batalhas não atravessassem os meus dias e interrompessem o meu reinado.

Muitas são as versões que os vivos criam para justificar seus atos. Imaginassem o que agora vejo, teriam mais cautela. Tudo se atribui à vontade do Olimpo. Mas os mortos são mânticos e o dom de adivinhar não me permite mais enganar a mim mesma. Não foi Eros a mando de Vênus quem me incendiou com o furor da paixão. Isso é o que conta o poeta. Provocam os deuses a Paixão e poderosos a punem. Resolvi ceder a mim mesma, ao meu desejo de agir como as outras mulheres, as que não se sentem obrigadas a ser fiéis aos deveres. Cansada também pelo longo embate contra o desejo pelo conselheiro que garantiu, afinal, a construção de Cartago. Onde ele estava no momento em que me feri com a espada de Eneias? Cuidando de assuntos de Estado. Cuidando dos seus assuntos, como fazem os homens.

Os homens separam o amor das coisas sérias. Eu senti, depois, as suas lágrimas. Chorava por ter perdido a rainha a quem era leal ou chorava a mulher a quem ele nunca deixou de trair, evitando qualquer contato que não fosse o de respeitável súdito ou o de conselheiro indispensável?

Porque eu acreditei ter encontrado mais do que um amante no estrangeiro dardânio. Ele comoveu meu espírito e minha carne com suas histórias fantásticas, com a integridade de seu caráter, a salvar o pai da Troia em chamas, a resistir em abandonar o corpo da esposa morta, a carregar o filho Ascânio pelos mares em busca de outra Ílion. Como é sedutor um homem heroico e piedoso! A mistura do guerreiro com o sacerdote, haverá no mundo algo mais irresistível para uma mulher que abre mão de si mesma por um reino? Talvez Helena — esposa de Menelau e amante de Páris — não se comovesse. Ela preferia, com certeza, aqueles capazes de deixar perecer o mundo em troca de uma paixão inconstante.

Cassandra via. Não seguiu Eneias. Morreu nas mãos dos inimigos de seu povo. Melhor do que morrer por causa de um amor, de um amigo.

Minha paixão interrompida de maneira abrupta me trouxe para o Hades, mas mesmo os que abriram mão do sentimento pelo dever sofrem. Enquanto Eneias habitar a terra, no fundo de seus pensamentos, ele sofrerá para os outros as consequências de seu heroísmo piedoso. Uma, duas, mil vezes, ao ver os companheiros sacrificados à sua missão; ao traspassar com a espada jovens adversários que a ele, diretamente, não fizeram mal. Os que estavam ao alcance de sua arma, apenas defendendo os compromissos de seus reis. Quis o Fado que esses compromissos não fossem os de Eneias, o cumpridor das ordens divinas.

Sofrerá sempre, antes e depois de sua morte, todas as vezes que a memória lhe trouxer de novo as minhas últimas súplicas: de compadecer-se de minha casa a ser destruída; do ódio que contra mim voltaram os povos da Líbia por causa de nossa união; da hostilidade de meus companheiros de fuga, os que me seguiram desde minha pátria fenícia e me ajudaram a erguer Cartago ludibriando Jarbas, rei getulo, com um couro de boi.

Respeitavam a rainha pela capacidade de submissão ao dever. A capacidade de resistir aos pretendentes. De não fraquejar na construção das muralhas da cidade, me respeitavam por abrir mão de ser mulher. Talvez o Dragão fosse diferente. Tivesse me amado, eu não me destruiria.

Tanto implorei a Eneias que desistisse de sua resolução de seguir viagem! Se ao menos alguma descendência eu tivesse concebido antes de sua fuga. Se uma pequena réplica de Eneias brincasse em meu palácio, não teria me sentido de todo enganada e abandonada! Mas aí Roma e Cartago estariam unidas pela mesma ascendência e isto não seria do agrado dos deuses e do poeta.

O aedo foi meu algoz e meu cúmplice. Teria ele acreditado um dia que a paixão que senti por Eneias foi fruto de uma inesperada aliança entre Juno e Vênus, na qual Juno acabou derrotada? Impossível saber. Essa resposta não interessa à vingança que empreendo através da memória. Os poetas são capazes de criar e recriar tantas histórias falsas que acabam, quem sabe, por acreditar nelas. Mas ele me retratou bela e ardente, ardente o bastante para abrir mão de todas as minhas conquistas por um amor que, a princípio, não me ameaçava. Eu não abriria mão do meu reino e da vida, se capaz fosse de adivinhar que um dia Eneias partiria. Faria com o desejo por ele o que fiz com a fúria que me habitava quando me encantei pelo único aliado que poderia me auxiliar a conseguir outro território. Por um momento, duvido acreditar o poeta apenas nos deuses como origens dessa mania feroz que acomete os que amam.

O poeta teria que se tornar meu algoz. Quando o poeta cultua deuses e senhores, se torna também um guerreiro: por maior que seja sua compaixão pelos vencidos, ele também os fará derrotados.

Foram belas imagens e palavras usadas por ele para contar sobre a amizade que unia Dido, a viúva, e Ana, minha irmã e confidente. Ela também foi derrotada pela conspiração entre Roma e os deuses. Como se arrependeu de ter acreditado que o belo estrangeiro seria o meu consorte! Mas se Juno, a deusa que amava Cartago, acreditou poder evitar a partida de Eneias e assim evitar a destruição da cidade querida, no futuro, como poderia minha irmã, Ana, prever que Eneias, a chamado dos deuses, me abandonaria?

Não foi apenas a ameaça representada por Cartago para a descendência de Eneias que o poeta decidiu exorcizar. Quando Eneias desceu ao Ctônio com a Sibila para escutar seu pai, Anquises, ou quando recebeu de Vênus, sua mãe, o escudo forjado por Vulcano, já eram fatais as notícias das vitórias de Roma contra a África. Os deuses não poderiam aprovar a paixão entre Dido, a rainha de Cartago, e Eneias, o ancestral dos imperadores romanos, se preparados estavam para, um dia, fulminar a união entre Marco Antônio e Cleópatra.

Se Eneias não abrisse mão de sua paixão por mim, se não partisse em busca de seu casamento com a Itália, como poderiam destruir o romano que combateu seus pares, aliado à amante estrangeira? Ela também se suicidou, afinal.

Cruéis são os deuses. Cruel é o poeta. Ou cruéis são os homens?

V

Mauro espera, impaciente, que a mãe esgote o relatório dos acontecimentos sociais e familiares do último mês. Sabe que os monossílabos carinhosos — como ela se refere às suas palavras de distraída pausa entre os longos parágrafos maternos — não vão detê-la enquanto não terminarem as novidades.

"Estou sendo desnecessariamente mal-humorado com minha mãe, mas também são oito da noite, será que ela não percebe que estou no final de um dia de trabalho?"

— Mamãe, ótimo que você esteja se dando tão bem, mas eu preciso do endereço daquele seu amigo, o padre Hipólito, um que vinha muito aqui.

— O Hipólito! Ele se aposentou, você sabia?

— Eu supunha, d. Déa. Ele nunca mais apareceu aqui.

— Aí é que você se engana. De dois em dois meses, ele vem ao Rio e nós almoçamos juntos, ele vem me visitar, saber das novidades.

— Ótimo. Então você tem o telefone dele. Está resolvido o problema.

— E para que este interesse súbito no padre Hipólito? — Risonha e curiosa, Déa espera pela resposta do filho.

"Eu sabia que ela ia perguntar. Imagina se ela deixaria passar esta oportunidade de se enfronhar um pouco que seja em minha vida. Estou sendo injusto com minha mãe, eu e Clara quase não damos atenção a ela, é natural que sinta curiosidade quando apareço."

— Uma paciente minha, lá do hospital, andou escrevendo umas coisas sobre Roma e Cartago, eu gostaria de conferir com o padre as informações. Ele não foi professor de latim?

— Acho bom você ter aceitado o convite para trabalhar no hospital. Podia ficar no consultório, ganhando dinheiro com pacientes particulares, mas, no entanto, arranjou tempo para se dedicar àquelas pessoas.

— Consultório hoje em dia não dá esse dinheiro todo, mamãe, e eu gosto do hospital. Não é caridade, como você pensa.

— Mauro, Mauro, por que você se esforça para parecer mais frio do que realmente é?

— D. Déa, d. Déa, por que a senhora insiste em me consertar?

Os dois riem juntos, a mulher grisalha e elegante ri com um misto de orgulho e comiseração, o filho com afeto e, ao mesmo tempo, impaciência.

— Está bem. Vou preparar um drinque para você e depois eu ligo para o Hipólito.

— Não precisa, mamãe. É só me dar o telefone, eu ligo amanhã do consultório.

— Nada disso, faço questão.

Ele escuta, por uns dez minutos, a mãe conversando com o padre ao telefone, como se a ligação não fosse interurbana, como se nenhuma pressa ou ansiedade existissem no mundo e, mais uma vez, se surpreende em assistir à habilidade com que a mãe exercita a conversação. Qualquer uma.

O padre conhecia, é claro, a história da rainha Dido. Para ele era uma surpresa que Mauro ignorasse. Consequência lastimável do latim ter sido abolido no ensino secundário. Nenhum verniz de cultura greco-latina, criticou bem-humorado. Virgílio, poeta romano, fizera de Dido sua personagem na *Eneida*. Era essencial que Mauro lesse a epopeia, se pretendia se familiarizar com a trama. Não que o padre a considerasse a melhor obra do escritor latino. Literatura engajada, para justificar o expansionismo de Roma e agradar ao imperador Augusto, atribuindo a este uma ascendência divina. "Coisas da política que já existiam na Antiguidade", lastimou o padre. "Virgílio usou a obra de Homero para escrever a história de Eneias, herói troiano, mais tarde Dante usará a de Virgílio para escrever a *Divina comédia*, enfim, é assim que a literatura é feita, a criação está em recontar de maneira nova os velhos mitos."

Mauro anota os esclarecimentos do padre com as dúvidas que listara no consultório. "O aedo canta os feitos do herói e apela às musas para que conduzam a inspiração", explica o padre.

"Dido apela a Nêmesis, deusa da vingança", rabisca Mauro ao lado das informações.

"Eneias era piedoso, para ele o mais importante era cumprir com seu dever de fundar uma nova Troia, fora da Ásia, como previra Cassandra. Virgílio usou na *Enei-*

da as teorias, em voga na época, sobre a reencarnação, sobre o poder de adivinhação dos mortos, sobre a possibilidade deles aparecerem aos vivos, em sonhos, para preveni-los a respeito do futuro. O ideal, Mauro, é que você leia pelo menos os seis primeiros cantos da *Eneida*. É onde aparece a última referência a Dido, quando Eneias a revê, no inferno."

Páginas e mais páginas de anotações, a conversa com o padre esclarecera certas dúvidas, estabelecera outras, percebe Mauro, enquanto aceita distraído um salgadinho oferecido pela mãe.

— E aí, resolveu seu caso? Descobriu tudo que precisava para continuar o tratamento?

"Ah, se você soubesse que eu nem sei onde está a paciente, quanto mais qual é a doença ou o tratamento, com certeza ficaria espantada!"

— Ajudou bastante, mamãe. Muito mesmo. Eu vou ler o livro que o padre Hipólito recomendou. Por falar nisso, entre os livros de meu pai não teria um exemplar da *Eneida*?

— Eu tenho a *Eneida*, Mauro. Seu pai, que Deus o tenha, lia medicina, não lia literatura. Você quer levar? Eu deixo, mas é emprestado, viu? O livro é de estimação, edição em versos com dedicatória do meu professor, o Hipólito.

A enfermeira e o médico examinavam-se em silêncio. Nenhum queria começar a falar, e as amabilidades sociais já tinham se esgotado. Os pedidos foram feitos: ela, num arroubo de ousadia, pedira chope, ele, encabulado, seguira o exemplo. Foi ideia dele o encontro fora do hospital. Ela concordou, fiel ao princípio de que as paredes têm ouvidos. A sensação de perigo continuava, cada vez mais próximo, cada vez mais forte. As "madames" do Serviço Social não conseguiram nada, ainda. Mais cedo ou mais tarde conseguiriam, ele achava. Nem que fosse um corpo, ela pensou, mas não disse.

"O doutorzinho estava angustiado. Escandalizado com ele mesmo, conheço os sintomas. Homem inteligente e sério tem sempre este problema, dá pena." Ela podia sentir, apalpar, quase, o desconforto dele. Remorso por estar tão interessado numa mulher que não conhecia, em alguém considerado doente.

— Enfermeira, espero que a senhora não entenda mal este convite. Achei que durante um jantar poderíamos conversar mais à vontade.

— Claro, doutor. Para mim é um prazer sair um pouco do hospital. Faz muito tempo que eu não vinha a este restaurante.

— Ah, a senhora já esteve aqui?

— Já. Há muito tempo. Com um amigo.

"Um colega seu, meu rapaz. Filho de alemães. Bom de cama, rico e doido por uma crioula. Esta aqui. Adorava comida, cerveja e a mim. Era menos inteligente do que você e com certeza essa é uma boa qualidade num homem. Gente que pensa demais se atrapalha na cama. Dá trabalho para se soltar."

— Estou desapontado, d. Nadir. Pensei ter feito uma escolha original. Pouca gente conhece este restaurante. Acho que no hospital ninguém conhece.

— Não se preocupe, dr. Mauro. Eu gosto muito da comida daqui.

— Não sei bem como começar. Li todo o manuscrito deixado por Elissa e confesso que não sei o que pensar.

— Eu li também. Sonhei até com a história.

— Ah, a senhora chegou a sonhar com ela? Que interessante! Posso saber como foi o sonho?

— Não sei se lhe conto, doutor. O senhor será capaz de querer me internar também.

— Se algum dia a senhora precisar de um atestado de saúde mental, pode contar comigo. Sei reconhecer alguém são. Se é que isso existe.

"Ele ri! É verdade que fica vermelho, mas ri. Coitadinho, pisando em brasa e achando graça nas minhas brincadeiras. Bom sinal."

— Sonhei com as mulheres da história, doutor. Pelo menos eu sentia no sonho que eram elas. As duas irmãs. Dido e Ana.

— Alguma parecia com Elissa, d. Nadir?

— Dá para deixar de me chamar de dona, doutor? Me faz sentir velha, velha.

— Claro, imagine. Eu a chamo de Nadir e você me chama de Mauro.

— Não vou conseguir, doutor. São trinta anos chamando médico de doutor, psicólogo de doutor, estagiário, interno. Vestiu branco e não é enfermeiro, o título é automático. Me desculpe.

— Está certo. Agora me conte, a rainha Dido parecia com Elissa?

— De jeito nenhum. Era de pele bem escura, no sonho. Bem morena. Nariz fino, magra, o cabelo comprido, menos grosso do que o meu, mas a cor não enganava. As duas. A irmã também. Elissa é branca. Cabelos castanhos, bonitinha, o senhor lembra?

"Demais. Lembro em excesso. O tempo todo. A memória dos cabelos de Elissa já está me atormentando."

— Interessante você me dizer isso. Eu conversei com uma pessoa, um padre professor de latim, amigo da minha mãe, e ele me contou, por alto, a história da rainha Dido. Uma das coisas que ele disse foi que Dido não era branca. Por causa da região em que nasceu. Fenícia, você já ouviu falar?

— Acho que nunca ouvi. Então a rainha existiu mesmo?

— Pode ser que tenha existido. Ninguém sabe. Ela teria fundado uma cidade africana, Cartago, tido um caso com um troiano chamado Eneias. Ele esteve ligado de alguma forma à fundação da cidade de Roma, e Roma, mais tarde, destruiu Cartago.

— E quem foi o poeta?

— O tal de quem Dido reclama? Virgílio. Poeta romano. Escreveu a história de Eneias, uns trinta anos antes de Cristo nascer.

— Então é tudo verdade?

— Verdade como? Não dá para saber o que é verdade. Vários escritores se referem à rainha Dido. Eu até comprei os livros. Santo Agostinho, Anatole France, Virgílio. Não li ainda. Ninguém sabe se ela existiu ou se foi inventada. Com certeza ela não existe agora, hoje, escrevendo autobiografia direto do inferno.

"Ah, meu amigo! Você é daqueles que só acreditam na ciência. Não crê na existência do inexplicável. Não é tão difícil os mortos se comunicarem com os vivos. Em qualquer terreiro competente se vê isso."

— E os nomes estranhos? O padre explicou também?

— Eu anotei em minha agenda, vou lhe mostrar. *Eidolon*, uma espécie de fantasma, não exatamente isso, mas chega perto. *Mnemósina*, deusa da memória. *Dite* e *Prosérpina*, deuses do Reino dos Mortos, *Pigmalião*, irmão da rainha Dido. Ah, *Cassandra*, vidente troiana, que podia ver o futuro, mas ninguém acreditava em suas profecias. Você já ouviu falar na guerra de Troia, um cavalo de madeira, essas coisas?

— Presente de grego?

— Isso. Exatamente. Marco Antônio foi um general romano, amante de Cleópatra. É a rainha africana que foi destruída por Roma. Com a derrota e a morte do amante, ela se mata. Que bom, chegou o nosso jantar. Deixa eu tirar essa agenda daqui.

Por algum tempo os dois se dedicaram às costeletas de porco defumadas, ao chucrute, comentando as delícias da comida alemã. Ele se sentindo aliviado, não imaginara que fosse tão fácil conversar sobre o enigma com alguém. A enfermeira era especial, sua intuição estava certa. Pena que não tivesse estudado, daria uma boa psiquiatra. Nenhuma pergunta ansiosa, nenhuma pressão. Plácida, como um colo de mãe ou o ombro de uma amante compreensiva. Não queria pensar em amantes agora. A palavra lhe lembrava a esposa em casa, já reclamando de seus modos estranhos, sugerindo férias. Lembrava também os cabelos, os pés de Elissa. Aquela fixação absurda.

Nadir comia dividida entre as boas recordações do médico rico que gostava de comida alemã e a preocupação com Elissa. O sonho fora um aviso de Iansã, estava claro, agora. Ela já devia ter procurado os búzios. Espécie de fantasma, qual! *Eguns* sem sossego, se esparramando pelos escritos da outra. Ficar preso aos rancores dá nisso. A rainha era forte para construir cidades, para fugir do mal de fora, mas fraca para resistir ao mal de dentro.

Gente assim precisa de ajuda sempre. Eles, ali, comendo do bom e do melhor e a pobre, perdida no meio de suas memórias. Muito triste.

— A torta de maçã daqui é uma delícia, dr. Mauro.

— Não sei se devo. Já comi tanto.

— Bobagem, o que dá gosto regala a vida.

— Então, eu acompanho. Garçom, duas tortas de maçã. — Consulta Nadir ante a pergunta do garçom: — Com creme? As duas com creme. Minha mulher ficaria escandalizada com a minha gulodice.

— É médica também, sua esposa?

— Não. Ela é uma pessoa sensata. Trabalha numa empresa de consultoria financeira. Bom emprego, não leva problemas para casa. Sabe viver.

— Voltando à vaca fria, como se diz, o que foi que o padre achou do manuscrito?

— Não mostrei. Conversei pelo telefone. Ele mora numa cidade próxima, eu tinha urgência em entender aquilo, liguei para lá.

— Sei. E o senhor acha que foi Elissa quem escreveu aquilo tudo? Ou que inventou?

— Ela poderia ter escrito? Você conviveu com ela todos os dias, dois meses, dentro do hospital. Ela teria capacidade para isso?

— Não sei. Nunca a vi escrevendo. Mas ela sabia ler, falava pouco, mas direitinho. "Por favor, com licença, sinto muito, será que poderia me ajudar?" As coisas que as pessoas bem-educadas falam. Eu tenho impressão de que ela escreveu. Era dona daquilo. Não queria que outra pessoa botasse a mão. Deve ter escrito mesmo.

— Então, quando o meu colega pegou o manuscrito, ela entrou em crise.

— Ela ficou possessa. Não sei se era crise. Eu não assisti.

— Você não acha que Elissa é doente, não é mesmo, Nadir?

— Sei lá, doutor. Não tenho essas certezas que vocês têm. O seu colega, por exemplo. Ele faz umas coisas, às vezes, que se não fosse médico, eu diria que faz por maldade. Arrancar os papéis de Elissa foi uma dessas coisas. Maldade é doença?

— Não, não é. Mas pode ser burrice. Apagar o passado de uma forma tão radical é doença. Pelo menos, a gente considera que é.

— E se o passado for insuportável? Por falar nisso, como foi que a rainha Dido morreu, afinal?

— Cortou a garganta com uma faca.

— Uma coisa que eu não lhe contei. Elissa tinha medo de facas. Medo ou fascinação, talvez as duas coisas.

— Ela pode ter escrito a história e acreditado que era verdade. Que as coisas se repetiriam com ela. A literatura médica...

— Doutor, por favor. Uma paciente foge do hospital graças à maldade de um colega seu e o senhor vem me falar de literatura médica? Ela corre perigo, eu sei.

— Sabe como? Quais os indícios que você tem?

— Os do sonho. Eu não sonhei que Dido era muito morena, quase mulata? Como é que eu podia saber? Da mesma forma, sei que ela fugiu por medo de alguma coisa.

— Nadir, eu respeito a sua experiência, sensibilidade, dedicação, mas mesmo que a sua intuição esteja certa, nós não podemos fazer nada. O Serviço Social já tentou achar Elissa e não conseguiu.

— Acho que eu posso tentar. O senhor não consultou um especialista em latim para entender o que ela escreveu? Eu tenho meus especialistas também.

— Nadir, Nadir. Nós não somos detetives. Esta é uma cidade grande. Além disso, ela pode nem estar aqui. Pode ter sofrido um acidente, um assalto, sei lá, tanta coisa pode acontecer a uma mulher nesse mundo.

"Aos homens também, doutor. Inclusive se apaixonarem por alguém a quem reencontram, alguém a quem não protegeram direito quando podiam."

— Vamos combinar o seguinte: o senhor lê os livros, eu consulto umas pessoas que conheço.

— Você promete me manter informado? Não vai se meter em encrenca?

A risada era gostosa, sacudia a negra, mas não era desafiadora. Era o riso de quem tem compaixão dos cegos e dos onipotentes, os que, por acreditarem conhecer tudo que merece ser conhecido, passam distante dos pequenos detalhes que compõem a vida. Encrenca? Era mais fácil ele se meter numa encrenca quando ela encontrasse a rainha. Se o perigo não a encontrasse antes.

Madrugada insone. Mais uma. Um erro ter começado a ler o livro. Fora obrigado a ligar de novo para o padre, mais dúvidas. Algumas coisas que estavam no manuscrito eram encontradas no livro também. Nos primeiros cantos. A fuga de Eneias de Troia incendiada, sua estadia em Cartago, a paixão e suicídio da rainha Dido. O conselheiro não aparece. A irmã, Ana, sim. Os deuses, idem.

Sua primeira dúvida foi a memória. Os mortos podiam ver o futuro. Assim descrevera Virgílio. Eles enxergavam, do *Hades*. Não existia céu e inferno para os romanos. O reino dos mortos era um só, é verdade que dividido em *Tártaro* e *Campos Elísios*, o padre explicara. Por isso, o pai de Eneias pudera mostrar ao filho as proezas de seus futuros descendentes, imperadores de Roma. E para que o *Lete*, o rio? Quando eles retornavam ao mundo dos vivos, por que se banhavam no rio? Para esquecer tudo a respeito das existências anteriores. "Lendas da reencarnação", esclarecera o padre. "Apesar de que se pode entender essas ideias, desenvolvidas por Pitágoras, quatro séculos antes de Cristo, como um embrião do livre-arbítrio."

"Lógico, se alguém lembrasse dos tormentos receitados pelos deuses, trataria de andar direito da próxima vez", pensou mas não disse ao padre, para não entrar em polêmicas teológicas. Estava, talvez, abusando da amizade que Hipólito tinha por Déa, sua mãe, mas não via outra opção. Precisava entender Elissa. Pitágoras, o do teorema, acreditava em reencarnação, Virgílio, o poeta detestado por Dido, talvez acreditasse também.

"Cristão nenhum pode acreditar nessas coisas. Apreciar como literatura, para ampliar a compreensão da história e da cultura de outros povos, acreditar nunca. Não existe comunicação entre vivos e mortos", o padre estava convencido disso.

VI

O POLICIAL CHEGOU EM CASA maldizendo o calor, louco por uma cerveja. Vinha pensando nisso todo o caminho de volta. Acompanhara o perito numa diligência. Caso comum, não mereceria nem notícia nos principais jornais, talvez manchete nos mais escandalosos, dados deturpados. Não mereceria grandes investigações também.

A morta era aluna de um Ciep da Zona Oeste, próximo ao local do crime, 14 anos, sétima série, boa aluna, até. Lógico, se não fosse, estaria repetindo a segunda série pela quarta vez, ele pensou, cansado das coincidências. A mãe, esgotada de lágrimas, tremendo de nervoso, nunca tivera conhecimento de más companhias, a filha era uma garota normal, ia a festas com os colegas, ajudava um pouco em casa, não reparara em nenhuma mudança especial nos últimos tempos.

Era esse o padrão habitual. A mãe não sabe, tem filhos pequenos, uma porção deles, para cuidar, a garota era filha do primeiro casamento, o pai sumira no mundo, o padrasto, vigia noturno num depósito na Dutra, biscateiro durante o dia. Serviço de pedreiro, encanador. A mãe raramente saía do bairro. Favela de casas de alvenaria, ruas sem asfalto, esgoto a céu aberto, poucos barracos de verdade. A filha ia à praia, às festas com amigos, bailes funk. "Dançava tão bem", a mãe chora de novo, mostra fotografias da primogênita. Cinco ou seis instantâneos de má qualidade. Em bebê, no colo de uma adolescente, com algum esforço se reconhecia a mãe, paraibana recém-chegada ao Rio, pensou o policial olhando a mulher. Os outros eram recentes, corpo bonito, sorriso confiante, confiante em excesso — ele achou —, quase desafiador, saia curtíssima, devia dar pra ver o início da bunda, ele podia jurar que dava, mas a fotografia era de frente, e as pernas eram bonitas, a barriga lisa, os peitos marcados na blusa justa. Roupa de piranha jovem, totalmente inadequada para andar em ônibus lotados ou trem, mas seria inútil qualquer conselho nesse sentido, mesmo se a garota ainda estivesse viva. "Algum tarado matou minha filhinha", a mãe começa a se debater ao sol quente, amparada pelas vizinhas, enquanto o corpo é removido para o Instituto Médico Legal.

Podia até ser, mas o policial duvidava. Em algum lugar, aquela teteia de cabelo sarará e pele quase branca, arranjava dinheiro, quando viva, para as roupas de piranha, as bijuterias, as fotografias nos bailes, os passeios pelas praias da Zona Sul. Uma professora consola a mãe, deve ter vindo representar o colégio, essa sim, talvez pudesse dar alguma informação que prestasse. O policial espera que o tumulto diminua depois da saída do corpo, se apresenta, a professora é arrogante e desconfiada. Ele não se incomoda, sabe, pelo tipo e pelo broche, que a outra é rebelde, é grevista, não gosta de polícia, mas sabe também que pela idade e pela presença naquele cenário conhece bem os alunos. Espera com paciência ela esgotar todos os argumentos contra a inoperância da polícia carioca para entrar de sola: com quem a menina andava? notara alguma mudança nos últimos tempos? nervosismo, medo, alegria em excesso? chegara alguma vez de carro ao colégio? parecia estar guardando algum segredo? tinha planos para o futuro? planos condizentes com a família, a favela, a escola? namorado da mesma idade? gostava de homem mais velho? alguma vez roubou na escola? era boa aluna? aparecia com coisas que a família não teria dinheiro para comprar? relógio, bijuteria, mp4?

Uma das melhores alunas, muito inteligente, apesar de estudar pouco. No final do ano anterior dera para andar com colegas mais velhas, repetentes, do mesmo bairro. Roubo nunca. Paixonite pelo professor de educação física, ela e todas as outras, mas ele sabia lidar com isso, um rapaz muito delicado, apesar dos músculos que encantavam as adolescentes. "Sei, veado", pensou o policial, mas não disse, para não despertar a animosidade da professora. Namorou um rapaz da oitava série por uns meses, ela mesma terminou o namoro, o garoto ficou inconsolável. Foi na época que começou a usar relógio e mp4 na escola, como foi que o senhor adivinhou? O policial balançou a cabeça e não respondeu. Uma ou duas vezes saíra da escola de carro, modelos diferentes, a professora não sabia distinguir as marcas, mas as cores eram diferentes, achava que Corcel numa ocasião e Fiat em outra. Carros usados, dirigidos por um rapaz acompanhado de mais dois. "Roubados, é evidente, como é que a garotada não apronta, com adultos tão cegos tomando conta dela?" Comentário omitido da conversa, era besteira fazer a professora se sentir culpada. Nas últimas semanas, ela vinha falando de comprar um videocassete para dar de presente à mãe, adorava a mãe e os irmãos, apesar de não gostar muito do padrasto. Ele bebia, ela contava desde pequena, às vezes era um pouco violento, eles costumam ser assim, o senhor sabe, e, parece — era o que a menina contava —, trabalhava menos do que devia. Ela não estava diferente, nervosa, nos últimos tempos. Não que a professora lembrasse. Talvez apenas feliz, a aparência mais luminosa, se é que o senhor me entende. Ele entendia perfeitamente. A professora é que não. A garota começara a dar para alguém. As mulheres mudam nessa ocasião, mudam de cheiro, mudam a pele, o cabelo. No dia em que falou em dar de presente o vídeo para a mãe, ela estava bem alegre. Não, ela não gostaria de comparecer à delegacia para prestar depoimento. A menos que fosse obrigada. Não, não seria capaz de reconhecer os rapazes do carro. Não achava correto dar a ele o nome do ex-namorado da garota, nem os das colegas. Ele ganhava para investigar, cumprisse o seu dever, a professora atalhou num misto de medo e desafio. O policial quase riu na cara dela. Engoliu a risada, porque não gostava de fazer mulher sofrer. Tinha esse fraco, mesmo as putas mais safadas, as que mentiam o tempo todo quando eram pegas depois de aliviar a carteira de um otário qualquer e ainda deixarem o cafetão maltratar o sujeito, mesmo essas ele só sacudia um pouco para manter o respeito, para que elas soubessem com quem estavam falando. Aquela coitada, com seu salário miserável, sem chances de arranjar dinheiro por fora, já devia estar se roendo por dentro de pena da ex-aluna. "Vi ontem no colégio, estudou com a gente desde a primeira série, era tão bonitinha", mais uma mulher chorando, era tudo o que ele precisava para terminar o dia: lágrimas, lágrimas e mais lágrimas de mulher, um corpo de mulher massacrado e nenhum filho da puta suspeito para receber uns bons tapas para confessar.

Nem precisava investigar. A garota se envolveu com algum "soldado", "avião", talvez gerente de boca, começou a passar a droga nos bailes, quem sabe, na praia, o ganho era suficiente para os passeios e as roupas, ela quis mais, achou fácil desviar algum para o videocassete e dançou. Não sabiam administrar a ambição nesta idade. Catorze anos. Não sabiam administrar nada. Alguém precisava cuidar disso. Não a pateta da mãe, com a meia dúzia de filhos e o marido alcoólatra. Nem a professora. Era uma merda de vida, o caso seria arquivado, a menos que ocorresse alguma pressão de cima, e tinha de ser forte, porque casos de adolescentes metidos a espertos, brincando de serem mais inteligentes do que o pessoal do Movimento, eram frequentes demais para serem levados até o fim.

O policial dirigia seu carro sonhando com um banho quente e uma cerveja gelada quando chegasse em casa. O carro era confortável, não muito novo, porque seu salário não justificava um carro zero e ele não se incluía entre os cretinos, colegas seus, que ostentavam muito mais do que podiam comprar. "Dinheiro bom é dinheiro não declarado" era seu lema, dinheiro que não chama a atenção dos fofoqueiros, dos chefes ambiciosos, ele preferia ganhar por fora, discretamente.

Não havia banho quente nem cerveja gelada quando entrou em casa. A filha caçula estudava na sala, tentava o vestibular pela primeira vez, 17 anos, ambiciosa e esperta, sabia lidar com a vida, que diferença dos outros, do irmão e dos idiotas que ele encontrava no seu cotidiano policial. Ela que lhe lembrou, em ligeiro tom de malícia, que o aquecedor estava quebrado há uma semana e que a mãe proibira bebida alcoólica em casa.

A mulher virara crente, ele vivia esquecendo este detalhe. Talvez fosse o caso de convencê-la a procurar um médico, aquilo só podia ser maluquice, ir ao templo três vezes por dia, de domingo a domingo, viver procurando pecado em tudo, a casa abandonada, nem mandar consertar o aquecedor ela mandava. Era desaforo uma coisa dessas, ela não bebia e não deixava ninguém beber. A culpa era dele, um "banana" com mulher, por que não dava uns gritos ou uns tapas naquela idiota?

— Ligaram três vezes da delegacia pra você, paizinho, alguém precisa lhe falar com urgência.

"Porra, mais essa! Diligência, não! Eu cumpri meu plantão, tive minha dose dupla de horror no dia, vagabundos pela manhã, tortura e morte à tarde, ainda tenho que aturar as frescuras da mulher com a igreja, o aquecedor, provavelmente o jantar vai sair tarde, só quando ela chegar com a cabeça cheia de aleluias. Não vou pegar no batente de novo, nem por um decreto."

Existia a possibilidade de ser um cliente que não conseguira ligar para o celular. O aparelho velho vivia dando defeito. Já deveria ter comprado um novo. "Sovina", a filha lhe chamava, era mesmo um pouco, não que deixasse faltar as coisas na casa, nunca negava um bom presente para a mulher, filhos e netos no Natal e nos aniversários, mas gostava de evitar sinais externos de prosperidade.

Ligou para a delegacia antes de entrar no banho, odiava chuveiro frio, ultimamente andava sonhando com uma banheira, daquelas de hidromassagem, como as de motel, mas a mulher não aguentava nem ouvir falar, banho quente e demorado soava como luxúria, tentação de Satanás, ela sempre fora meio arredia às coisas da carne, com a menopausa ficara pior.

Sua intuição estava certa, o colega de plantão informou, não sem uma certa dose de inveja, que a secretária de um cliente ligara três vezes atrás dele, isso que era sujeito de sorte, o dinheiro extra vinha até ele, nem precisava se preocupar em completar o orçamento correndo atrás de pilantra, tinha sempre um palhaço querendo que investigasse alguma coisa. E o nome do cliente, perguntou, sem se dar ao trabalho de responder à provocação, o outro *mineirava* traficante e ladrão, por necessidade, mas também porque era um espírito de porco, gostava de atormentar qualquer um, aqueles só eram os mais à mão, mas não era ele que ia dizer isso. Cada um por si e Deus por todos, era o seu lema. Dr. Custódio de Farias, informou o outro.

Tempo para lembrar quem seria esse cliente. Não constava na sua agenda, e quando a lembrança voltou, ele teve de olhar para a filha, estudando fórmulas de química para passar no vestibular de direito, com medo que ela ouvisse a emoção bombeando sangue dentro dele, medo que ela sentisse o cheiro da alegria ao localizar o nome que ele não ouvia há muito tempo, desde o dia seguinte ao nascimento dela, a última filha, a mais querida, a única coisa capaz de fazê-lo ter juízo e abandonar a felicidade que aquele recado lhe proporcionava 17 anos atrás. "Dr. Custódio ligou, precisa falar com você urgente", assim a telefonista da central transmitia pelo rádio do carro, na época ele patrulhava as ruas, e bastava o recado para que o resto do dia corresse ligeiro, a cidade era linda, os bandidos uns pobres coitados que não tinham paciência para suportar a vida fora das grades, ele os prendia naquele momento só quando eles procuravam demais pela punição da justiça, se o esforço fosse pequeno ele até liberava, se tivesse que arrancar dinheiro de alguém a facada era modesta, quase generosa, o suficiente apenas para comprar alguma cerveja, um doce especial, um disco de música triste, de preferência de cantor americano, para levar para a sua negra, aquela mulher fantástica que se escondia debaixo do recado discreto de um inexistente dr. Custódio.

— Nataniel, você vai ou não vai anotar o telefone do tal sujeito? — O colega, impaciente com seu silêncio, não podia imaginar as camadas de pedra que ele acabara de remover de cima da pele, com aquele chamado. Fez de conta que anotava o número, agradeceu, desligou, tendo o cuidado de arrancar o papel em branco do bloco, para a filha não desconfiar.

Ela jamais deixaria um número de verdade com alguém da delegacia, mas de qualquer forma, ele decorou, para a eventualidade de não encontrá-la no endereço antigo. Era improvável. A estação era de Santa Teresa, onde ela morava antigamente, na época em que ele se considerava jovem ainda para começar de novo, largar mulher e filho adolescente, para afundar no paraíso. Os quatro números finais, 2030, significavam o horário em que ela estaria esperando por ele. Faltavam apenas quarenta minutos, pensou, desligando o telefone. É claro que ele podia se atrasar, mas não tinha cabimento fazê-la esperar depois de 17 anos.

O banho frio se tornara menos odioso, o receio é que ela reparasse quanto ele envelhecera, as bolsas debaixo dos olhos, a barriga de quem perde o tempo sentado, bebe muito e não precisa agradar ninguém. Essencial fazer a barba. A primeira hesitação ao escolher a roupa. Não podia sair lorde, como gostaria, era bandeira demais. Nem com roupas sem graça. Ela gostava de roupas bonitas, vistosas, "homem gostoso, homem bem-vestido", ela ria quando o obrigava a comprar uma camisa nova e ele comprava sabendo que ia ser difícil explicar em casa a extravagância para a mulher, sempre preocupada com gastos, com modéstia, preocupada dos vizinhos acharem que ele estava se tornando um desses "mulatos metidos à besta" que só pensam em aparecer. A mulher estava para chegar da igreja, encontrá-la nem pensar, sair de casa irritado com suas lamúrias de costume, não depois de 17 anos deitando em cinzas em casa ou comendo na rua fêmeas sem imaginação.

— Mas que lindo você está, papai! Vai sair de novo? — Poderia ser filha de Nadir aquela menina. Sempre uma palavra alegre, um pouco de carinho, para ela não custava agradar os outros.

— Um cliente antigo, desses que merecem qualquer sacrifício. — Ele beija a testa da filha e pega a chave do carro. Sente vontade de partilhar o seu contentamento. — Por que você não para de estudar um pouco e vai comer uma pizza com alguma amiga?

— Só se você financiar. — Ela provoca porque sabe que ele é rígido com dinheiro, mesada só no início do mês. — Aliás, acho que não vou, não, estou ficando gorda.

— Bobagem, mulher só tem graça assim, cheinha. Toma, fica com um trocado de presente, a féria hoje vai ser boa. Eu faço questão.

Deixou a filha rindo com o agrado especial. Esperava que ela lembrasse de escrever um bilhetinho para a mãe, se saísse. Ele não precisaria dar maiores explicações, eram os extras que garantiam a casa de praia em Maricá, a formatura do filho mais velho, o que trabalhava na PF, os brinquedos caros para os netos, a escola particular para a caçula. Trabalho não é pecado, ainda bem.

Valia a pena morrer assim. Largado na cama, depois de trepar, trepar e trepar. Não, chamar aquilo de trepada era besteira. Um sonho, uma trégua, o paraíso. O abraço caloroso, a cerveja servida em copo gelado, seu tira-gosto preferido, ela ainda lembrava, as perguntas sobre os filhos, o riso com as histórias de delegacia, é claro que ele só contou as engraçadas, pelo menos no início, a massagem na nuca quando ele se queixou de cansaço, Deus, as mãos daquela mulher valiam todo o dinheiro do mundo, Nataniel pensou da primeira vez, enquanto tirava o vestido dela, rosa estampado, largo como era largo o seu corpo, ela nunca se incomodara com excesso de carne, isso sim era celebração, imbecis os que não conheciam um prazer torrencial como aquele.

O apartamento era antigo, do tempo em que se construíam banheiras e ele teve finalmente o seu banho quente, seu corpo massageado de novo, na água morna, começando pelos pés, acabaram por encharcar o banheiro, não havia espaço suficiente para os dois, eram grandes, alguém diria gordos, mas eram grandes e aquela foi em pé, e enquanto ele gozava, pensava, se é que pensamento nessa hora existe, que nunca mais xoxotas sem imaginação visitariam seu pau, mulher nenhuma como aquela, a maior, a melhor, a única que valia a pena.

A partir daí, conseguiu contar tudo, a menina espancada — dava vontade de pegar quem fez aquilo e surrar até cansar o braço e depois entregar para os estupradores de plantão, os que existem sempre na delegacia, nas celas, esperando carne fresca —, a mulher cada dia mais longe dele e da vida, o filho que só pensava em ganhar dinheiro, beber e comer churrasco, não dava nem gosto ir para a praia com a família, tantos eram os amigos do filho e da nora, cada amigo pior do que o outro, se gabando das pequenas vigarices e comendo e bebendo às suas custas. Ela escutava as histórias, coçando devagarzinho a cabeça dele, atenta e solidária, meio sorrindo, até ele esvaziar o amargo e poder falar da filha, a que poderia ser filha dos dois, a razão da despedida, sua principal esperança de que aquela vida cinzenta dos últimos 17 anos tivesse valido a pena.

Deixasse de ser bobo, ela ria, nem tudo deve ter sido tão ruim. Bom que a menina fosse parecida com ela, "afinal, quando ele a plantou na barriga da mulher, quando me corneou com a 'matriz', devia estar pensando em mim, na sua negra gostosa". Ela ria e se esfregava nele, animando de novo o fogo, boca sábia relembrando todos os cantos que o faziam viver, a música baixinho na vitrola velha, música do crioulo americano que gostava de cocaína, Nataniel não precisava de droga para ter aquela mulher debaixo de sua pele, era impossível saber que parte dela era mais saborosa, mas a boca e as mãos conseguiam tudo, ele tinha esquecido o gosto de ser consumido até a exaustão, era o melhor da vida.

Ela foi passar um café, forte, como ele gostava, para tomarem com torta. Quinze minutos de atraso lhe custara a torta de chocolate que ela preferia a todos os doces. "Você tem boa memória", brincou. "Se eu tivesse me lembrado, nós podíamos ter saboreado esta torta de outro jeito." Vestidos, comendo doce na sala, eles podiam rir das brincadeiras eróticas da juventude. Hoje, naquele momento, ele não conseguiria repetir a dose. Nem sabia como conseguira tanto.

— É que a madame aqui é muito boa.

— A melhor — admitiu carinhoso.

— Por falar em memória, eu estou precisando que você me ajude numa boa ação.

— Todas que você quiser. Nem precisa ser boa ação. Pode ser má também.

— Deixa de ser safado, Nataniel. Agora é sério. Preciso encontrar uma mulher.

— Não serve homem? — Ela riu e estendeu a mão, e os dois acabaram o café de mãos dadas.

— Essa mulher é importante pra mim, Natan. Muito importante. Tanto quanto sua filha pra você.

Pela primeira vez na noite era ela que precisava de cuidado, era ela que desabafava. Na verdade, a preocupação com Elissa vinha ocupando cada vez mais espaço em sua mente, em seus sonhos, nos seus dias, e não partilhar aquilo com alguém que pudesse realmente ajudar estava enfraquecendo sua alegria. Não era necessário explicar a Nataniel isso. Ele sabia que era o preço da volta, mesmo que só aquela noite lhe fosse dada. Sabia também que era um prêmio que ela não daria a outro homem qualquer. Ela precisava dele, aquilo valia tudo.

Voltando para casa, ia revendo as respostas de Nadir. A moça fora trazida ao hospital por pessoas que moravam perto do rio. Por que não chamaram a polícia? Medo, ela acreditava. Pobre não gosta de polícia, evita sempre que pode. Ninguém gosta. Parecia drogada, tinha marcas de violência no corpo ou nas roupas? Não, parecia lesa, fora do ar, mas drogas, não. Talvez tivesse tomado algum tranquilizante, por conta própria ou a mando de alguém. E as roupas que vestia, eram de que tipo? Saia e blusa, cores discretas, quase roupa de secretária, pelo que ela lembrava, a única coisa diferente era um lenço estampado que ela trazia nos ombros, tinha o maior ciúme do tal lenço, ficava olhando horas e horas, torcendo as pontas, agoniada. Idade? Talvez uns 28, quase trinta, olhos e cabelos castanhos. Branca. Azeda? Risos. Não, branca leitosa, do tipo que não pode ir à praia depois das nove da manhã. Pele de bebê. Gostosa? Pra quem gosta de mulher magra. Pés bonitos, mãos de preguiçosa, lisinhas, unhas sem pintar, mas tratadas. "Puxa vida, você conhece bem o corpo da fulana." "Deixa de besteira, você sabe que a minha massagem é santa, às vezes ela não conseguia dormir, eu fazia massagem nela." "Acho que vou me internar nesse hospício, só para ter você me massageando, dia e noite, assim vale a pena ser maluco." "Elissa não é maluca, quando encontrá-la você vai me dar razão." Não era hora de discutir diagnóstico, Nataniel não confiava mesmo em psiquiatras e, além do mais, não queria contrariar Nadir, o tesão e a ternura que sentia pela negra voltaram com mais força do que no passado, ainda bem que ela pedia apenas para ele localizar uma fugitiva, do jeito que estava feliz era capaz de fazer muito mais, qualquer coisa que ela pedisse, logo ele que nunca fazia investigação de graça.

Parecia uma mulher que já tivera filhos? Não, ela era capaz de apostar que filhos, não. Boa pergunta. Uma interna mostrara a Elissa um recorte de revista com fotos de recém-nascidos e ela chorara muito. Ela podia conseguir o endereço de quem trouxera Elissa para o hospital? Já conseguira. Mais do que isso, anotara num papel nome e endereço, mais os dados do médico que tomara os papéis de Elissa, e os do outro, Mauro, o que era fissurado na moça.

— Dava uma boa detetive, essa nega.

— Aprendi com você, escutando sua conversa fiada na cama.

Risos.

— Além de gostosa, metida a engraçadinha.

— Sempre às ordens.

— Sei, você vem me dizer isso à uma da manhã, depois de ter me arrancado o couro. Cinquenta e cinco anos não são vinte.

— Pra velho, você está mais do que ótimo.

— Por que você não gosta do tal médico, o que arrancou os papéis da moça?

— Ele é mau. Gosta de fazer sofrer.

— Conheço o tipo. Mas tem alguma coisa concreta, bate nos internos, abusa das mulheres?

— Não sei explicar bem. Ele pesa a mão nos remédios, dopa as mulheres, já vi umas duas vezes ele zombar delas, muito discreto, mas ele tem um jeito de falar sempre a frase errada, não levanta a moral, derruba, sabe como é?

Ele sabia perfeitamente. A esposa era assim, desde o início do casamento. A filha estava sempre mais gorda do que devia, ele ainda morreria da mania de colocar pimenta na comida, que coisa mais feia homem barrigudo, isso é que dá tomar cerveja demais. Só o filho era bom, bonito, perfeito. Não gostava nem de lembrar.

— Ele não demonstrou interesse em Elissa no começo. Uns quinze dias antes dela sumir foi que o sujeito aparecera na enfermaria cheio de perguntas, observara ela dormindo, receitara uns remédios brabos para a coitada. Receitou os remédios na véspera de tomar os papéis. Prescreveu também uma série de eletrochoques.

— Pensei que só a polícia usasse choque elétrico hoje em dia. Ela usou os remédios?

— Você acha que eu ia deixar? Tirei a receita do prontuário. Se ela tomasse aquilo ia levar um bom tempo parada. Depois que Elissa sumiu, eu coloquei a receita lá de novo.

— Se ela tomasse os remédios, não conseguiria fugir?

— Acho que não.

— É fácil para uma interna sair do hospital?

— Facílimo. Basta querer.

— Não entendo. Por que não fogem todos?

— Uns, porque não têm para onde ir. É claro que alguns são muito doentes. A maioria, acho, porque se acostuma com aquilo, não enxerga outra saída. Gente é assim mesmo.

Ele, inclusive. Acostumado com a vida cinza. Devia ter lembrado das implicações da pergunta antes de abrir a boca. Nadir não era só gostosa, ela enxergava também. Não cruel, precisa apenas. Quase pergunta se ela guardava mágoa de sua fuga, há 17 anos, depois que Julieta nasceu, no dia em que ele descobriu que seu maior desejo, ter uma filha, tinha se realizado. Nunca mais existiria uma trepada como aquela, a da despedida, lágrimas e gozo, ele não tivera vergonha das lágrimas, chorar de perder uma mulher como ela era uma medalha, um troféu no peito de um homem. Recebê-la de volta, mesmo que escondido e de vez em quando, era uma dádiva, chegava a sentir ternura pela maluca, a Elissa, que lhe dava o prêmio de trabalhar de graça para achá-la e em troca reencontrar Nadir.

— Pena que Elissa tivesse levado as roupas na fuga, eram uma pista, mas é claro que ela não ia fugir de uniforme de hospital.

— Além de você, alguém mais mostrou afeto especial por Elissa?

— Uma interna apaixonada pelo dr. Mauro.

— Ah, isto é importante. Impressionante como vocês mulheres percebem essas coisas. Esse doutor é o garanhão do pedaço?

— De jeito nenhum. Ele é totalmente dedicado à profissão.

— Veado?

— Mas será o Benedito?! Você, por acaso, come todas as putas que aparecem na tua delegacia?

— Algumas eu como. De camisinha, porque elas são muito brabas.

Tapas e risos. O tesão quase voltando.

— Não me bate, mulher. Você sabe que se bater eu gamo. Essa interna recebe visita?

A irmã a visitava de vez em quando. Estivera lá no dia em que Elissa fugira? Nadir não sabia, mas podia investigar. Não era preciso, podia chamar a atenção de alguém. Bastava conseguir o endereço. Podia imaginar a quantidade de gasolina que ia gastar visitando a tal irmã ou seguindo o médico, dr. Carlos Eduardo Munhoz, nome mais besta, imaginou a despesa, mas não disse nada, não queria magoar Nadir, ela era capaz de querer colocar dinheiro do bolso dela na investigação e presente é presente, diziam que ele era sovina, mas se orgulhava de não ser mesquinho.

Ia começar pelo médico. O malvado. Onde há fumaça, há fogo. Levantava a ficha do filho da puta em três tempos. Colocando o carro na garagem, pensou se valeria a pena pedir a um colega que fizesse um retrato falado de Elissa. Um dos desenhistas lhe devia um favor. Liberara um flagrante de tóxico do irmão, há pouco tempo. Vagabundo pequeno, avião de praia, vai ver o irmão policial era sócio. Era cedo ainda para o retrato, decidiu. Primeiro, o médico. Descobrir o interesse dele em Elissa. Conferir o nome dela no registro geral, sem sobrenome era difícil, mas não impossível. Pelo andar da carruagem teria que queimar todos os favores naquela investigação, o que era ruim, na próxima talvez tivesse que pagar.

Depois de trancar a casa, empurrou de leve a porta do quarto da filha. Abajur ligado na mesinha de cabeceira, desde pequena ela precisava de uma luzinha acesa no quarto, várias vezes, no passado, ele estapeara o filho mais velho porque zombava do medo da irmã. A filha de Nadir, sorriu à ideia, ajeitando os lençóis que ela jogara para o lado. Será que se dariam bem, se ele as apresentasse? Maluquice, não dá para misturar filho com amante, ainda mais filha, não sabia como a moça reagiria se descobrisse a história.

Tirou a roupa no escuro para não incomodar a mulher, que dormia num canto da cama, encolhida, bem longe dele, pensou. Agora isso não o chateava. Não esta noite, em que ele voltara a servir ao dr. Custódio de Farias, o melhor cliente que um investigador pode ter.

VII

Prédio de apartamentos conjugados em Cascadura. Nataniel sobe as escadas, arfando, dia de pagamento do rapazola que cuida das gravações. O mês que passara fora bom de serviço, um cliente antigo — verdadeiro, não de treita como o dr. Custódio — encomendara o grampo do telefone do sócio. "Pena que eu ainda não tinha reencontrado Nadir. Dava para incluir a grana do cara da operadora nas despesas. Estou reclamando de barriga cheia, ele foi até camarada, cobrou menos quando eu disse que tinha interesse pessoal."

O dinheiro do rapaz era fixo e o aluguel também. A receita é que variava. Dois colegas, eventualmente, participavam do esquema. Um era Rodolfo, da Entorpecentes. Jovem ainda, menos de dez anos na polícia, às vezes pegava uns casos para investigar em particular. Poucos. Preguiça de trabalhar, sucesso em demasia com as mulheres, gaúcho criado no Rio não resistia a uma saia. Elas eram suas maiores clientes. Investigava maridos, filhos adolescentes envolvidos com tóxicos, rivais. Quando precisava gravar telefonemas, apelava para o esquema de Natan, que cobrava pouco pela utilização. O outro sócio, mais frequente, era Eclésio. Este, sim, ajudava para valer nas despesas. Aposentado, com muitos anos na área de homicídios, e uma rede extensa de relações na legalidade e no crime, Eclésio era muito solicitado. A solidez de sua amizade com Nataniel decorria, entre outras coisas, da justiça com que o detetive administrava o apartamento e o rapaz que ficava por ali. Natan cobrava pelo uso o suficiente, apenas, para cobrir o fixo. Nada de ganhar nas costas dos colegas, batalhando por fora, como ele. No mês em que Rodolfo e Eclésio não usavam, pagava sozinho. Os indícios eram de que isto ia acontecer em abril.

"Não faz mal, minha nega merece tudo. Até dedicação integral e gratuita. Não trabalho quase de graça para o Estado, que, além de tudo, não presta como patrão? Para ela, faço isso e muito mais. Tomara que o grampo no telefone do tal Munhoz, esses dias, dê alguma pista."

2 de abril, sete da manhã.
— E aí, conseguiu alguma coisa?
— Rapaz, você sabe que horas são?
— Sete em ponto, a hora em que combinei de ligar.
— É mesmo, eu tinha esquecido. Fiz uma farra ontem monumental, duas louras...
— Não quero saber dos travestis e das putas com quem você anda! Cadê a dona?
— Não apareceu ainda, o pessoal do hospital continua procurando.
— Você é que tem de procurar, cara! O Ruy está preocupadíssimo dessa mulher saber alguma coisa.
— Que bobagem! Ela só sabe que se chama Elissa. Perdeu completamente a memória, deixou uns papéis

cheio de ideias suicidas. Ela não representa o menor perigo. Nem sabe quem é o Ruy. Para com isso.

— Ela conhece o sistema, idiota. Além do mais, você não leu tudo o que ela escreveu. Conhecia a mulher que se matou, viajou com ela, trabalhava no mesmo banco, eram amigas. É capaz até de ter visto você.

— Viu, nada! Pensa que eu não conheço maluco? Ela me encontrou umas dez vezes no hospital e nem tcham. Aposto que nem foi ela que escreveu aquelas bobagens. Sabe que tem hora que eu me arrependo de ter avisado vocês que a Elissa apareceu no hospital? Vocês estão se preocupando à toa.

— O Ruy não se preocupa à toa, Munhoz. Tem mais, se não tivesse avisado, você estava fodido. Para que você foi pago? Ele disse que você tem até o final do mês para resolver o problema. Foi um azar dos diabos ela ter cruzado o caminho dele de novo. Ou você se mexe ou nós vamos até aí encontrar essa mulher pessoalmente.

— Está bom, vou pesquisar, entre os meus contatos, alguém que possa me ajudar a achar a mulher, pode deixar comigo.

— Espero que possa mesmo. O Ruy não gosta de pagar por serviço malfeito.

3 de abril, sete da manhã.
— Residência do dr. Carlos Eduardo Munhoz, psiquiatra, favor deixar o recado depois do sinal.

— Munhoz, aqui é o Cabral. Liga para o Ruy à tarde, ele quer falar com você, pessoalmente.

3 de abril, quatro da tarde.
— Dr. Ruy, por favor.

— Quem deseja falar?
— Dr. Carlos Eduardo Munhoz.
— Sou eu, Munhoz. Pode falar.
— Pois é, o Cabral tem me ligado, preocupadíssimo com a tal Elissa, não existem motivos, doutor, lhe asseguro, como psiquiatra, que é improvável que ela recupere a memória.
— Deixa de conversa, você pode ser muito bom como aborteiro, mas de psiquiatria eu sei o que você conhece: nada!
— Que é isso, Ruy, eu sempre lhe servi bem, como psiquiatra inclusive, o Jairo é prova disso.
— Dr. Ruy, para você dr. Ruy, sempre, não esqueça. Não vem bancar o certinho comigo, porque eu lhe paguei muito bem pelo serviço. O Jairo, então, nem se fala. Você arrancou o couro dele por aquele laudo.
— Tá certo, dr. Ruy. Não vamos discutir por isso.
— Eu não discuto, quero é a tal analista. Quero os papéis que ela escreveu. Ela pode ter feito um relatório.
— Não fez, doutor. Se tivesse feito, o Mauro, meu colega no hospital, teria entregue o caso para a polícia.
— Ela sabe de alguma coisa, meu sexto sentido não me engana. Por que ela fugiria do hospital se estivesse maluca do jeito que você diz?
— A fuga é mais um indício da doença. A esta altura, é capaz de estar morta, ter sido atropelada. Sumiu a mulher.
— Escuta aqui, idiota. Se morreu, cadê o corpo? Não brinca comigo. Aborto é crime, sabia? Ela viajou com Helena, sabia da gravidez, talvez soubesse mais, sabe que a outra perdeu a criança, achou o corpo depois, essa história pode foder contigo, para sempre. Já reparou que é a segunda mulher suicida que você tem na vida?

— Eu não sou o único, doutor.

— Não é mesmo, mas é o mais idiota. Soube que você frequenta um apartamento do barulho em Copacabana. Um dia desses, esse pessoal erra a mão e te machuca de verdade.

— Que nada! São especialistas. Não se preocupe

— Vai contando com isso, vai. Surpresas acontecem. O que eu sei é que a tal Elissa tem de aparecer. De qualquer jeito. E você é quem vai encontrá-la. Eu pago. Você não merece, mas eu pago o dobro do que você levou pelo outro serviço. Pode até tirar férias dos clientes.

— Quem dera, se eu não atender esses clientes, eles se metem em encrenca na hora.

— Tá bom, faz o que você quiser. O Cabral já deve ter avisado para você qual é o meu prazo. Se vira, mas acha a fulana.

4 de abril, noite.
"Residência do dr. Carlos Eduardo Munhoz, psiquiatra, favor deixar o recado após o sinal."

— Dr. Carlos, o Alberto está em crise, será que o senhor poderia dar uma receita urgente para ele? Por favor, ligue a qualquer hora que chegar. É muito importante.

5 de abril, manhã.
— Alô?
— Dr. Carlos? Aqui é a mãe do Alberto.
— Ah, sei.
— Desculpe incomodar a essa hora, mas o Alberto está muito mal.
— D. Emília, não é esse seu nome?

— É, doutor.

— D. Emília, eu já expliquei para o seu filho que receita só no consultório. Eu não posso medicar por telefone.

— Mas, doutor, ele não pode ir ao consultório, ele está bebendo o tempo todo, ontem quebrou coisas em casa, assustou os empregados.

— Então a senhora tem que levá-lo a um pronto--socorro psiquiátrico, eu já indiquei um.

— Internação, não. Eu não quero meu filho internado. O senhor não pode atendê-lo aqui? Trazer os remédios?

— D. Emília, eu estou com minha agenda lotada. Acho que a senhora, realmente, deveria levá-lo a um hospital.

— Doutor, eu não meço despesas quando se trata de meu único filho. O senhor pode cobrar o que quiser, desde que traga os remédios que ele precisa. Hoje.

— Isso vai sair muito caro para a senhora. Esses tratamentos domiciliares são difíceis, além do mais existe a dependência, não sei se não deveríamos tentar uma desintoxicação...

— Eu pago o que for preciso para que ele permaneça em casa.

— A senhora que sabe. Três horas é um bom horário para examiná-lo?

— Se o senhor pudesse vir antes...

— Não posso. Para conseguir este horário vai ser preciso cancelar várias consultas particulares. Mais do que isso, é impossível.

— Eu aguardo, doutor. Muito obrigada.

— Não por isso.

5 de abril, noite.
— Munhoz?
— Quem fala?
— Sou eu, querido. Não está mais reconhecendo minha voz?
— Para dizer a verdade, não.
— Isso é que dá, acreditar no que homem diz.
— Escuta aqui, eu não sei mesmo quem é. A voz é bonita, deve ser de alguém bem sensual, mas eu não localizo.
— Samantha, seu bobo.
— Hum, a feiticeira! Como pude esquecer! Mas, vem cá, eu te dei meu telefone?
— Deu, sim, benzinho. Disse que sempre que eu tivesse um horário livre ligasse para você.
— Para você ver como suas mágicas são fortes.
— E você ainda não viu nada. A primeira vez nunca é a melhor.
— Sei, e o que você tem para me mostrar hoje?
— Só ao vivo e em cores.
— Certo. Então vamos combinar.
— Eu posso às onze.
— Legal. Diz o lugar.
— Na esquina da Duvivier com Atlântica.
— Na rua?
— Ora, ora, a primeira vez que você me pegou não foi na rua?
— É, mas agora a gente já tem uma certa intimidade.
— Se você quiser, eu posso ir ao seu apartamento.
— Não, o síndico aqui é muito conservador, não daria certo. Você não tem um cantinho?

— Nada que esteja à altura de um homem fino como você.
— Então, tá. A gente se encontra lá e vai depois para outro lugar.
— Um beijo bem gostoso para você, meu taradinho.
— Tchau.

"Santa Madalena, 8 de abril
Nataniel,
Desculpe a demora. Você está mirando na direção certa. Teve um suicídio, de uma bancária, aqui, no final de janeiro. Coisa feia, a mulher enfiou a faca na barriga, uma sangueira danada. Quem achou o corpo foi uma colega. Elissa Nogueira, branca, viúva, trinta anos. Olhei o inquérito. A autópsia diz que a tal Helena, a que se matou, interrompeu uma gravidez de uns quatro meses, uns dias antes. Deu trabalho descobrir isso, mas você merece.

O portador deste bilhete está precisando de umas informações da sua área. Vê se consegue descolar o que ele precisa.

Quanto ao dr. Ruy, não faço ideia de quem seja. Nenhum Ruy aparece no inquérito. Já o dr. Carlos Eduardo Munhoz é diferente. Há uns três anos, um sujeito chamado Jairo — deve ser o seu, porque o nome do médico é o mesmo — internou a mulher, que era rica e maluca. O seu amigo, o psiquiatra, foi quem garantiu a internação. Lembrei porque o caso teve a maior repercussão na imprensa, ela se matou no hospício. O que está acontecendo contigo? Está se especializando em suicidas? Brincadeira. Sei que o teu negócio é outro. Conversei, como quem não quer nada, com um dos caras que atendeu à ocorrência da bancária morta, a Helena.

Os vizinhos contaram que a Elissa, quando encontrou o corpo, gritava como uma louca, parecia uma sirene, uma coisa apavorante. Ela prestou depoimento depois, calma, serena e tranquila. Foi liberada sem problemas, porque os nossos parceiros são uns idiotas. Mesmo não existindo dúvida de que foi suicídio, a autópsia comprovou, tem coisas esquisitas aí. A Elissa passou uns dias em Rio Vermelho com a amiga antes da morte. A fulana era solteira e estava grávida de quatro meses. Aparece sem barriga, se mata e ninguém pergunta, para quem acha o corpo e tem a chave do apartamento, o que aconteceu com a criança, quem era o pai, pode? Não tem jeito, a moçada só quer saber de peixe grande, o resto é burocracia. Dei uma olhada no outro inquérito, o da morte da maluca. Porque teve inquérito, a irmã da defunta não aceitou a internação, achou que o marido queria era ficar com o dinheiro da interditada, essas coisas. O laudo do médico do Rio, o Carlos Eduardo Munhoz, foi decisivo. Não cheira bem este cara. Conto com sua boa vontade para resolver o problema do meu amigo, o portador desta. Ele te explica pessoalmente os detalhes.

Estou mandando uns recortes de jornal sobre o suicídio. Parece que a imprensa não deu muita bola para o caso. Qualquer coisa, estamos à disposição.

Um abraço,
Sérgio."

Nadir bordava, quase final do plantão, enfermaria quieta, poucas internas. Na sala de televisão, conversando pelos corredores, espalhadas. As que faziam vida social. Ficavam apenas as que não lembravam o nome, as que a tristeza não permitia que saíssem do lugar. Pelo menos era assim que a enfermeira as via. Paralisadas pela tristeza acumulada. Alguma coisa se quebrara, talvez um pedaço, que nunca tiveram, impedisse aquelas pessoas de resistir. Ela descansava, desenhando com a linha num bastidor. Hábito antigo aprendido com as freiras da escola, linha e linho. Vermelho, azul, verde e o tecido branco. Risco comum, flores e laços, enfeite de banheiro, o bastidor repousava e atraía também. Ela esperava como aranha sem maldade sua pequena presa, Serena. Sem desviar os olhos do bordado, sentiu quando ela se aproximou.

— A senhora faz umas coisas tão bonitas, eu queria ter esse dom.

Nadir sorriu apenas, convinha não assustar a caça.

— Desde pequena eu tenho vontade de aprender a bordar. Nunca consegui. Só tricô me ensinaram. No colégio interno.

A enfermeira acenou concordando, conhecia a história, narrada mais de cem vezes nos últimos seis anos, variava era o tom. Choroso, indiferente, agressivo, gabola, só o tom era diferente cada vez que Serena contava o seu caso.

— Aprendi porque tinha medo de escuro. A senhora sabia que eles trancavam a gente num banheiro escuro, imundo, d. Nadir, até rato tinha lá dentro, quando a gente não fazia o que eles queriam?

"Eu sei, meu bem. O que eles faziam e fazem. Só não fizeram comigo porque minha mãe era lavadeira das freiras e quando morreu elas praticamente me adotaram. Sei também que não adianta demonstrar pena ou horror. Não vai te ajudar em nada."

— A senhora bem que podia me ensinar a bordar. É tão bonito! Eu quis aprender antes de ir para o colégio interno, mas papai não deixou. Nem chamava assim, eu digo colégio interno porque é mais bonito, mas o nome mesmo era outro. Um lugar que cuidava de menor abandonado. Mas eu não era abandonada, eu tinha família. Por que essa gente é tão má, d. Nadir?

"Também não adianta te explicar, criatura. Tua família era teu pai e o que ele fazia com vocês não era coisa de pai. Quando será que você vai entender isso? Tomara que você consiga, pelo menos, não ter uma crise de dor antes de me contar direitinho quem tirou Elissa aqui de dentro."

— Minha família era minha irmã, a que vem logo depois de mim, passei um bocado de tempo sem ver. A senhora conhece minha irmã mais velha? Uma bonitona que vem me visitar de vez em quando? Foi o Serviço Social que achou ela pra mim.

— Sua irmã? Sei quem é. Ela parece gostar muito de você, Serena. Faz tempo que ela não aparece, não é mesmo?

— Quase um mês. Mas ela me adora, faz tudo o que eu peço. Desde pequena. Ela não tem vindo porque eu pedi que desse um tempo. Sabe, é mais seguro. Ela é capaz de qualquer coisa por mim. Fugiu de casa, deixando a gente, porque não tinha outro jeito, a senhora pode estar certa disso.

"Certa estava ela. Para servir de puta para o pai e apanhar ainda por cima, é preferível ganhar o mundo. Pobre coitada, imagino o sofrimento de pular do barco e deixar vocês, à mercê dele. Agora, o que será que ela fez por você que torna necessário ela ficar distante? Por que é mais seguro?"

— Papai sempre dizia que ia cuidar da gente, que os homens da rua não prestam, mas doía muito, e quando ele começou a mexer com a caçula...

"Minha Iansã querida, por todos os santos, não deixa essa mulher entrar em crise antes de eu conseguir descobrir o que Elissa tem a ver com essa história."

— Eu vi sua irmã uma vez com uma blusa bordada, linda. Será que foi ela que fez?

Serena não olhava para a enfermeira, balançava um pouco o corpo, tonta de imagens e de gritos.

— A blusa, Serena, aquela blusa rosa que sua irmã usa, decotada, com uns bordados pretos na frente, foi sua irmã que fez?

— Blusa? Ah, a blusa de Ivonete. — Serena é lenta em voltar do transe iniciado. — A senhora sabia que ela prefere ser chamada de Ivana? Pois é, prefere. Foi ela mesma que bordou. Minha irmã sempre trabalhou em casa de gente rica. Ensinaram pra ela. Trabalha ainda. Ganha bem. Comprou até uma casinha no Lote Quinze para nós. O dia que o dr. Mauro me der alta. Eu estou quase boa, a senhora não acha?

— Lote Quinze? — Nadir evita responder a pergunta, desviando a atenção de Serena, de novo. — Esse nome não me é estranho. Caxias, não é? Lá pra dentro. Pega o ônibus... como é mesmo o nome do ônibus?

— O São Vicente. Central-São Vicente. Minha irmã me ensinou. A senhora conhece o lugar? É bonito?

— Faz muito tempo que eu não vou até lá. Deve ser. Você podia me dar o endereço para eu copiar o risco do bordado. Você sabia que é assim que se faz? A gente copia o risco.

— A senhora me ensina, d. Nadir, ensina?

— Quando eu tiver tempo, ensino. Preciso copiar primeiro, examinar bem o bordado da sua irmã, para poder fazer igual. A gente espera ela aparecer aqui.

— Não, ela vai demorar muito. Não pode. E se o dr. Mauro perceber alguma coisa?

— Que é isso, desconfiando de seu médico, Serena? O doutor tem tanta consideração por você.

— Mas eu vi o jeito dele olhar pra ela. O dr. Mauro podia querer ajudar ela primeiro. Ninguém vai tomar a minha frente. Ninguém. E ela não ligava, não se incomodava de deixar ele para mim.

— Tá certo, tá certo. Quando a sua irmã aparecer com a blusa, eu copio o risco e te ensino.

"Ela sabe, ela ajudou. Consegui, eu consegui achar o fio, agora preciso refazer os passos, encontrar uma saída e tirar Elissa de onde ela estiver."

A enfermeira calada, vista concentrada no bordado, esperando o próximo passo da presa. Como uma aranha.

— D. Nadir, a senhora está zangada comigo?

— Eu?! De jeito nenhum, Serena. Você disse que queria aprender a bordar, pensei em a gente começar com a blusa da sua irmã. Você gosta tanto dela. Mas se ela não vem...

Serena, como criança examinando um adulto, o peso do corpo todo para um lado, em expectativa pela reação de Nadir.

— Mas ela não pode vir aqui. Só se a senhora fosse lá.

Nadir disfarça, como se não fizesse questão da resposta. Ao ver o desapontamento de Serena, acrescenta:

— Não sei, é longe, não é? Bom, sempre se pode tentar.

— O pior é que eu não sei o endereço. Mas tenho um telefone. De um vizinho. A senhora liga, marca um lugar, ela traz a blusa. Que tal?

— Ótima ideia. Assim que eu tiver o risco na mão, te ensino.

Nadir espera, no centro de Caxias, Ivonete, que gosta de ser chamada de Ivana. A voz desconfiada ao telefone, poucas palavras, se abrira um pouco quando escutara o pedido esdrúxulo da irmã, a blusa rosa para copiar o bordado. Aceitou o encontro cabreira, longe de casa, não valia a pena a enfermeira se incomodar, ela mesma quase nunca estava lá, dormia muito na casa da patroa.

"Casa da patroa, com esse corpo, essa roupa, a cara maquiada desse jeito, encontrando enfermeira da irmã em Caxias, às quatro horas da tarde? Sei. Deve ter no máximo trinta, aparenta uns quarenta anos, vida de puta deve ser um bocado dura, mas ela sobreviveu, é o que importa, não pode enterrar a irmã caçula, mas tirou a outra do orfanato, conseguiu casá-la, ainda ajuda a que ficou maluca. Como é que se explica uma mulher sobreviver a tudo isso?"

— Agora eu entendo por que Serena gosta tanto da senhora. Se dar ao trabalho de vir até aqui buscar o risco de um bordado e ainda escutar minhas histórias.

— Que nada, foi um prazer. Depois, você sumiu do hospital, faz um tempão que não vai até lá. Sua irmã precisa muito de visitas.

— Então, por isso é que eu não queria fazer o que ela pediu. Não que a moça seja má pessoa, ela até ajuda um bocado, mas eu tenho medo de deixar ela sozinha.

— Como é que você consegue, trabalhar tanto e ainda cuidar de Elissa?

Às vezes, o ataque é a melhor maneira de se obter algum resultado. Funcionou com Ivonete. Ela nem percebeu a possibilidade de a enfermeira estar jogando verde para colher maduro.

— Mas eu não cuido dela. Deixo lá no barraco e ela vai se virando. Não parece doente aquela mulher, só medrosa.

— É que ela sofreu um choque muito grande, aí ficou assim. Me diga uma coisa, ela convive com os vizinhos, conversa com você?

— Que nada! Parece muda. Chega a dar nervoso. Como foi que a senhora soube, Serena lhe contou?

— Diretamente, não. Mas ela veio com umas conversas de que tinha pedido um favor muito grande a você, disse umas coisas do dr. Mauro, eu juntei dois mais dois e deu quatro.

— O tal médico! A senhora acha que se pode mesmo confiar nele? Eu fico tão preocupada com minha irmã... Ela parece, sei lá, meio gamada nele.

— Mas isso é comum. As pacientes costumam ficar encantadas com os médicos. Isso passa.

— Ela já sofreu tanto! A senhora não sabe a tristeza que ela tem de ter causado a morte de meu pai. Não que ele não merecesse o que ela fez, mas ela, de vez em quando, lembra de ter tirado a tampa do buraco em que ele caiu, lembra dos gritos dele com as duas pernas quebradas, sem poder sair dali, dos vizinhos que só apareceram quando era tarde demais. Ela chora muito quando me conta essa história.

— Mas será que foi assim mesmo? Ela era criança, talvez outra pessoa tenha preparado a armadilha.

— Foi ela, d. Nadir. Tenho certeza. No dia em que começou a bulir com a nossa irmã mais nova, a que morreu. Não aguentou, coitadinha. Eu fiquei tão desesperada quando me contaram, Serena vendo ela todo dia no hospital, tomando soro, tomando sangue, não sei quantas cirurgias. Foi isso que fez ela ficar maluca. Tentei juntar dinheiro para buscá-las antes, mas é difícil juntar dinheiro na vida que eu levo.

As duas se olham, Ivonete, nome de guerra Ivana, sabendo que Nadir já entendera tudo, a dor, a profissão, o cansaço com o novo sacrifício que estava fazendo pela irmã.

— Não adianta chorar em cima do leite derramado. Quem sabe, logo sua irmã sai do hospital, vai viver com você, ou com a outra, a que é casada, e tudo se resolve?

— Pois é, quem sabe dá tudo certo?

"Não acredito nessa possibilidade. A irmã sem crises de medo e de culpa, o marido da outra aceitando-a em casa, para cuidar dos sobrinhos, como uma pessoa quase normal. Ou então vivendo com ela, Elissa deve estar atrapalhando um bocado a vida dessa moça, como será que ela faz para receber os homens?"

— A Elissa, d. Nadir, não me incomoda. É claro que é sempre mais despesa, apesar de que ela come pouco, é muito limpinha, ajuda bastante. Eu inventei pros vizinhos que ela é meio surda, é uma prima que está passando uns dias. É difícil alguém ir lá em casa. Eu gosto de ficar sozinha.

"Percebeu no meu rosto a pergunta. Talvez não. Deve imaginar que as pessoas sempre pensam o pior das mulheres que ganham a vida com o corpo."

— Eu também gosto muito de ficar sozinha. Mas você precisa voltar a visitar sua irmã. Quem sabe eu posso ajudar? Talvez Elissa queira passar uns dias comigo, tirar mais esse peso das suas costas.

— A senhora faria isso? Levaria a moça para sua casa? Serena não quer que ela volte para o hospital e ela morre de medo de lá.

— Não sei se para minha casa, mas eu posso arranjar um lugar seguro para onde ela possa ir.

— D. Nadir, eu nem sei como perguntar isso, mas a tal de Elissa aprontou alguma coisa, está devendo a alguém?

— Que eu saiba, não. Mas por que você está com essa impressão?

— Sei lá, ela não fala da vida dela, aliás, às vezes, eu acho que estou sozinha em casa, ela parece muda, sempre com medo dos outros, acorda sobressaltada à noite, eu pergunto o que é, ela diz "nada, nada", mas os sonhos que ela tem devem ser horríveis.

— Honestamente, eu não sei do que ela tem medo. De qualquer forma, você já tem sua cruz, ajudou a moça, não interessa por quê, mas ajudou ela a sair, é bom agora que você passe essa tarefa adiante. Faz assim: pergunta se ela quer sair de sua casa e acompanhar a enfermeira Nadir. Diz que eu prometo não levá-la para o hospital, vou cuidar dela. Se ela aceitar, a gente se encontra nesse mesmo lugar, daqui a dois dias.

— E depois eu posso voltar ao hospital e visitar Serena?

— Claro que sim. Hoje é segunda, eu levo Elissa na quarta, se ela aceitar. Quinta-feira você já pode visitar sua irmã.

— Eu nem sei como lhe pedir isso, mas a senhora não vai contar para a Serena, vai? Que eu não trabalho em casa de família?

— Ora, minha filha, que bobagem! Por que eu acharia que você trabalha em outro lugar? A única coisa que eu sei é que você é uma mulher generosa, capaz de ajudar aos outros, ter sua casa, sua vida. O resto não interessa nem a mim, nem a ninguém.

— Eu vou fazer como a senhora pediu. Mas o que eu digo a minha irmã, quando for visitá-la?

— Sei não, acho melhor você dizer que deu um dinheiro para Elissa e que ela sumiu no mundo. Diga que a levou numa loja, comprou umas roupas para ela trocar, uma sacola e deixou na rodoviária.

— Mas por que não falar a verdade para Serena?

"Boa pergunta, jovem. Deve ter sido isto que te salvou. Perguntar sempre. Você merece ser tratada com sinceridade, pelo menos a sinceridade possível."

— Eu não sei exatamente por quê, mas acho que não é bom deixar sua irmã ansiosa. Ela pode ficar com ciúmes de Elissa ter ficado tanto tempo com você. Esse é um problema. Outro, é ela ficar orgulhosa de sua generosidade e comentar com alguém. Não sei se vale a pena que as pessoas saibam.

— A senhora acha que existe perigo.

— É verdade, eu acho. Não sei qual, mas existe.

As duas sobreviventes combinam os detalhes da entrega da refém, as atenuantes possíveis para o perigo, a troca de território. Uma não sabia ainda onde abrigar Elissa. Outra temia as cobranças se o envolvimento fosse descoberto. Não seria a primeira vez que ela estaria envolvida em risco, mas das outras ocasiões a fugitiva era ela, não uma desconhecida. Inútil se preocupar por antecipação, estava pagando a ajuda que recebera no passado, quando fugira também, do medo e da dor. Era rezar agora, para que gente como ela não fosse punida por garantir o caminho da fugitiva. Para fora da armadilha.

Elissa se penteia frente ao espelho pequeno, de moldura cor de abóbora, comprado em supermercado de subúrbio, seção de utilidades. Ela conhece esse rosto, esses olhos, mas os traços não lhe dizem nada de especial, podiam ser seus ou de outra. Cabelos castanhos, meio compridos, sem corte, decide, num lampejo vê uma casa cor-de-rosa, bancadas iluminadas, homens cortando cabelos femininos, manicures tratando mãos e pés. Pousa a escova na pia branca do banheiro acanhado e fecha os olhos. Negros e compridos são os cabelos da mulher jovem e magra, muito morena, ela está sentada numa espécie de banco de madeira, um banco com braços, sem espaldar. Alguém a penteia, amorosamente, são mãos de mulher, é luxuoso e estranho o pente, quase uma joia, a expressão, o clima é de excitação, de promessa, existe alegria ali.

"Elissa?", Ivonete na porta, "Ivonete, mas prefiro que me chame de Ivana, é mais bonito, não acha? A senhora não repare, o barraco é simples, casa de pobre, mas pode ficar à vontade". Lembrava de cada palavra dita por aquela mulher no dia da fuga. Ela a constrangia, não sabia por quê. Ivonete, Ivana, era servil quase, mais do que amistosa. Dera trabalho convencê-la a chamar Elissa e não dona, você, em vez de senhora. O melhor pedaço de carne, o prato servido primeiro, a maior parte da cama, como se a dona da casa se envergonhasse de a hóspede ter que dividir com ela o único leito da casa.

"Pobrezinha, por que essa mulher que deve ter a minha idade e já está ficando velha, os dentes sem cuidado, os cabelos tingidos, estômago saliente, precisa ser gentil em excesso com uma intrusa que está a lhe atrapalhar a vida?"

"Pobrezinha, será que eu a assustei? Ela é tão magra, parece um passarinho, a minha roupa fica larga no seu corpo, não combina com o corpo dela, deve ser triste não ter casa, nome e sobrenome, não quero nem pensar o que aconteceria com uma mulher sem lembrança, solta na rua, ainda bem que eu concordei com o pedido de Serena, também eu não posso negar um favor a minha irmã, não depois de eu ter deixado que ela fizesse o serviço sujo, liquidasse aquele maldito em meu lugar."

— Elissa, vamos sentar na sala um instante, eu quero conversar uma coisa com você.

Sala de boneca, Elissa pensara no primeiro dia, sofá, televisão em preto e branco, imaginava que todas fossem coloridas, a do hospital era, estante com uma bailarina de porcelana, um pequeno punhal na bainha de couro, "peço que a senhora não mexa nisso, foi presente da entidade que me protege, só eu posso tocar", uma garrafa de vinho moscatel, uma Bíblia. As duas sentam no sofá.

— Foi bom o seu dia, Ivana? Alguma novidade? — Pressente que o tom da pergunta pode aumentar a distância entre as duas, mas não consegue ser menos formal com a mulher.

— Acho tão bonitinho você perguntar como eu passei o dia. Nunca ninguém se incomodou de me perguntar isso.

— Mas eu gosto de pensar que você está bem, você tem sido muito generosa comigo.

— Ninguém me agradece, também, pelo que eu faço ou deixo de fazer. Eu faço questão de lhe dizer que foi muito bom você estar aqui. — Hesita, cada vez mais insegura da melhor maneira de comunicar a novidade.

— Espero que minha casa não tenha sido muito desconfortável.

— Ivana, por que você está falando assim? — A voz agora é menos controlada, se Ivonete fala assim é porque seu tempo naquele abrigo estava terminado. — Aconteceu alguma coisa? Algum problema que eu precise fugir de novo? Perguntaram por mim? Assustaram você?

— Calma, calma, não precisa ficar nervosa. Nada de mal vai lhe acontecer. Eu não deixaria.

— Eu não estou nervosa. Quer dizer, estou um pouco. Com medo. É horrível não lembrar de nada, só de que é preciso fugir.

— Quer que eu lhe traga um pouco de água com açúcar?

— Nada de água com açúcar. Eu prefiro que você me conte a verdade. Vá em frente. Não parece, mas eu sou forte.

— Você parece forte, às vezes. É o seguinte: uma pessoa que a conhece se ofereceu para tirar você daqui, levar para outro lugar. Um canto seguro. Eu conversei com essa pessoa hoje. Parece ser de confiança.

— Quem é?

— A enfermeira Nadir.

"A enfermeira, a que fazia massagens nas minhas costas, penteava o meu cabelo, no hospital. Mãos quentes, mãos fortes, quase um colo. Eu confiaria a minha vida a ela. Mas não estava no dia em que o médico me tomou os papéis. Como será que ela descobriu minha pista? Se ela descobriu, outros podem descobrir também."

— Ela disse para onde me levaria? Disse se descobriu alguma coisa do meu passado?

— Não. Disse apenas que era melhor eu voltar a visitar Serena, você sabe, minha irmã.

"A que tem ciúmes de mim com o médico alto, aquele que eu mal conheço. A que fica brincando de roda no pátio com uma criança inexistente. Não parece má pessoa, realmente é arriscado eu continuar aqui, deve ter sido através dela que a enfermeira me achou, algum mal-intencionado pode fazer o mesmo, aí ela vai correr perigo, a criança grande que não tem para onde ir, que só tem a protegê-la essa irmã de cabelos mal pintados, que cede o maior pedaço de colchão para eu dormir."

— Acho que ela tem razão, Ivana. Eu vou. Vocês combinaram como vai acontecer?

— Depois de amanhã ela vem te buscar. Bem cedo, para os vizinhos não repararem.

VIII

Nadir desceu do ônibus tentando relembrar. Primeira à esquerda, uns cem metros depois do ponto. Andava até o final da rua, dobrava à direita, mais uns quinhentos metros, achava-se a casa.

"Não tenho mais idade nem peso para essas caminhadas. Isso é o que dá ficar velha e gorda. Besteira, o importante é ainda dar no couro. Natan, Natan, como é bom contar com um homem de verdade, de vez em quando, para variar. O que será que ele já levantou nessa mixórdia? Um bocado de coisa, aposto. Vai cair duro quando souber que localizei Elissa. Sem polícia, sem investigador, sem nada. Só no papo. E o dr. Mauro? Se roendo de preocupação, lendo e relendo livros antigos. Procurando a etiologia da doença. Como se alguém conseguisse decifrar tudo de uma vez. A paixão tem mesmo uns caminhos estranhos."

Portão de madeira velha, cerca de arame farpado, quintal grande. Mangueira no centro do terreno. O barracão ao fundo, à esquerda da casa principal. Muitas noites, no passado, Nadir dançara para o santo, no grande salão separado dos bancos da assistência por um parapeito de madeira. A mãe de santo estava morta, fazia muito tempo que ela assistira ao seu enterro, quase sem acreditar que uma coisa dessas pudesse ter acontecido, apesar de todas as previsões. Seu filho vivia ali com a família, herdeiro da casa e do terreiro, boa mão para os búzios, mesmo que não fosse a perfeita visão da mãe, a prever a própria morte, a orientar as filhas da casa, compreendendo as cabeçadas, consolando as dores, explicando os impulsos ditados pelo orixá que tomava conta de cada um, tão mais fácil ser tolerante com os traços das pessoas quando se identifica a dinastia a que se pertence, quando se conhece o manual do proprietário da própria alma.

"Pronto, cheguei. Agora é bater palmas, esperar a palavra dos orixás, pedir humilde o que se precisa, contando que meu irmão possa atender."

O pai de santo e Nadir tomavam café na sala, a mulher e as crianças ocupadas lá dentro, eram pessoas discretas aquelas, a longa tradição de segredos partilhados pelos responsáveis pela família produzia gente assim. O jogo de búzios fora inquietante, nenhum dos dois poderia decifrá-lo totalmente, talvez a mãe pudesse, mas ela estava morta, e os dois, ele, filho de sangue, os dois, filhos no santo, precisavam decidir o que fazer para driblar o perigo representado por gente ruim, mais ruim do que muitos que penavam do outro lado.

— Meu irmão, eu preciso ajudar essa moça. Não sei quem ela é, o que fez, se está doente ou com algum carrego em cima, mas eu preciso colocá-la a salvo.

— Precisa mesmo. Porque ela tem inimigos fortes, se acharem o lugar onde está, não tem quem segure. Acabam com ela e com quem ajudou.

— Eu podia levá-la para minha casa...

— Não acho uma boa ideia. Vão acabar chegando até você. Nem sei como não desconfiaram ainda. A sua sorte é que essa gente não acredita, porque se acreditasse ia atrás de um terreiro para descobrir quem deu a fuga, quem protege ela.

— A minha opinião é a mesma que a sua e me obriga a lhe pedir um favor imenso.

Os dois sorriem, responsabilidades divididas no passado, alegrias e lágrimas, conhecendo os limites também.

— Você quer que eu abrigue a fugitiva.

— Não vejo outra saída. Se ela, ao menos, lembrasse de onde veio, endereço, família.

— Família ela não tem. Pode investigar. Endereço, se ela voltar, eles matam. Aqui ela não deve ficar. Eu não devo permitir. Se fosse abrigar os filhos da casa que fogem de quem persegue, que fogem da morte certa, vinte quartos não davam vazão. E ela nem filha da casa é.

"Ele está certíssimo, eu não devia nem estar propondo isso. Quantas irmãs nossas perderam filhos e maridos, baleados por esses matos, os búzios avisando do perigo, eles insistindo no caminho, nem sei se teriam outro jeito de viver, é difícil mudar as pessoas, quase impossível fazer frente ao que parece ser o destino."

— Você tem razão. Lembra a Sueli?

— Claro que lembro. Espancada pelo marido, três filhos pra criar, nossa mãe avisou que largasse o homem, que pusesse o pé na estrada, ela não seguiu a recomendação do santo.

— Eu estava pensando nisso. Mas também para onde ela iria?

— Você chegou onde eu queria. Se minha mãe fosse receber todo mundo no barracão, nós teríamos que acabar com o terreiro, transformar em abrigo.

— Que fim levou a Sueli?

— Está puxando cadeia, até hoje. Os filhos, pelas casas dos parentes, o maior nem sei se está vivo. Se meteu com um pessoal pesado, tinha um Ogum violento, o menino, Ogum de sangue. Você lembra dele?

— Lembro dele em pequeno. Era tão bonitinho. Será que essas coisas não têm jeito, têm que ser assim?

— Jeito têm, às vezes. As pessoas não escutam, não querem mudar o rumo delas, não conseguem, não cuidam do santo, também. Acham que vão ter proteção sempre, que vão ser desculpadas o tempo todo. Um dia a casa cai.

— Roberto, não é justo lhe pedir que abrigue a moça no barracão. Nem que você ofereça proteção a quem não é da casa. Mas você não teria um quarto para alugar, sem contato com a família, por um período curto? Um mês, por exemplo.

— Você sabe que eu não posso lhe negar nada, não sabe?

— Se você negar, vou compreender.

Ele caminha até a cristaleira, também herança da mãe, tira de dentro uma garrafa de licor de fruta, feito em casa pela mulher, a mesma que cuida dos meninos do lado de fora, ciente de que decisões estão sendo tomadas, delicadas peças sendo movidas, qualquer precipitação pode causar prejuízo à casa, mas Nadir não os prejudicaria depois de tantos anos, se apareceu de repente e se trancou com seu marido no quarto dos búzios e permanece conversando na sala, é porque o assunto é sério. Enquanto ele serve o licor em dois pequenos copos de cachaça, abre o sorriso, mas é um sorriso triste, porque os dois sabem que o que ele pode oferecer é pouco para o que ela precisa.

— Um mês. Eu aceito a moça como inquilina durante um mês, você combina com Jurema o preço. Mais do que isso, eles vão achá-la aqui e eu não posso deixar que isso aconteça. Tenho a sensação que até isso é abusar da sorte, mas, enfim, às vezes é preciso correr um pouco de risco. Por uma boa causa.

— Está bom demais, meu irmão.

— Não está, não. Eu e você sabemos disso. Talvez ela não recupere a memória nesse tempo e, sem a ajuda dela, vai ser muito difícil segurar os inimigos. Mas é o que eu posso te dar. Essa guerra não é da casa, Nadir.

— Eu vou conseguir salvá-la, custe o que custar.

— Não diga isso, nem brincando. Você vai conseguir, se for o melhor para vocês duas. É mais seguro assim. Conversa com a Jurema, acerta tudo, de repente dá para ela fornecer as refeições para a moça. Nós fizemos um quarto em cima da casa, batemos laje, é um lugar bem-ajeitadinho. Acho que ela vai ficar bem.

O licor, gostoso, a generosidade, a possível, feliz é quem pode contar com os amigos. Conversar com Jurema: o preço não vai ser difícil, vai ser bom também falar um pouco das novidades, até de Nataniel ela pode falar, afinal foi Jurema que segurou sua mão no momento mais difícil, é bom negociar com os homens, pedir a eles ajuda nas lutas, mas é no ombro de mulher que se chora o prejuízo que eles causam.

Mauro foi o primeiro a chegar, tivera de se controlar para não tomar um comprimido dos que receitava aos ansiosos que frequentavam seu consultório. O telefonema o deixara pisando em brasa, o que teria Nadir descoberto, como, quando, de que forma conseguira acertar onde o Serviço Social falhara?

A enfermeira estava atrasada, isso não era comum, logo ela, famosa no hospital pela pontualidade, se demorasse mais dez minutos ele teria de fazer alguma coisa, o quê, não sabia. Impressionado, levantou quando ela chegou pela porta do lado e parou junto à mesa. Parecia mais jovem, unhas pintadas, corte diferente no cabelo, um vestido decotado, cor alegre, lembrava uma cantora de *blues*, o que acontecera com a enfermeira maternal que ele via no hospital dia após dia?

— O que foi, doutor? O gato comeu a sua língua?

— Nadir, Nadir, você está, com todo o respeito, uma beleza! O que aconteceu, ganhou na loteria?

— Quem dera, quem dera. Resolvi dar uma caprichada para ouvir as boas notícias.

— Ah, e quais são as boas notícias?

— Ainda não sei quais são. Mas são boas, tenho certeza.

— Eu pensei que você tivesse descoberto Elissa, que a gente fosse vê-la, levá-la de volta para o hospital. "Coitadinho, estava estressado o doutor, morto de saudades de uma mulher que não conhece, estraçalhado pela dúvida e querendo fazer o que é certo. Imagina se eu permitiria que ele, ou qualquer outro, carregasse Elissa para aquele antro de novo."

— Calma, doutor. Nós vamos deslindar esse mistério daqui a pouco, deixe meu amigo chegar.

— E esse policial, Nadir, a gente pode confiar nele?
— Completamente. O Nataniel é meu amigo do peito, ótimo investigador, é de toda a confiança.

Os dois pedem bebida, ele uísque, ela gim-tônica, o único sinal de que, além de alegre, está excitada também. Mauro sabe que a enfermeira bebe cerveja, mas parece que hoje ela resolve fazer tudo diferente do habitual.

O policial chega, o médico vê um mulato gordo, cara amarrada, um mulato alto de camisa nova, azul quase piscina, nota Nadir, ponto para ela. Aposta, para si mesma, serem novas as meias e a cueca também, Nataniel vai trazer elementos que ajudem a decifrar Elissa e vem buscar seu prêmio, este é um jogo limpo, os dois estão preparados, ao contrário dos que brigam com a vida, como o pobre doutor ao seu lado.

Mauro se levanta, cumprimentos formais entre os homens, ele beija a mão de Nadir, ela o puxa para um abraço caloroso, ele senta na cadeira ao seu lado, comenta o calor, morto de sem graça, mas observa o gim-tônica, o vestido e o decote, a nuca aparecendo no novo corte de cabelo, dez dias de trabalho gratuito, incomodara meio mundo na polícia, mas hoje ele vai à forra, comemora mentalmente enquanto aceita um chope sem colarinho, afinal ele não está a serviço do Estado, só da sua crioula, apesar do médico não saber.

Ele tira da pasta uma caderneta — junto está um embrulho de presente, perfume francês, comprara de um muambeiro na delegacia, hoje não deu tempo de comprar doce, nem disco, só a roupa nova que ele ainda não sabia como ia explicar em casa — e começa seu relatório:

— É o seguinte: o seu colega, doutor, é um crápula.
— Que colega?
— O Carlos Eduardo Munhoz. O que arrancou os papéis da Elissa.
— Mas ele nem conhecia a moça. O senhor andou investigando ele também?
— Nataniel, doutor, Nataniel. Comigo não precisa de cerimônia. Investigação é assim: investigo os amigos e os inimigos. Por que ele queria dopar a paciente? Para arrancar os papéis dela, eu suspeito. Os papéis podiam ter alguma coisa de importante para ele. O que uma paciente pode ter contra um médico?
— Peraí, o senhor está enganado. Elissa não estava dopada, se estivesse não teria fugido.
— Não estava porque eu surrupiei a prescrição dele, dr. Mauro. Só por isso. Acho que vou pedir um copo d'água. Melhor, vou refrescar um pouco o rosto, quando voltar escuto o resto, Natan.

"Para o inferno a cautela, esse é um bar recanteado, último andar de hotel de luxo, aqui não tem colega da polícia, nem morador do Méier, ela está com medo do que já adivinhou e do que ainda vou contar, eu sou mesmo um covarde, contando essas coisas sem ao menos segurar a mão da nega, com receio que a patroa descubra, só se for por telepatia, naquela porra de igreja onde ela deve estar a essa hora. Quando Nadir voltar eu paro com essas formalidades, dane-se o doutorzinho, dane-se a plateia, que aliás está quase vazia, quem disse que homem casado só pode ser carinhoso com a amante na cama?"

Nadir olha seu rosto no espelho, ainda é um rosto bonito, ela não quer perder a noite, não quer que o pânico domine seu espírito, o que quer que venha em seu caminho, ela é forte, é feita no santo, os búzios garantiram, dessa vez ela vai salvar a irmã. Que irmã? Qual foi a vez que não conseguiu? Roberto não sabia, mas estava no jogo, "você vai conseguir, não esmoreça, se agarre com Iansã, o homem de Xangô, que você perdeu para que a criança vivesse, vai ajudar e muito, vai ser seu sempre, mesmo dividido ele é seu, o filho de Ogum é cego, mas é de confiança, é capaz de morrer pela rainha". Que rainha, quem é cego, qual é o perigo, de onde vem a morte? Mais, os búzios não responderam, ela teria de avançar sozinha pelos caminhos dos vivos e pelo território dos encantados.

A mulher que senta de novo à mesa é a mesma e é outra. Ela toma a iniciativa e agarra a mão de Nataniel, "Esta é a Nadir que eu gosto", pensou, sovina como sempre. Reconhecer o sentimento como amor seria muito forte, dívida que talvez não tivesse cacife para pagar, mas ele aperta a mão dela, antes de recomeçar a história, o fio descoberto da busca em que ela o lançara.

— Recomeçando: escutei umas conversas telefônicas, tem um cara nervoso à beça, que liga pra ele de Santa Madalena, levantei a rotina do dr. Carlos Eduardo. Trabalhoso, mas possível.

— Impressionante. Como foi que você descobriu isso?

— A gente tem métodos para descobrir essas coisas. Não é difícil.

Nataniel engoliu o resto do chope e fez sinal ao garçom para renovar o copo. Provou o segundo, antes de contar, podia ver Nadir rindo por dentro, quase batendo palmas pelo seu desempenho.

— Imagino que tenham, mas como pode ter certeza?

— Eu grampeei o telefone do seu colega. Por três dias apenas, porque este é um serviço muito caro. Andei seguindo ele, também. Depois acabei de levantar a ficha. E que ficha!

— Meu Deus! Isto é totalmente ilegal!

— Ah, é? E planejar matar uma mulher desmemoriada é o quê? Justiça? Ora, faça-me o favor.

— Calma, calma, Natan. Dr. Mauro não conhece esses métodos. Eu também não entendo, mas se você diz que o tal de Munhoz é bandido, eu acredito.

Mauro hesitava entre a desaprovação e a curiosidade.

— O sujeito de Santa Madalena tem alguma relação com Elissa? Liga sempre?

— Telefona, dia sim, dia não, sempre no mesmo horário, atrás de notícias, às vezes para controlar o doutor. Manter sob pressão, eu acho. O seu colega, que é um idiota completo, dá detalhes, o outro fala o nome da bancária morta, entrega o serviço. Digitei os pedaços mais interessantes da fita e os dados de Santa Madalena para vocês lerem.

"Eu gostaria de ouvir a voz desse tal de Ruy. Senti-la. Quem sabe ela me lembraria alguém. Ele tem gana em Elissa, o outro não importa, é só um valentão a soldo. Mas ele, não. Perigoso esse fulano."

"Viúva. Ela foi casada, amou alguém, tinha uma carreira. Para tudo sumir assim de repente, alguma coisa muito forte deve ter acontecido."

— Daí, eu faço uns interurbanos para um colega que é da Central em Santa Madalena. Ele tem notícias de um caso recente, há meses talvez, de uma bancária que se matou com faca, uma amiga achou o corpo? Poderia levantar para mim? Pedir não ofende e, no meu ramo, a ajuda dos colegas conta muito.

— Eu não estou entendendo nada.

— Santa Madalena deu o serviço. Uma bancária se matou, a amiga, colega de banco, achou o corpo. Elissa Nogueira.

— Onde entra o meu colega?

— Calma, tudo vai se esclarecer. O doutor, aparentemente, não conhecia mesmo a Elissa. Mas ela pode tê-lo visto em algum lugar, junto com a amiga que depois se suicidou. Ele tem um amigo barra-pesada, um figurão de Santa Madalena que conhece a moça e tem medo do que ela sabe. Pode ser que esse cara tenha acionado toda a agenda para encontrá-la, o doutor deve favores ao fulano, comentou que tinha uma paciente assim e assado, internada no hospital que ele trabalha, andando para cima e para baixo com uns papéis. O fulano pediu os papéis e, por via das dúvidas, o doutor receitou um sossega-leão para a moça. É só uma suposição, é claro!

— Que filho da puta!

— E pode acreditar que é mesmo. Escutem o que eu descobri dele. Um: já internou uma ricaça em Minas para que o vagabundo do marido pudesse ficar com os bens, a fulana se matou na clínica e ele ganhou uma bolada pelo laudo. Dois: tem um consultório onde só atende quatro ou cinco clientes, todos ricos e viciados. Dizem que ele mantém os caras no vício e estes mantêm o padrão de vida dele. Clientela micha e empreguinho público não dá pra ter carro importado, apartamento próprio perto da praia e desfilar com garota de programa em inferninho. Cada vez uma garota diferente. Ou dá?

— Estou estarrecido. Ele parece um sujeito inofensivo. Meio burro, mas inofensivo.

— Três: frequenta uma casa de sadomasoquismo na Siqueira Campos e a sessão é cara, eu apurei isso também.

Nadir ria, para escândalo dos dois, ela ria, imaginando Nataniel irritado, suado, xingando as putinhas em Copacabana para descobrir as preferências do cretino do médico.

— Ria, ria, que ainda tem coisa pior. Eu suspeito que o tal amigo do seu colega, dr. Mauro, era amante de uma bancária, a mulher engravidou, não quis dizer pra ninguém quem era o pai, na agência em que ela trabalhava houve comentários, ela viajou por uns dias, voltou sem a barriga, disse que perdera a criança. Uma semana depois, a mulher se matou.

Nadir começava a não gostar da história, ela tirara o dia para vitórias e não para rever tristezas. Nataniel no telefone, milagre ele tão cuidadoso ligar para o hospital, "neguinha, achei teu presente, amanhã à noite vou buscar meu prêmio", ela feliz por ter confiado nele, paixão antiga, é verdade que uma entre muitas, mas das melhores recordações, e agora isso, o medo de ver confirmadas as previsões dos búzios: "morte e faca, criança e mulher, ele é mau sempre, nem a mãe o sujeito reconhece", ela estava ficando tonta e não era o calor, ou o gim, era o medo antigo, da maldade.

Mauro relê a cópia da gravação. A carta do policial mineiro, os recortes de jornal. Alguma coisa está errada. Não bate.

— Quem fez o aborto? Da Helena, a que se suicidou?

— A polícia de Santa Madalena não sabe, uma aborteira qualquer, suponho. Ou o próprio Munhoz — disse Nataniel.

— Se esse Ruy é perigoso, não ia ficar com medo de Elissa por causa do aborto, ele podia nem ser o pai da criança — observou Mauro.

— Qual seria o motivo, então? Ela deve saber de alguma coisa que prejudique ele. Vai ver o cara é casado — especulou Nataniel.

— Caso extraconjugal não assusta homem, não a esse ponto. Isso é muito comum — duvidou Nadir.

— Não é bem assim, Nadir. Assusta muito, às vezes.

"O doutor tem toda a razão, minha nega. Eu mesmo morro de medo que minha mulher descubra você. Ou minha filha."

— Na primeira ligação, o cara diz que "ela conhece o sistema" — considerou Nataniel. — Aí tem coisa.

— A mulher que morreu era bancária, Elissa era bancária. Qual é o sistema que ela conhece? A gente tem que investigar é a partir daí.

— Muito bem, dr. Mauro, o senhor está me saindo um detetive de mão-cheia. Quando precisar de uma vaga na delegacia, é só falar.

— Tem o aborto também. A maioria das mulheres não gosta de ir sozinha fazer um aborto. Elissa pode ter acompanhado a amiga.

— É verdade, e pode ter visto o dr. Munhoz no local. Deve ter sido ele que fez o negócio. Grande Nadir. Eu não tinha pensado nisso.

"Lógico que não. Você é homem, nunca abortou, não estava comigo no dia em que uma enfermeira do hospital me ajudou a tirar um filho seu. Você estava comemorando 15 anos de casado com a tua mulher, que na época não era crente, mas já era esperta o suficiente para te arrastar para a cama e arranjar outra barriga. Não é engraçado, Natan, que no dia em que eu fiz um aborto, você tenha voltado a dormir com ela? Quantos meses ela levou para contar a novidade para você, quatro, cinco? Não dava mais para tirar, ela não tiraria também, para quê? Casada, a certeza de que você não abandonaria sua menininha sonhada. Como os homens são cegos, meu Deus!"

— Bom, eu também tenho novidades. — Estava na hora de acabar com a brincadeira. Hora de dar um susto neles. — Achei Elissa.

Os dois ficaram estarrecidos. Não esperavam que fosse tão rápido. O doutor, quem sabe, nem acreditava que Elissa aparecesse. Natan, passado o espanto, ria.

— Meu Deus do céu, você chegou antes de mim! Eu pensando em mandar fazer um retrato falado da fugitiva, entregar para um ou outro conhecido, e você pula na frente e acha. Nadir, você é a maior!

— Mas como foi que você descobriu Elissa, Nadir? Me conte tudo.

— Nada, doutor. Não vou lhe contar nada. A única coisa que precisa saber é que ela foi encontrada. Amanhã, eu estou de folga e vou buscá-la. Transferi-la.

— Eu posso cancelar alguns compromissos e ir com você.

— Também não, doutor. É perigoso para a pessoa que está com Elissa. Eu vou sozinha.

— Sozinha pode ser perigoso para você. Eu arrumo um carro oficial e nós dois vamos.

— Carro oficial, não. Se você quiser usar o seu carro, eu vou adorar. Pensando bem, não. Eu vou de ônibus. Chama menos atenção.

— É mais fácil de ser assaltada também.

— Deixa de ser resmungão, Natan. Até parece que você acredita nessas intrigas sobre a falta de segurança no Rio de Janeiro.

Os três riem, os três com medo. Muita coisa pode dar errado antes de encontrarem Elissa, em carne e osso. O policial é o mais seguro, sabe que existe algo a ser investigado, é um caso concreto, tóxico, tráfico de influência, desvio de dinheiro, crime e testemunha. Nada deve sair muito desse padrão. Ele persegue pistas quando mandam, para quando é dada a ordem de deixar para lá. Hoje a chefe é Nadir. A única coisa estranha é essa, mas nem isso é estranho demais, sempre existiu quem desse ordens, ou fizesse encomendas, pedidos, em sua vida profissional. O prazer de tê-la de volta era a recompensa, ele estava bem pago. As ligações cariocas de um presidiário de Santa Madalena do qual seu amigo quer arrancar dinheiro foram fáceis de levantar, ele está muito velho para ter pena de bandido e conhece bem os corpos jovens que são deixados no caminho por aqueles que se julgam inteligentes demais para viver na pobreza. Eles sabem que quando a polícia coloca a mão em cima, explora mesmo. O psiquiatra não presta, Nataniel não suporta homem que troca mulher por travesti. Samantha, que nome ridículo, tem que ser travesti, ele ainda vai dar um susto nesse doutorzinho explorador de toxicômano. Basta a chefe liberar que ele dá um flagrante no cara, com direito a foto e jornalistas.

O médico tem medo. Muito. Do que sente, da confusão em que está se metendo, dos caminhos distantes da racionalidade.

Nadir tem medo da quantidade de mortes que cercam Elissa. Medo de não chegar a tempo. Sabe que Nataniel vai insistir em lhe acompanhar, talvez aceite deixá-la perto, na madrugada seguinte. É hora deles irem embora, para a casa dela. Quem sabe ele pode segui-las um pedaço do caminho, protegê-las de alguma surpresa.

"Iansã me protege, colocando o meu desejo em homens que não complicam a vida. Nataniel não vai querer desperdiçar a noite, ainda bem, quando eu sair para buscar Elissa estarei alegre, carne farta, cama de banquete, que bom um homem que gosta de cama, não inventa caraminholas para cobrar o que dá prazer. Além do mais, como dizia a freira, a irmã Aninha, a do bastidor, quem teme a Deus, não teme o diabo."

IX

Nadir havia detalhado o caminho para o esconderijo. Mauro, às vezes, tinha a impressão de que a enfermeira o imaginava meio inepto. Era distante o lugar, fácil de se perder por ali. Ruas de paralelepípedo, ruas de terra, casas, vendas com mesa de sinuca, tudo servindo de marca, no mapa de Nadir. Como ela conseguira o local, ele não sabia. Alguma amiga, amigo talvez, como o policial que levantara a história. Seu respeito pela enfermeira crescia, era imensa a capacidade da mulher de resolver situações a favor de Elissa.

Encontrou, finalmente. Uma casa no meio de um terreno, parecendo casa de roça, ignorasse a parte iluminada onde a família àquela hora assistia à televisão. Do lado esquerdo encontraria um puxado, uma porta que conduzia a um andar superior, construção inacabada, mas de aparência habitável.

— Ali vai estar esperando aquela por quem você procura — concluíra risonha a enfermeira quando dera as explicações do mapa.

"Ela conseguira", pensou aliviado. Conseguira achar Elissa, abrigá-la, levá-lo até ela. Bendita a hora em que resolvera confiar em Nadir.

Mauro estacionou o carro debaixo de uma mangueira, a única árvore do terreno.

— Os cachorros vão estar presos, esse foi o combinado — acrescentara Nadir.

Nenhum barulho, a não ser o da televisão, na casa principal. Ele subiu a escada, pensando pela primeira vez no que diria, qual a explicação razoável para todo aquele absurdo, a começar pela sua presença.

Elissa estava sentada, de frente para a porta, e sua atitude de calma expectativa derrotou a racionalização recém-preparada pelo médico. Ela esperava o próximo passo dele, sua iniciativa. Sentada na cama, a única cadeira existente no quarto, vazia, esperando que ele sentasse e dissesse a que viera.

— Elissa, você lembra de mim, Mauro, médico do hospital?

— Como vai, doutor? Eu o vi no hospital umas duas vezes, mas Nadir conversou bastante a seu respeito. Desde o primeiro dia, quando me trouxe para cá. O senhor não quer sentar?

Ela o examina, observando, pela primeira vez, como ele era de verdade. No hospital era apenas uma ameaça a mais, o uniforme branco, as perguntas. Não reparara, no desespero de escapar, no homem que ele era. Quase bonito, do jeito desengonçado dos que crescem demais. Ele está nervoso, é evidente, constrangido, sem saber como tratá-la. Ela o examina atenta, mas com o inesperado desejo de saber como ele agiria se a situação fosse outra. Mais do que curiosidade.

"Como será que ele beija? Se eu não fosse uma fugitiva do hospital onde ele trabalha, como será que este homem se aproximaria de mim? Se ele me encontrasse socialmente, se entre nós acontecesse uma situação de desejo, como ele se aproximaria? Me agarraria pelo pescoço, a mão na minha nuca, ou me beijaria de leve, pedindo permissão? Sem palavras ou com justificativas? Devo estar com algum problema mental mesmo, para me sentir assim, neste momento. Mas ele é atraente, por isso aquela mulher no hospital falava tanto dele."

— Você gosta muito de Nadir, não é mesmo?

— Bastante, como se eu a conhecesse a vida inteira.

"Estou agindo como um idiota. Mas a situação é muito esquisita. Como médico eu não deveria estar aqui, não desta forma."

— Bem, Nadir deve ter-lhe explicado que nós dois nos preocupamos muito com você. Desde que você fugiu do hospital.

— Eu precisava sair dali, urgente.

— Mas por quê, Elissa? Algum motivo especial?

— Eu não confiava nas pessoas daquele lugar e tinha medo do seu colega, o que tomou os papéis de mim.

— Foi bom você ter tocado no assunto dos papéis que o dr. Munhoz tomou de você. Eu trouxe o bloco comigo. Você reconhece a letra?

Elissa examina o bloco por um instante. Levanta e vai até uma mesa no canto do quarto, escreve o próprio nome e mostra o papel ao médico.

— É a minha letra, não é?

— Com certeza, quer dizer, eu não sou perito em grafologia, mas, a menos que você imite muito bem a letra dos outros, é sua.

"Ela ri, meu Deus, eu não imaginava que ela conseguisse rir numa situação dessas, mas ri e fica mais atraente ainda."

— Desculpe, doutor. Mas o senhor falou de um jeito muito engraçado.

— Que bom que você acha divertido. Você lembra de quando escreveu isso?

"Uma papelaria, não, uma banca de revistas. Estação rodoviária. O bloco estava lá, à venda. Atraente e meio repulsivo como algo nunca visto anteriormente."

— Não lembro quando escrevi, mas agora que o senhor perguntou me lembrei de quando vi o bloco pela primeira vez. Talvez eu o tenha comprado numa rodoviária, uma rodoviária de uma cidade não muito grande.

— Como é que você sabe que não era muito grande a cidade?

— Não sei. Mas não parecia um lugar de multidão. Um lugar tranquilo.

— Do que mais você lembra, Elissa?

— Por que o senhor está tão interessado nas minhas lembranças, doutor? Eu não sou sua paciente, não estou internada.

"Porque eu acho você atraente. Os seus pés, os seus cabelos, o seu riso, a sua história."

— É a minha profissão, tentar ajudar as pessoas a lembrarem coisas, ficarem bem.

— O senhor costuma sair de casa de noite e se dirigir a um subúrbio longínquo para ajudar as pessoas a lembrarem coisas e ficarem bem?

Mauro ri como um menino, escorregando na cadeira que é pequena para ele na altura, as pernas escorregam quando ele ri, o cabelo cai no rosto, os dois ficam se olhando meio constrangidos, meio aliviados de a formalidade da situação ter sido rompida.

— Realmente, não costumo fazer isso. É muito pouco profissional a minha atitude. Mas as circunstâncias exigem.

— Que circunstâncias, doutor?

— A sua fuga do hospital, por exemplo. O diretor que me encarregou do caso me deu esse bloco para que eu examinasse. A partir daí, pedi ajuda a Nadir, começamos a procurar você, achamos. Ela achou.

— O senhor está contando uma parte da história, vocês sabem mais do que eu sei e não me contam.

— Não vou mentir para você. Nós sabemos alguma coisa. Descobrimos algumas pistas, mas é muito pouco. Você vai lembrar, não se preocupe. É só dar tempo ao tempo. Não seria justo que nos precipitássemos e entregássemos uma memória nova de presente para você. Não seria um presente.

"Ele tenta me proteger, de longe, mais do que médico, menos do que amigo. Esse homem que eu não conheço."

— E se eu não lembrar nunca mais quem sou, de onde vim, o que vai acontecer comigo?

— Elissa, essa é só uma hipótese e a pior. Não adianta considerá-la.

— Mas se acontecer? Se eu não encontrar uma saída?

— Vai encontrar. Nós vamos ajudar você. As coisas vão voltando. Agora mesmo você lembrou do bloco numa loja de rodoviária, não foi? É assim. Tenha calma.

— Eu confio no senhor e em Nadir. Mas sinto uma coisa estranha, como se existisse um cerco, gente perigosa atrás de mim. Eu sonho coisas estranhas. Vocês sabem alguma coisa a respeito do perigo, senão para que o trabalho de me tirar de onde eu estava? Vocês precisam me contar pelo menos isso.

— Uma coisa de cada vez. Fale-me dos sonhos.

— Pare com isso! Que diabo de ser humano você é? Faço uma pergunta e você vem com outra? Eu não sou criança e não vou lhe responder mais nada enquanto você me tratar assim.

"Acabou-se. Ela enxerga mais do que eu pensava. Não aceita o papel de paciente que, aliás, não pediu. E eu não tenho coragem de sair da posição de médico."

— Elissa, não foi minha intenção deixar você ansiosa. — Ele cede, afinal, contrafeito. — Nós não sabemos muita coisa. Aparentemente, você foi testemunha de alguma atitude ilegal, talvez seja capaz de identificar um criminoso. Nós não sabemos o que é, exatamente. Mas existe mesmo um certo perigo, digamos assim. Pode ser que essas pessoas estejam tentando achar você. Por que e para quê? Eles sabem, você talvez saiba, mas não lembra.

— Você tem cigarro? Posso chamá-lo de você, não posso? Acho esquisito eu o chamar de dr. Mauro e você me chamar de Elissa.

Ele tira o maço de cigarros do bolso, espera que ela coloque um na boca e oferece fogo, os dois ficam mais próximos por um momento, ele volta à sua cadeira. A sensação de familiaridade cada vez mais forte.

— Eu não sabia que você fumava. — Ele tenta retornar à conversa trivial.

— Você nunca responde à parte mais importante do que os outros dizem, não é mesmo? Mas não faz mal. Eu também não sabia que fumava. Descobri agora.

Elissa saboreia de olhos fechados o gosto do fumo.

— Sonho sempre com um homem enterrando alguma coisa. É o mesmo lugar, um descampado, ele cava perto de uma pedra, sei que não é longe de uma casa baixa e comprida. O homem está de costas, eu não vejo o seu rosto, mas sei que ele é muito mau, como o ogro de história de criança. Sonho com uma mulher também, sendo agarrada por outras mulheres, um ou dois homens estão com elas, e a mulher grita numa língua estranha, eu não entendo o que ela diz, mas sei, de alguma forma, não me pergunte como, que ela os ameaça, dizendo que vai contar para Elissa. Um dos homens ri. Os dois sonhos terminam nesse ponto, pelo menos que eu me lembre, ao acordar assustada.

— Você foi achada perto do hospital, isto te recorda alguma coisa?

— Lembro de um rio. Tem um rio perto?

— Tem. As pessoas pescam por ali. Peixe pequeno, eu suponho.

— Havia um barquinho com um homem dentro, alguém chegou e perguntou meu nome.

— Esse alguém foi o dono do barquinho e de uma casa próxima. Você lembra quanto tempo ficou parada na margem do rio?

— Não, mas tenho certeza de que você sabe.

Ele ri de novo, gostando cada vez mais do desafio representado pelo tom de quem não se submete a autoridade.

— Horas e horas sem comer, sem beber, sem falar. Por isso o homem perguntou seu nome, perguntou se podia fazer alguma coisa. É provável que você já estivesse com insolação, pelo menos chegou ao hospital bastante debilitada. Está vendo? Às vezes, respondo diretamente às perguntas.

— Só quando elas não ameaçam sua posição.

"Primeiro perigo: o meu colega e seu amigo mineiro; segundo perigo: o jeito dela falar. Afinal, que tipo de mulher é essa? Em que diabo de situação eu estou me metendo?"

— Eu preciso ir. Trouxe um caderno, canetas e lápis para você. Seria bom, se tiver vontade, que continue escrevendo. O que lembrar, o que, por acaso, sonhar.

Nada ocorrera como ele planejara. Pensara ser fácil tratá-la como paciente. Engano.

— Vou ficar muito tempo aqui?

— Espero que não. Eles não podem, inclusive, hospedá-la muito tempo. Você tem sido bem-tratada, conversa com o pessoal da casa, tem se alimentado direito?

— Eles são ótimos. A comida é muito boa, simples mas gostosa. A mulher vem três, quatro vezes por dia, aqui em cima. O marido veio uma vez, no dia em que Nadir me trouxe, me explicou as regras da casa, recomendou cuidado, supergentil. Me senti uma rainha exilada.

— Ótimo. Por falar em rainha, você recorda do que está escrito no bloco?

— A história de uma mulher chamada Dido, não é?

— Então você leu, depois de ter escrito?

— Muitas vezes.

— Por quê?

— Para ver se descobria a chave do mistério.

— Como assim?

— Ora, eu estou na beira de um rio, acordo no dia seguinte num hospital rodeada de malucos, não sei quem sou, mal reconheço o meu rosto. Existe um bloco com uma história escrita com a minha letra. Deve ter alguma relação. Falta uma peça, duas, cem, mas alguma explicação sempre há.

— Nós vamos descobrir. Continue escrevendo.

— Quando você volta?

— Não sei. O mais breve possível. Dois, três dias, uma semana no máximo. Sempre à noite. Não se preocupe que, mesmo longe, nós estaremos tentando ajudar você.

— Eu sei, mas é difícil não me preocupar. É ruim ficar sozinha, presa no escuro da minha própria cabeça.

"Sei que é difícil. Penso bastante nisso, sentado no meu consultório, atendendo no hospital, penso o quanto você está sofrendo com esta escuridão. Mas não vai ajudar eu dizer isso e vai me conduzir para um caminho talvez sem volta. Se eu sair do espaço do que a ajuda, nós dois estaremos perdidos."

Foi uma despedida comum, amigável, mas estranha. Como se faltassem gestos, palavras, ações.

"Irritante o estado em que eu fico perto dessa mulher. Como se eu fosse um franco-atirador amoroso, prestes a cantar a primeira paciente bonita que me passasse pela frente. Nem bonita ela é. Nariz comprido demais, magra. Por que eu me comovo tanto com essa criatura? Vou entrar no carro, sair daqui e não olhar para trás. Não me interessa se ela está me olhando janela ou não. Pronto. Está olhando, acenando com a mão. Tenho que retribuir, mesmo delirante, ela tem uma postura atraente, forte. Daqui a pouco, eu é que vou precisar de tratamento."

A janela do sobrado foi fechada quando o carro partiu. Elissa não viu o médico descer para passar a tranca no portão de madeira. Enquanto ele dirigia de volta para casa, ela sentou de novo, dessa vez na cadeira, e ficou alisando o bloco, tentando lembrar onde teria comprado o outro, no qual escrevera a estranha história da rainha.

— A mais nova das filhas da Jurema me pede para contar histórias. Veio uma vez, depois outra, agora vem todo dia, no final da tarde. É bom, me distrai.
— O pai dela é que deve ficar preocupado.
— Eu sei, ele não quer que a família se apegue a mim.
— Não é por mal, ele tem medo de que comecem a fazer perguntas, a especular.
— Ela nunca pergunta. Aparece com o livro e fica esperando, quietinha, que eu comece a contar.
— Em pequena eu adorava *João e o pé de feijão*.
— Não sei que histórias eu gostava ou se contavam histórias para mim, mas sinto uma certa familiaridade com a sereia que abre mão da língua, das escamas e, finalmente, da vida, por trezentos anos, por causa de um homem distante.
— Um homem incapaz de reconhecê-la. Eu jamais faria isso.
— É, não faria mesmo. Você não é desse tipo, Nadir.
— Não sou mesmo. Homem nenhum merece que mulher perca a voz por causa dele. E olhe que eu gosto muito de homem.
— O detetive gosta muito de você.
— Já gostou mais.
— Que nada. Ele só está me ajudando porque gosta de você.
— Não, fazer uma boa ação, de vez em quando, faz bem para ele.

Elas conversavam no final da tarde, janela aberta, dia quente, folga de Nadir. Nataniel continuava trabalhando nas poucas pistas. Mauro ligava para ele, dia sim, dia não, Nadir também pressionava do seu jeito, nas noites calorentas em que o detetive aparecia para "conversar um pouco". Depois de uma dessas noites, ele resolvera tirar dois dias de licença e fora checar pessoalmente certos dados obscuros. Como é que alguém desaparece assim, sem mais nem menos, e ninguém procura? "Família, patrão, alguém deveria conhecer essa dona, procurar por ela." Ele buscara Nadir uma noite na casa de Roberto, vira Elissa de longe.

— Magricela, comprida, mas até que não é feia a madame — comentou no carro.

— Você bem que comia, não é, safado? — provocou Nadir.

— Na falta de coisa melhor, quem sabe? Hoje em dia, não. Eu sou fiel, você sabe. Com você no pedaço, não tem para mulher nenhuma.

Ela ria e acreditava, mesmo que fosse mentira acreditaria, porque era grata por ter por perto um homem feliz. Bastava para aquecer a cama e para salvar Elissa. Estava bom demais.

Hoje ele viria buscá-la e traria as novidades da viagem a Santa Madalena.

"Dr. Mauro deve ter pago a passagem dele. Eu suponho. Claro que Natan não viajaria de avião com o dinheiro do bolso. Seguro do jeito que é com dinheiro. São engraçados, os homens. Os dois estão se dando às mil maravilhas. Ainda bem, porque o tempo é curto."

— E você tem escrito suas lembranças como o dr. Mauro pediu?

— Anotei alguma coisa. Nada que faça sentido, mas me ocorreram algumas histórias, separei para você levar. Escrevi um sonho também. Era um sonho bem nítido, contava uma conversa entre duas irmãs. Você quer ler agora?

— Acho que não. É melhor eu entregar para o doutor, ele é que entende dessas coisas.

— Ele acha que eu sou maluca, não é mesmo?

— Acho que não. Ele se preocupa com você, é diferente. Se preocupa muito.

— Nadir, com sinceridade, me responda: o que foi que aconteceu comigo?

— Sei lá, alguma coisa te assustou, te magoou muito e você esqueceu quem é. Isso acontece. Vai passar.

— Você sempre é assim, confiante, tranquila?

— De uns trinta anos para cá, sou. Acho que sempre fui mais ou menos desse jeito. Minha mãe era lavadeira num colégio de freiras, morreu e me deixou sozinha, com oito anos. As freiras me criaram. Foi o único período da vida, que eu me lembre, de angústia, insegurança. A época que minha mãe morreu.

— E as freiras, eram boas com você?

— Muito. Algumas mais, outras menos, mas eu não fui uma criança difícil.

— Não deve ter sido mesmo. Não consigo imaginar você como uma pessoa complicada. Em idade nenhuma. E depois, você não quis ser freira?

— Deus me livre. Fiz o curso de auxiliar de enfermagem e comecei a trabalhar num hospital. Hospital geral, aos poucos fui me encaminhando para a psiquiatria.

— Não é difícil lidar com maluco?

— Às vezes é mais fácil do que com gente sã.

— Aquela moça, a que me ajudou, a irmã de Ivonete...

— Ivonete, que prefere ser chamada de Ivana? Sei, Serena é o nome da irmã.

— Serena. Nome bonito.

— De Serena ela não tem nada. Nas crises, ela só falta quebrar a enfermaria.

— Ela parecia tão... humilde, quieta. Por que será que ela me ajudou?

— Um pouco porque ela percebeu que você estava no lugar errado. Eles reconhecem quem não é da turma, quem é doente ou não. Mas acho que foi mais por ciúme.

— De quem? De você?

— De mim? Não. Ciúmes do dr. Mauro, o médico que atende ela.

— Você deve estar enganada, ele mal me conhecia. Me viu umas duas vezes no hospital.

— Pode ser. Mas ela teve ciúmes. Ainda bem que ela te ajudou a fugir, ao invés de tentar te estrangular.

— Ela já tentou? Estrangular alguém?

— Já agrediu outras pacientes. Uma ela machucou bastante, há uns três anos. Sem contar o pai.

— O que ela fez com o pai?

— Ninguém sabe direito como foi. Cada vez ela conta de um jeito diferente, o fato é que alguém tirou a tampa de um buraco que ele abriu para fazer fossa, disfarçou o lugar, que nem armadilha para bicho, e deixou o cara cair dentro. Se quebrou todo quando chegava em casa, bêbado como sempre.

— Mas ninguém socorreu?

— Horas depois. Eles moravam num barraco, na roça. Quando apareceu gente, ele já tava quase morto.

— Que horror! Mas pode não ter sido ela, ou não?

— Existiam três crianças na casa. Serena era a mais velha das que estavam lá. Doze anos. As outras duas eram muito pequenas para fazerem isso.

— Mas por quê?

— O sujeito violentava as filhas. A Ivana fugiu de casa aos 14 anos, deixou as irmãs com o pai, lógico, não podia levá-las. Quando as reencontrou, Serena estava num hospital psiquiátrico, a outra num orfanato e a menorzinha morta. Acabou morrendo por causa do que o pai fez com ela. Pelo que Serena conta, e isso ela não muda, naquele dia o pai violentara a caçula.

— Que coisa! E ninguém tomou uma providência?

— Nenhuma. As pessoas sabem que isso acontece, mas não se metem, deixam pra lá, acham que não é assunto delas.

"Uma mulher considerada maluca. Eles internam. A mulher segura uma criança no colo. A mulher veste uma blusa de *banlon* escura, saia justa, o cabelo ondulado, partido do lado. A criança é uma menina, gordinha e séria. A mulher morreu. Dizem."

— Elissa, algum problema?

— Não. Eu estava lembrando de uma história que eu anotei no bloco. Quando você falou que as pessoas não se metem, eu me lembrei de novo.

— Ah, bom. Pensei que você estava se sentindo mal. Ficou tão séria, de repente. Barulho de carro, é o Natan chegando.

As duas observam da janela o detetive acalmar o cachorro e cumprimentar a dona da casa, que saiu para ver a causa do alarido. Os dois se saúdam como conhecidos antigos, Elissa observa. Um negro alto, corpulento, mais de cinquenta anos, ela calcula. Ele sobe a escada, abraça Nadir e sorri para Elissa. É um sorriso meio paternal, mas um pouco malicioso. Apreciativo.

"Mulherengo sem chegar a ser totalmente safado. Do tipo que diz piadas para as mulheres que passam na rua. Ainda bem que está com Nadir, pelo menos agora ela pode ser feliz. Que bobagem é essa que eu estou pensando? Ela é o tipo de pessoa que consegue ser feliz sozinha."

— Muito bem, então a senhora é a d. Elissa Nogueira, viúva aos vinte anos, bancária, formada em análise de sistemas, órfã de um político de interior e de uma professora? Muito prazer, Nataniel dos Santos Silva, seu criado.

— Natan, Natan, você é o máximo! Como você conseguiu?

— Para que serve a polícia? Só para dar borrachada em ladrão, vocês pensam? A gente também investiga, segue pistas, é o método científico, minhas senhoras. Pena que um homem que descobre tudo isso não tenha direito ao menos a um copo d'água, de agradecimento.

— Claro, o senhor tem toda a razão. Mil desculpas. Eu vou lá embaixo buscar água gelada.

— Deixe que eu vou, Elissa. Vocês ficam conversando.

Ele senta, a cadeira fica pequena para seu corpanzil, como ficou pequena para a altura do médico.

"Eu queria que ele estivesse aqui com suas pernas compridas e o riso raro. Queria conversar com ele sobre essas descobertas que não me dizem nada. Assistir à leitura das minhas anotações. Eu gostaria de não ter de ficar dia após dia nesse quarto, esperando uma criança aparecer para que eu conte histórias. Eu tenho medo do que Nataniel vai contar, eu preciso do outro perto de mim."

— Deu um pouquinho de trabalho achar tudo que eu procurava, mas valeu a pena. Acabei de contar para o dr. Mauro as artimanhas que eu precisei usar para conseguir.

— Ah, o senhor esteve com ele?

— Para começo de conversa, pode parar com essa história de senhor. Sei que tenho idade para ser seu pai, mas não precisa exagerar.

— Desculpe, acho que sou um pouco formal. Você esteve com o dr. Mauro?

— Estive. Fui ao consultório dele antes de vir para cá. Tentou me convencer, imagine, a deixar para ele contar as novidades, mas eu disse que não. A chefe é a Nadir. Prometi trazer o relatório aqui, hoje, às seis, aqui estou.

— Ele disse quando viria?

— Disse. Talvez amanhã à noite. Hoje não podia, tinha um jantar de família, inadiável. Está chegando a água, finalmente. Coisa boa, água, cafezinho, agora vocês resolveram me tratar bem.

Nadir serve os dois, depois pega sua xícara e se senta num tamborete. Dera trabalho sair da cozinha de Jurema. Casamenteira. Por ela, Nataniel largava a família imediatamente para estar com Nadir, para sempre. Não admira que a filha procurasse Elissa para contar histórias. Uma sonhadora.

— Eu tenho um pouco de medo de ouvir o que o senhor, quer dizer, você, descobriu.

— Talvez não seja o ideal, Elissa, mas é inevitável. A gente não pode ficar com você aqui para sempre.

— Eu sei, Nadir. Mas é difícil descobrir o próprio passado pelos outros. Não lembrar de nada.

— Tudo bem, mas existem coisas piores. Eu mesmo sei de cada história de arrepiar. Posso contar o que descobri?

— Claro que pode, estamos loucas para ouvir — provocou Nadir.

— Engraçadinha. Bom, tudo é uma questão de método. Primeiro eu me dirigi ao Registro Geral com o meu amigo Sérgio. Estava lá, Elissa Nogueira, nascida em março de 1964, no estado de Goiás, filiação e coisa e tal. Tirei uma cópia do registro.

— Fácil assim?

— Para vocês verem como são as coisas. Vamos adiante. Você sumiu, ninguém reclamou, ninguém procurou. Por quê?

— Porque não existia quem pudesse se interessar pelo meu desaparecimento.

— Exato. Estado civil: viúva. Causa da morte do marido: acidente de automóvel. Há dez anos. Morreu na cidade onde você nasceu. Depois da morte dele, você se mudou para Santa Madalena, fez a faculdade, arranjou um emprego num banco lá.

— Os colegas de trabalho teriam procurado por mim, ou não?

— Teriam se você não tivesse pedido demissão há três meses, depois da morte de uma grande amiga sua.

"Um homem enterra alguma coisa, está escuro, ele está de costas, é baixo, meio gordo, ele enterra alguma coisa num descampado, longe se vê uma casa pequena, compacta, parece branca, não dá para saber como é a casa porque está escuro demais."

— Elissa?

— Sim, estou ouvindo. Por que eu pedi demissão?

— Ninguém sabe. O meu amigo Sérgio conversou com seu chefe. Funcionária exemplar, ele disse. Supõe que você tenha ficado traumatizada com a morte de Helena, a tal amiga. Vocês tinham viajado juntas uma semana antes. O certo é que você alegou cansaço, disse que precisava mudar de ambiente, tirar umas férias longas. Pediu demissão e sumiu.

— De que morreu essa minha amiga?

Nadir e Nataniel se olham, seria mais fácil se o médico estivesse junto, às vezes ela tem medo de estar errada, de estar correndo demais, e se Elissa estiver doente, como Mauro acredita, todas aquelas revelações não envenenariam mais ainda o seu espírito? O policial não tem medo, mas tem pena, é difícil lidar com a dor das mulheres, para ele, pelo menos, é difícil, preferia que o outro estivesse ali, suportando as consequências das revelações.

— Morreu esfaqueada, Elissa. Ela se suicidou.

— Muito sangue?

"Mulherzinha estranha. Que pergunta! Eu não vi o corpo, mas deve ter sangrado bastante, depende do lugar do corte, ora essa!"

— Provavelmente sangrou muito.

— Alguém sabe por que ela se matou?

— Não. Existem suposições, mexericos, ela estava grávida, perdeu a criança, era solteira, enfim, as pessoas comentam sempre as possíveis causas, sempre aparece alguém dizendo que pressentiu na véspera, mas suicídio nunca se sabe ao certo.

"No sonho a mulher era arrastada e gritava que ia contar para Elissa. Mas não era uma bancária de Minas, era uma mulher de muito tempo atrás, um tempo que eu não localizo. Qual seria o segredo?"

— Então saí do emprego e sumi. Se é que fui eu mesma que fiz isso.

— Se não foi você, deve ter sido uma irmã gêmea. Eu vi a fotografia no registro, mais jovem um pouco, mas igualzinha.

— Sei, mas eu devia morar em algum lugar, ter conta em banco, amigos, namorado.

— O apartamento foi pago por seis meses, dias depois que você deixou o emprego. Alguém ligou para a imobiliária, combinou de depositar o dinheiro e, realmente, depositou. Nós checamos isso.

— Eu fiz isso?

— Você ou alguém que esperava que você voltasse.

— Eu tinha uma conta no banco, não tinha? Talão de cheque, cartão eletrônico?

— O gerente foi meio reticente em relação a isso. Sigilo bancário, ele disse. O máximo que nós conseguimos foi que ele nos desse dois nomes de amigos seus, colegas. Um rapaz que, aparentemente, era seu admirador e uma moça que saía de vez em quando com você e a tal de Helena.

— Helena era o nome da morta?

— Era.

— E o que eles disseram?

— Depois de muita desconfiança e enrolação, ele disse que você nunca superou a morte do seu marido e que o suicídio da Helena deve ter-lhe feito pirar de vez, desculpe, mas são palavras dele. Disse que você era o tipo de mulher que vivia para o trabalho.

— Ele baseia essa opinião em algum dado concreto?

"Ela parece meio fria, muito esquisito isso. Como se estivéssemos falando de outra pessoa ou como se ela estivesse examinando algum papel, uma investigação por escrito."

— Ele trabalhou com você durante cinco anos. É amigo de um colega seu de faculdade, que contou para ele uma história meio picotada, mas muito estranha.

— Se é pior do que o que já foi dito, eu prefiro que você deixe para contar depois, Natan, acho que por hoje Elissa já teve revelações demais.

— Nadir, eu sou forte. Pode não parecer, mas eu sou. Prefiro saber de tudo logo.

— Eu não descobri tudo, Elissa. Dois dias é muito pouco tempo para uma investigação que envolve uma vida inteira.

— Ainda mais uma vida esquecida.

— Tem esse problema também. Enfim, seu colega ouviu uma história de que depois que seu pai morreu, sua mãe foi afastada de você. Foi considerada inadequada para tomar conta da filha, o tal colega seu contou algo assim. Uma coisa meio misteriosa, como se a família tivesse interferido.

— Órfã duas vezes, você quer dizer?

— Talvez. Para a gente descobrir isso, seria necessário investigar mais. Ir até o lugar onde você nasceu, procurar quem conhece a história, não é impossível, mas é complicado.

— E a moça, Natan? Vocês conseguiram alguma coisa com ela?

— Conseguimos. Conversamos na saída do banco e depois de muita conversa ela concordou em checar se a conta de Elissa tem sido movimentada.

— E aí?

— Nada. Nenhum depósito, nenhum saque nos últimos meses. Há pelo menos três meses não se mexe na conta.

— Nesse caso, estou rica?

— Rica eu não sei. Ela não informou o saldo, mas deve ter algum dinheiro na conta.

— Eu sei, estava só tentando desanuviar o ambiente. "Coitadinha, vivendo num lugar que não conhece, cercada de desconhecidos, eu pagando o aluguel para ela, a oito dias do prazo de sair daqui, oito dias para o final da trégua e ela não sabe o que ficou para trás e não sabe o que a aguarda pela frente. É muito triste tudo isso."

— Mais alguma descoberta, Nataniel?

— Não. Foi só isso.

— É bastante coisa. Mas tem alguns buracos, não é mesmo?

— Por exemplo?

— Eu peço demissão do banco e apareço em outra cidade, perto do hospital em que Mauro e Nadir trabalham. Eu não tenho asas, devo ter me locomovido de alguma forma.

— Eu chequei isso. De avião não foi. Nenhum registro em seu nome.

— Posso ter alugado um carro.

— Também chequei. Não alugou.

— Ônibus, então.

— Pode ter sido, isso é mais difícil de descobrir, principalmente se a pessoa não quer que saibam que ela está viajando.

— Eu devo ter vindo de ônibus. E a bagagem? Bolsa? Documentos? Ninguém sai por aí, de um estado para outro, sem essas coisas.

— Você pode ter deixado na casa de alguém, ou num hotel.

— Não poderia, não. Nesse caso, quando ela sumisse, esse alguém iria procurar.

— É verdade, chefe. Bem lembrado. É por isso que eu gosto de trabalhar sob suas ordens.

Os dois sorriem, cumplicidade evidente, apesar do cansaço do homem e da preocupação da mulher.

— O hotel não daria queixa à polícia do desaparecimento de um hóspede?

— Depende de quanto o hóspede estivesse devendo. É mais provável que eles revistassem a bagagem e liberassem o quarto.

— Mas e a bolsa? Como eu poderia chegar até o rio, próximo ao hospital, sem dinheiro, sem bolsa, sem nada?

— Deve ter uma explicação. Nós não sabemos ainda qual é, mas vamos achar.

"Ele está cansado, como foi que não pensei nisso antes? Viajando há dois dias, trabalhando de graça para mim. Por causa dela. Eles devem querer voltar para casa, para algum lugar onde possam ficar sozinhos e conversar sobre outras coisas que não assassinatos, suicídios e desaparecimentos."

— Acho que Nadir tem razão. É muita coisa para um dia só. É melhor vocês irem agora. Deve ter um bocado de estrada pela frente até vocês chegarem em casa.

— Você tem certeza de que ficará bem? Quer que eu lhe faça uma massagem antes de sair?

— Não, Nadir. Está tarde. Eu tenho dormido bem aqui. Mesmo nos dias em que o pessoal faz festa.

— Sua boba, não são festas. Eles tocam para o santo.

— Que seja. Eu durmo bem, me sinto tranquila neste lugar.

— Ótimo, eu preciso ir mesmo. Estou morto de cansaço. Vamos, nega?

O abraço de Nadir é sempre especial, mas naquela noite é mais eloquente, como se tentasse transferir algum conforto no emaranhado de revelações. Do meio da escada, ela volta.

— Você não quer que eu entregue as anotações para o dr. Mauro?

— Nem sei. Quando é que ele vem aqui?

— Amanhã à noite. Mas eu vou encontrá-lo pela manhã.

— Tá bom. Você entrega, então.

Mauro e a mulher chegaram atrasados à festa. Jantar para vinte pessoas, promovido pelos tios dela. A culpa era dele, como sempre. Se atrasara no consultório, dia de pacientes difíceis, a última consulta com uma mulher que cismava ter um tumor cerebral apesar de todos os exames negarem a possibilidade. Ele gostava da família da esposa, eram como ela, despreocupados, ambiciosos, preocupados com o próprio bem-estar. Cumprimentos iniciais, recriminações bem-humoradas pela baixa frequência das visitas do casal, feitas por um primo cirurgião, "eu espero que baixa frequência não tenha nenhum segundo sentido para você", o outro ria, como piada era sofrível, mas depois do segundo uísque o mundo começava a ficar mais engraçado mesmo, pensou, sentando na varanda com outro primo, por afinidade. Mauro, de certa forma, atrapalhara a vida dele quando conhecera a mulher nos tempos de faculdade, os dois pareciam alimentar uma paixonite meio fraternal, meio incestuosa, mas todo mundo sabe que casamento entre primos não dá certo, e de qualquer forma, o outro hoje era advogado e já estava no terceiro casamento, não deve ter-se incomodado tanto com o namoro frustrado.

— Conheci um colega seu esses dias. — O primo chamava-se Marcelo e tinha um permanente olhar malicioso, como se escondesse algum segredo obsceno a ser revelado só para amigos muito íntimos.

— Foi mesmo? Quem é?

— Chama-se Carlos Eduardo, um psiquiatra daquele hospital em que você insiste em trabalhar.

Mais essa. Eles não aprovavam a manutenção de um cargo público, mil vezes a mulher já lhe pedira para largar aquele posto "caritativo" que ocupava tempo e não dava dinheiro.

— Conheceu onde o Munhoz?

— Aí é que está. Numa festa de uma cliente minha, um lugar não muito respeitável, diga-se de passagem.

— Não sabia que você andava frequentando lugares não muito respeitáveis.

— Ora, na minha e na sua profissão a gente não pode escolher clientes, não é mesmo?

— É verdade, mas não precisa beber com eles.

— Você é muito engraçado, Mauro, muito mesmo. Acontece que a mulher me adora, eu a livrei de uns problemas sérios com a Justiça e ela quis me homenagear. Era uma festa inofensiva. Minha mulher não sabe, é claro.

"Claro que não sabe. Interessante como as pessoas adoram fazer pequenas confidências comprometedoras para médicos em geral e psiquiatras em particular."

Mauro olhou para a mulher do outro, loura, jovem, baixinha, conversando do outro lado da sala com uma das irmãs do marido. Vestia-se sempre de preto, pelo menos todas as vezes que o médico a encontrava ela estava vestida de preto, roupas justas e curtas, valorizando uma plástica de primeira. Sorria o tempo todo, devia ter consciência dos belos dentes contrastando com a pele bronzeada.

"Estou ficando velho e maldoso, o que tem de mais uma mulher sorridente?"

— Mas você estava dizendo que conheceu meu colega.

— É verdade. Grande sujeito. Ele estava meio alegre, já tinha entornado algumas, disse que vocês estão investigando juntos o desaparecimento de uma maluca desmemoriada.

— Disse isso?

— Disse. Até me perguntou quais são os métodos que a polícia usa para descobrir os desaparecidos, gente que de repente não se despede de ninguém e cai no mundo. Expliquei um pouco o que conheço de investigação policial e contei que o crime, em geral, é cometido pelos mais próximos. Pelo menos é o que os bandidos que eu defendo afirmam.

"É muito idiota, chega a ser inacreditável. Isso é assunto para se conversar com um desconhecido numa festa?"

— Acho que o Serviço Social do hospital já tentou de tudo. A mulher sumiu mesmo.

— Bonita, jovem?

— Não conheci direito. Comum. Sabe como é hospital, enfermaria feminina, elas, às vezes, se enfeitam um pouco, mas ninguém é bonito doente.

— Ele me contou que a mulher vivia um delírio paranoico se supondo rainha.

— Não sei, eu não conversei com ela. Não fui eu quem a internou.

— Ele me pareceu bem interessado na paciente. Mais do que você. Mas você não se interessa por muita coisa, não é, Mauro?

"Se você soubesse, imbecil, o quanto me interesso por essa mulher. Chego a desejar que a minha se interesse de novo por você, para eu poder me dedicar vinte e quatro horas por dia a cuidar dela, da outra. Delírio paranoico. Pode até ser, mas eu duvido. A faixa etária combina, ela pode ter lido a história da rainha Dido em algum lugar e ter encarnado a realidade da personagem. Ameaça de aniquilamento psíquico, do que não é capaz a mente numa situação dessas? Precisamos investigar a história dos pais dela. O que aconteceu com a mãe, afinal?"

A mulher de Mauro se aproxima anunciando que o jantar está servido. O primo é efusivo, trata-a como um bibelô muito atraente que ele, colecionador de raridades, estivesse ansioso para adquirir. Clara gosta dos galanteios, a mulher de Marcelo disfarça a irritação, Mauro belisca a comida, subitamente desesperado ao lembrar de Elissa, sozinha com as descobertas de Nataniel, trancada num quarto de um subúrbio distante.

Antes de sair do consultório, conversara longamente com o padre amigo de sua mãe, ao telefone. Perguntara sobre a possibilidade de se obter dados a respeito do passado de alguém através dos registros da igreja. O padre Hipólito, de início reticente, mostrou-se interessado quando Mauro lhe contou, em traços gerais, a história de Elissa. "Pensei que você estivesse fazendo algum estudo sobre literatura greco-romana da primeira vez que conversamos, vou conferir com uns amigos e ver se podemos ajudar de alguma forma a pobre moça." Mais um envolvido na trama para tentar descobrir o que existia por trás de Elissa.

X

"Ontem sonhei no passado. Era o passado, eu sei, pelo barco que carregava as mulheres, as duas irmãs. Uma era Dido, suponho. Não, eu tenho certeza de que era ela. A outra era Ana. Mais alegre, um olhar curioso, belo sorriso. Poucas mulheres no barco. Muitos homens, a maioria remando. A língua era desconhecida, mas eu entendia tudo, não é esquisito? Como se o sonho fosse um filme sem legendas, mas com tradução simultânea. Todos os tripulantes eram bem morenos, cabelos compridos e pretos, inclusive os cabelos dos homens. O que usava o cabelo mais curto era um que conversava com Dido, a mulher a quem reconheço como Dido, na parte do sonho que ficou mais vívida para mim. Eles pareciam felizes, as duas irmãs e o tal homem. Ele contava para elas a história de duas mulheres, Procne, casada com Tereu, da Trácia, e Filomena, sua irmã. Dizia que Tereu foi a Atenas buscar Filomena para fazer companhia a Procne e conhecer o sobrinho de cinco anos. No caminho de volta ele violentou Filomena, e, para que ninguém tomasse conhecimento de seu crime, cortou sua língua e a deixou prisioneira na companhia de uma velha serva. Chegando ao palácio contou à mulher que a cunhada havia morrido na viagem. Filomena, no entanto, conseguiu fazer chegar à irmã um bordado onde a verdade foi restabelecida. Procne, irada com o comportamento do marido, libertou a irmã e recebeu Tereu num jantar, onde serviu um prato especial, o próprio filho que ela assassinara e cozinhara numa panela. Quando ela revelou a Tereu sua vingança, ele, desesperado, se lançou em perseguição às duas irmãs e conseguiria matá-las se os deuses não interferissem transformando-o num horrendo falcão, Procne num rouxinol e Filomena numa andorinha.

O homem contava a história, me pareceu assim, para distraí-las na viagem. Quando acabou de contar, Ana, a que estou chamando de Ana, com expressão de horror, perguntou aos dois:

— Como pode alguém desejar uma vingança a este ponto? Chegar ao extremo de sacrificar o próprio filho?

Dido virou-se então para ela e respondeu:

— Se um irmão é capaz de desejar a morte de outro, de tanto invejar a sorte de alguém de seu próprio sangue, por que o contrário, o amor por uma irmã, não pode atingir também o paroxismo de vingança?

— Minha rainha está encarando como possível uma história que os antigos aedos contavam para distrair os guerreiros em seus acampamentos ou para entreter os reis nos palácios em tempos de paz. Todos sabemos que os gregos tinham grande imaginação. — Era caricioso o jeito dele responder a ela, como que para distrair a sua seriedade.

— Não se trata da imaginação dos gregos. É a traição que importa. Se a única forma de punir o traidor for destruir a sua descendência, por que abrir mão deste castigo?

O sonho, a conversa entre eles era tão nítida que quase podia sentir o sol quente, a água do mar sendo trazida pelo vento e umedecendo os rostos no convés, o cheiro de suor dos homens que remavam. Como se eu estivesse ali, mas não me visse. Vá alguém entender como acontece um sonho desses.

Algumas cenas vão e voltam na minha cabeça. Alguém, de costas para mim, enterra uma coisa. Eu não sei o que é, vejo o lugar, um descampado, uma árvore, o vulto de um prédio branco, ao longe. Esta cena eu relembro acordada. Não é um sonho.

Outro sonho, também no *passado*. Uma mulher é arrastada à força por homens e mulheres e grita por Elissa, ameaça contar a Elissa alguma coisa, alguém a silencia. Eu sei que isso não aconteceu agora, alguns meses atrás, por causa das roupas, roupas compridas, como se fossem batas, muito coloridas, pelas sandálias de couro trançado que as pessoas usavam e pela língua estrangeira. De novo a tradução simultânea.

Existe também a menina séria, com um vestido superbonito e sapato de verniz, apertada nos braços de uma mulher de cabelos curtos e ondulados. A mulher aperta a criança como se não quisesse deixá-la partir. Esta cena é mais recente, mas é muda. Ninguém fala, nem a mulher nem a menina.

É tudo que eu consigo lembrar. Pedaços desconexos. Minto. Lembro também das histórias, algumas delas, as que eu conto para a filha de Jurema, a menininha que me faz companhia nas tardes calorentas do meu recolhimento. Onde eu as ouvi? Não reconheço o livro velho que ela me traz, mas contar histórias para uma criança me parece algo familiar.

Como Serena, a paciente do hospital que me ajudou a fugir, também me parecia familiar. Alguém conhecido anteriormente. Nadir, então, é como se eu a conhecesse a vida inteira. Às vezes, alguns gestos dela me parecem óbvios, como se eu a tivesse assistido fazê-los dia após dia, durante décadas.

Não sei se isso ajuda em alguma coisa, mas você também é bastante familiar para mim. Quando me desespero com o calor ou o desconforto, aqui trancada, quando me sinto presa pelo desconhecimento de minha própria origem, converso com você em meu pensamento. Não como se conversa com um médico, um especialista distante e formal. É como se fosse alguém que mesmo sem lembrança se pudesse confiar tudo.

Os sentimentos no sonho são reconhecíveis por mim. Eu consigo identificá-los, mas não encontro explicação para eles. O rancor, a mágoa, a dor permanente da mulher que eu chamo Dido. O espanto de Ana frente àquela história terrível da mulher que mata o filho para vingar-se do marido, a complacência do homem que entretém a rainha. Ela a trata como rainha, mas existe também um outro sentimento, além do respeito, como se ele estivesse fascinado com a capacidade dela de se apaixonar pela vingança. Não sei se é isso, exatamente. A figura do homem, no sonho, é mais esmaecida. Eu não consigo tocá-la."

— E aí? Leu?

— Li. Desculpe, li duas vezes,

— E então, alguma pista?

— Nadir, você fala como se nós estivéssemos no meio de uma investigação policial.

— De certa forma, estamos lidando com um mistério, não é mesmo?

— Ela pode ter sofrido algum tipo de trauma cerebral ou emocional e ter esquecido. Mas esqueceria tudo? Se pudéssemos levá-la a um neurologista, fazer exames.

— Tenho a impressão de que o resultado seria normal.

— Ela é bem-orientada, inteligente, mesmo tendo esquecido quem é, ela continua raciocinando analogicamente, especula sobre as situações, reconhece elementos.

— E o seu rosto no espelho é o de uma desconhecida.

— Ela te disse isso?

— Disse. Com essas palavras.

— É como se ela tivesse perdido trinta anos de existência, mas o que é estranho é a sua fixação em memórias de 2.800 anos atrás. Algum filme, livro, ópera?

— Eu não sou uma pessoa letrada a esse ponto, doutor, mas será que existe algum filme detalhado a esse ponto sobre a rainha Dido?

— Eu gostaria que você parasse de me chamar de doutor. Realmente, gostaria.

— Vou tentar, prometo. Mas que tal as anotações?

— Eu sugeri que Elissa anotasse seus pensamentos e lembranças no caderno que comprei. Ela anota, reconhece que anotou, lembra de quando anotou, mas não sabe explicar o que significa aquilo. Um homem enterrando alguma coisa. Quem é o homem? O que ele enterra ou esconde? Quando? Ninguém. Ela não sabe. A memória é de Dido, a fugitiva, ou de Elissa?

— O pior é que a medicina conhece pouca coisa sobre como funciona mesmo a memória, não é?

— É impressão minha ou você está se divertindo um pouco com a confusão em que estamos metidos?

— Confesso que acho engraçado o seu esforço para explicar tudo.

— Sei. Recapitulando: a amnésia que ela apresenta não abrange apenas um longo período de tempo. Isso já foi relatado em outras ocasiões. Representa toda a vida. Nós sabemos o que ela não lembra. Pelo menos os dados formais. RG, CIC, último emprego, dados biográficos oficiais. Ela não lembra de nada disso e se mostra íntima de uma personagem que talvez tenha vivido há 28 séculos antes de nós. Você tem que admitir que é tudo muito estranho.

— Pode ser, doutor, quer dizer, Mauro. Acho que não vou conseguir me acostumar a tratá-lo assim. Mas a emoção dela está intacta, ela ri, se diverte com as coisas que eu conto quando vou visitá-la. É gentil com Nataniel, como se com um parente distante, chora algumas vezes, pouco, porque ela é muito resistente, não sei se você reparou. Enfim, ela não me parece doente.

— Não parece, mas está. Pelo menos não está completa, Nadir. Perdeu trinta anos de lembrança, é muita coisa.

— Mas ela não se refere a nada do presente, da vida atual dela?

— Aqui tem referências a uma criança, quem será? Ela mesma? Nós não sabemos.

— Mas podemos investigar. Nós temos o nome dela, local de nascimento, data. Podemos começar daí.

— Sabe o que me preocupa, de verdade? Os pedaços de memória que ela me oferece em suas anotações parecem uma inundação de fragmentos fossilizados, coisas soterradas pelo dia a dia, pela maturidade, ou pedaços que ela deve ter lido em algum lugar sobre a rainha Dido. Sei que se eu reler a *Eneida* de Virgílio vou reconhecer alguns dos acontecimentos, como se estivessem relatados aqui por Elissa sob outra ótica. A versão de Dido, poderíamos chamar assim. Outras coisas parecem mais dados de primeira mão, como se apenas Dido pudesse conhecê-los e Virgílio, evidentemente, não. Existem ainda coisas sem nenhuma conexão, sem sentido aparente.

— Então vamos investigar a partir do que a gente já tem. Sem nos preocuparmos com a falta de sentido.

— Para você tudo parece fácil.

— Não é isso. Só acho que não adianta a gente se torturar porque não é possível fazer um diagnóstico fácil, imediato.

— Se ao menos pudéssemos interná-la, levá-la a um neurologista. As reminiscências e os sonhos costumam ser encarados como fenômenos psíquicos. Não como fenômenos médicos causados por fatores orgânicos.

— Se Elissa for submetida a uma bateria de exames e eles não detectarem anomalias significativas em seu cérebro, o que isso provará? Ela não apresenta nenhuma alteração neurológica gritante. Nisso sou capaz de apostar meu diploma.

— Eu também apostaria o meu, Nadir. Mas os exames afastariam dúvidas, poderiam ajudar a esclarecer esse caso. O que ela escreve sobre Dido é pungente, é significativo como narrativa pessoal. E nós sabemos que ela não é a rainha Dido, a que fundou Cartago. Esta, se existiu, está morta.

— Eu não sei de nada. Você é que tem esta certeza.

"Não tenho mais certeza nenhuma. Será que nós, será que eu não sei o suficiente sobre a capacidade de transporte que a imaginação e a memória são capazes de provocar? Se eu não estivesse apaixonado por essa mulher, conseguiria fazer um diagnóstico seguro e curá-la?"

— Se não fosse o grampo telefônico, Nadir, eu jamais teria concordado que as informações sobre Elissa Nogueira fossem transmitidas a ela.

— Não sei por quê. Existe realmente um perigo. Ela deve saber alguma coisa. Testemunhou, quem sabe, um crime.

— Deve haver uma maneira de se descobrir o que aconteceu. Ela terá perdido a sua própria narrativa, e com isso a identidade, e inventado outra, delirante, baseada na história de alguém que lhe tocou profundamente?

— Eu insisto que o melhor caminho é investigar o passado de Elissa. Descobrir o que aconteceu antes dela vir parar no hospital.

— Por que a escolha por Dido? Por que reviver a vida sobre a qual se passou tanto tempo?

— Ela não vive como Dido. Ela vive como Elissa, uma mulher de trinta anos que não se lembra de nada.

— Mas ela lembra como Dido, Nadir. Este que é o problema.

— Problema para você, Mauro. Para ela o que faz falta é não ter uma casa, dinheiro, talão de cheque. Incomoda viver de favor na casa dos outros, porque não acha dentro da cabeça o próprio endereço. O seu desespero por ter perdido três décadas da própria vida é um dos piores quadros que eu já assisti.

— Vocês conversam sobre isso?

— Claro que nós conversamos sobre isso. Quando vou visitá-la nós conversamos sobre a situação que ela está vivendo. Em alguns momentos, ela se desespera. Tenta confiar que as coisas se resolverão, mas tem consciência das dificuldades em relação ao passado.

— Você trata Elissa como se fosse uma pessoa normal, não é, Nadir?

— Não. Você está enganado. Eu não acredito que as pessoas sejam normais. São pessoas apenas. Algumas mais complicadas, mais incapazes, ou sofrendo mais do que outras. Elissa está vivendo uma situação muito difícil e eu quero ajudá-la.

"Não é tão simples do jeito que Nadir coloca. A memória de Elissa é um amontoado de *flashes* do passado longínquo, que ela descreve e explica, e do passado mais recente, que nós levantamos em nossas investigações clandestinas, mas que ela não reconhece como seu. Este é um problema objetivo, que precisa ser tratado. Não por mim. Eu não conseguiria mais ajudá-la como médico, estou envolvido demais para isso. Não quero irritar Nadir com minhas tentativas de entender o que acontece com Elissa. Nisto ela está certa, provavelmente ela é mais eficiente em lidar com Elissa do que eu."

— Você acha perigoso a gente tentar levar Elissa a um especialista?

— Neste momento, acho.

— Está certo. Eu me rendo. Nataniel me deixou os dados de Elissa. Já entrei em contato com o padre amigo de minha mãe, ele vai tentar conseguir alguma informação.

— Por que o padre?
— Ele pode nos orientar sobre o caminho para descobrir mais dados sobre o passado dela. Descobrir através da igreja a cidade onde ela nasceu, se casou. É uma possibilidade.
— Eu jamais teria pensado nesta hipótese.
— Nem eu. Foi o seu detetive que me deu a dica.
— Ele não é meu detetive. É só um amigo.
— Lógico, desculpe, eu não quis ser indiscreto.
— Não precisa ficar vermelho, Mauro. Por que será que vocês homens ficam encabulados com essas coisas?
— Talvez porque nós, homens, tenhamos menos prática do que vocês em lidar com o afeto.
— Pode ser. E Elissa?
— Vou visitá-la hoje à noite.
— Dê um beijo nela por mim.
— Vou dizer que você mandou.

XI

A luz estava desligada. Ele podia enxergá-la deitada, a janela aberta permitia alguma claridade, bem pouca, talvez estivesse dormindo, cansada de esperar por visitas tardias.

— Elissa?

— Você veio. Pensei que não conseguisse.

Ele caminha até a cama, ela não tem intenção de se levantar, talvez não tenha ânimo para isso, sua dúvida se transforma em certeza, fora um erro contar a ela o resultado das investigações, era muita coisa para uma mente esvaziada, aquele não era o caminho, ela devia estar num lugar protegido, com gente especializada que cuidasse dela até que se recuperasse.

— Você está bem?

— Tanto quanto pode estar alguém que não sabe onde deixou a bolsa, o talão de cheques e a maquiagem.

— Eu gostaria de poder ajudar mais. — Ele está sério e Elissa senta na cama observando-o entre indecisa e irônica.

— A única coisa que você pode fazer de concreto para me ajudar agora é perder por um momento este seu ar de conselheiro médico e me namorar um pouquinho. Uma coisa assim como oferecer uma torta de morango a alguém no meio de uma guerra.

Ele ri, ajoelhando-se do lado da cama, e é o riso que a faz tocar no seu rosto, puxá-lo para si e beijá-lo. A cama é estreita e desconfortável, quase um catre de um quarto alugado, a roupa que ela veste foi comprada por Nadir numa loja qualquer, o corpo dela é desconhecido e treme quando ele a abraça depois do beijo, pode ser desespero, solidão, carência, ele não deveria agir assim, estava ali para ajudá-la, contra tudo o que aprendera, estava seguindo caminhos não prescritos, mas o cheiro era bom, sabonete comprado num supermercado de subúrbio, as pernas sem depilar, mas o pelo era fino, os pés que ele admirara no hospital podiam agora ser acariciados como ele imaginava nos momentos em que se distraí no trabalho, escutando as queixas dos pacientes e pensando em Elissa.

Ela o tem, finalmente pode desabotoar a blusa listrada, ele deve tê-las às dúzias, é o pensamento no momento em que ela consegue, enfim, estar em seus braços, os ombros são macios, consistentes mas macios, o corpo dele é como ela sonhou, corpo de quem pensa mais do que age, nenhuma decepção a aguarda no corpo que deseja, ela interrompe um instante as carícias e vai fechar a porta, meio despida, o vestido barato escorrega cintura abaixo, ela volta e eles riem e a cama faz barulho quando de novo se deitam e ele a puxa para o chão que é de cimento e é frio, mas importa pouco, e ele agora comanda, enterrada a indecisão e os escrúpulos, enterrados eles estão, corpos reconhecidos e esperados.

— Eu devo estar ficando louco para fazer uma coisa dessas. — Ele acaricia o bico do seio de Elissa, puxando primeiro um e depois o outro, igualando os dois, e olha para o seu rosto e o prazer dela o consola pelo racionalismo perdido. — Anda, volta para a cama, antes que você apanhe uma pneumonia nesse chão gelado.

— Médico submete mulher desmemoriada ao chão frio e assiste impassível ao seu congelamento.

"É a primeira vez que eu escuto sua gargalhada e nunca vou esquecê-la, ou será que vou? Ele me embrulha na colcha e deita nessa cama apertada e isso é tudo o que eu preciso, não importa que ele saia daqui a pouco e eu fique sozinha com meus pesadelos e os pedaços de lembranças, agora ele está aqui e teve prazer comigo."

— Eu acho lindo você conseguir ser engraçada, mesmo numa situação estranha como essa.

— O que existe de estranho em uma mulher e um homem fazerem amor num chão frio?

— Estranho é um psiquiatra fazer amor com uma paciente numa cama estreita, em um esconderijo.

— Eu não sou sua paciente, Mauro, é difícil você entender isso? Sou apenas uma pessoa que precisa de sua ajuda. A diferença é muito grande.

— Hoje é o dia de eu ser colocado no meu devido lugar por mulheres. Nadir me deu "um puxão de orelhas" de manhã, você dá outro agora. Desisto.

Era a vez dela rir, jogando a cabeça para trás, despreocupada como se não existisse a escuridão por dentro e o perigo rondando lá fora.

— Você leu as coisas que eu escrevi?

— Li, várias vezes. Tomei algumas providências também. Um padre amigo da minha mãe vai tentar obter informações sobre a sua família, na cidade onde você nasceu. Vamos tentar juntar mais peças ao quebra-cabeça.

— Sua mãe. Eu gostaria de ter conhecido você em pequeno. Como você era? Um garoto quietinho, tímido, agarrado na barra da saia da mãe?

— Nada disso. Um garoto levado, que conversava demais.

— Que diferença para esta seriedade de agora.

— Você me acha sério demais?

— Seríssimo.

— Mesmo quando eu a aperto assim?

— Não, quando você me aperta assim eu não acho nada. Só sinto. Aliás, o seu jeito de amar não tem relação com a sua seriedade. Eu já imaginava.

— Confessou. Quer dizer que seus dias, que você passa trancada nesta masmorra, são passados me imaginando na cama?

— Mais ou menos. Penso um bocado nisso também. Desde a noite que você chegou aqui, solene como um sacerdote, e disse: "Elissa, lembra de mim? Sou o dr. Mauro."

— Coitado de mim. No maior esforço para agir como um profissional ético e você pensando em me arrastar para a cama.

Elissa se enrosca no corpo dele, rindo os dois das confidências que facilitavam tudo, mas não apagavam a premência da situação.

— Nós temos pouco tempo, não é? Nadir me explicou que eu não posso ficar aqui para sempre.

— Não vai ficar. A gente vai descobrir uma forma de preencher as lacunas mais importantes enquanto não lembrar de tudo e um meio de levar você para um lugar onde possa ser tratada.

— Meu Deus, como você é teimoso! Eu não quero ficar num hospital no meio de gente maluca, tomando remédios, Mauro. Será que você não entende?

— Claro que entendo. Mas você precisa recuperar sua vida. Voltar para as suas origens.

— E se elas forem perigosas? As origens?

— A gente resolve isso quando chegar a hora. Minha preocupação agora é deixar você sozinha aqui. Seria mais fácil se não tivesse acontecido nada entre nós. — Ele percebe a sua tristeza. — Desculpe, falando assim parece que eu estou renegando ter feito amor com você. Não é isso. Mas agora eu me sinto culpado de você ficar aqui, enquanto vou embora.

— Então, não vá ainda.

Dessa vez, ela toma a iniciativa, quase que com fúria, os ombros dele viram taças, ela o bebe, ele sente, enquanto Elissa percorre seu corpo, cabeça, tronco e membros, as aulas de anatomia no curso primário, "que recordação mais ridícula, numa hora dessas", aula nenhuma o preparara para esse amor selvagem. A mulher o doma, ele se sente a boiar na luxúria da troca de papéis, "vamos acordar a casa toda, eu vou sair daqui todo marcado". Ele não quer sair da posição de investigado, porque é isso que ela está fazendo, descobrindo o que ele gosta mais, o que arrebenta suas defesas, garantindo sua posse, aquela mulher, que até pouco tempo ele só pensara em proteger e servir. Ele implora pelo fim da busca, ela o acolhe dentro de si, de olhos abertos, sorrindo vitoriosa. Ele a toma pelos seios, irritado com o prazer da passividade, os dois se desmancham em selvageria, ela primeiro, ele depois, ela de novo, privilégio de fêmea.

Luz acesa na sala quando ele entra no apartamento. A mulher está lendo um dos livros que ele comprou para entender Dido, para entender Elissa. Mauro hesita, desmascarado por antecipação, consciente que pode ser denunciado pelo cheiro, por alguma marca, por resquícios do olhar desvairado plantado no seu rosto há menos de uma hora.

— Chegou tarde, querido.

— Se você soubesse como eu trabalhei hoje. Deixa eu tomar um banho rapidinho que a gente já conversa.

"Ela deve ter estranhado eu não beijá-la, como sempre faço, não ir direto até a sala, contar o meu dia, escutar as suas histórias, mas não suportaria correr esse risco, ainda bem que minha pele não fica roxa por qualquer coisa, que loucura, logo eu tão cuidadoso, mas não podia imaginar que ia acontecer uma coisa dessas, pensei que podia controlar a situação. Hipocrisia minha, eu tinha fantasias, mas eram mais suaves, algo para depois que ela ficasse boa, levá-la para almoçar, esperar por alguma insinuação."

Ele sai do chuveiro e examina cuidadoso o corpo, quase um milagre, nem unhas, nem dentes deixaram pistas. Ri para sua imagem no espelho, a sensação de triunfo se restabelece, vai dar tudo certo.

— Você está com fome, quer que prepare alguma coisa?

— Agora que você falou, me lembrei de que não jantei. Um sanduíche seria ótimo. Fiquei no consultório estudando um caso até ainda há pouco, esqueci as horas.

Ele se serve de uma dose pequena de uísque com medo de relaxar em excesso depois de tantas surpresas. A mulher traz o sanduíche duplo, bastante maionese, ela conhece bem suas preferências.

— Liguei três vezes para o consultório quando você começou a demorar e estava na secretária eletrônica. Achei que tinha saído para comer alguma coisa.

"Ela não costuma fazer isso. Conferir os meus horários. Não das outras vezes."

— Eu estava lá, não queria era ser perturbado. Não que você me perturbe, é claro, mas eu realmente precisava me concentrar.

— O que você estava estudando tem alguma coisa a ver com a mulher desmemoriada?

Ele olha chocado para a mulher, enquanto acaba de mastigar o último pedaço do sanduíche. Toma um gole do suco de manga que ela trouxera, cuidadosa com a sua alimentação, aquela, subitamente desconhecida, com quem ele vivia há dez anos, desconhecida a ponto de sacar uma frase traiçoeira, nítida armadilha para incautos, naquela madrugada surpreendente.

— Que mulher desmemoriada?

— A que sumiu do hospital. O seu colega, Carlos Eduardo, telefonou para cá e me contou tudo. Ele deve ter ligado para o consultório também, eu disse que você estava lá.

— E como foi que ele conseguiu o telefone aqui de casa? — Mauro tenta controlar a irritação e o pânico.

— Marcelo, meu primo, deu a ele. Você não se incomoda, não é?

— Claro que eu me incomodo. Se eu for ao fórum amanhã e um advogado desconhecido me pedir o telefone da casa do seu primo eu não dou. Por que acharia normal ele dar o meu telefone para o primeiro sujeito que pede?

— Mauro, você anda mesmo esquisito. Ele não deu o telefone para o primeiro sujeito que pediu. O Carlos teve trabalho para achar o telefone do Marcelo, teve que apelar para um amigo comum, era uma emergência!

"Um amigo comum. Uma cafetina que o sacripanta do teu primo defende. E você está chamando aquele canalha de 'Carlos'! O que será que ele te contou?"

— Que tipo de emergência? O dr. Munhoz fez o obséquio de informar?

— Que agressividade! Ele informou, sim. Parece que ele teve que atender uma paciente sua que estava agitada e ela não reagiu bem à medicação. Teve uma parada cardíaca.

— Ele disse o nome da paciente?

— Disse. Um nome totalmente inadequado para uma paciente agressiva, ele até comentou isso. Eu anotei aqui. Serena.

"Nadir tinha razão. Ele é perigoso. De alguma forma, ele conseguiu arrancar dela a direção de Ivana, é capaz até de ter usado medicamento para silenciá-la depois e errou a dose. Pode ter feito de propósito."

— Está morta, a moça?

— Não, Mauro. Não está. Foi transferida para o Souza Aguiar. Mauro, aonde você vai a essa hora? O Carlos pediu que você ligasse para ele, sem falta, assim que chegasse.

— Não chama esse sujeito de Carlos perto de mim, ouviu bem? Eu não tenho nada para falar com ele.

"Sou eu mesmo que estou gritando, depois de uma década de um casamento morno e feliz, com uma mulher adequada? É surpresa demais para uma noite só. Pela primeira vez na vida, me deixo seduzir por alguém que deveria tratar, sou comido por uma mulher que não sabe quem é e ainda encontro a minha mulher chamando aquele calhorda de 'Carlos' na maior intimidade. Eu preciso avisar a irmã de Serena, rápido, antes que ele a encontre."

— Mauro, eu mereço uma explicação. Você acabou de chegar, eu te dou uma notícia dessas e você sai de novo?

— Você não disse que tem uma paciente minha internada em estado grave no Souza Aguiar? Eu vou até lá conferir.

— Mas você nunca fez isso antes. É simplesmente uma interna do hospício, Mauro. Você vai ter notícias quando for ao hospital de novo.

— Eu não acredito que você esteja dizendo uma coisa dessas.

— Você nunca se envolveu tanto com pacientes. Bem que seu colega disse que este caso está mexendo com você mais do que seria recomendável. Ele quer te ajudar, Mauro.

Ela o segue até o quarto onde ele troca de roupa às pressas. Esquecera as chaves do carro no banheiro, ele procura no meio da roupa com que viera da rua, não se importando mais com a possibilidade de a mulher identificar o cheiro de Elissa na sua roupa, na sua pele.

— Você quer que eu vá com você? Para dirigir o carro, pelo menos. Você deve estar cansado.

— Pode deixar. Eu estou perfeitamente bem.

— Quer que eu ligue para alguém?

Ele para já na porta e volta-se para ela, firme, quase agressivo.

— Me faz um favor, sim? Não se envolve com o meu trabalho. Você nunca se envolveu, continua assim, tá?

— Eu nunca me envolvia porque você agia de forma sensata antes. Este caso não está te fazendo bem, Mauro. Você anda misterioso, distante.

— Outra hora a gente conversa sobre isso. Não precisa ligar para ninguém. Vai dormir, você tem que acordar cedo.

— Você promete que no café me conta o que está acontecendo?

— Vou tentar. Deixa primeiro eu descobrir o que aconteceu com a Serena. E, Clara, não se iluda com o dr. Munhoz. Ele não vale nada.

A mulher assiste a ele fechar a porta depois de um beijo distraído. Hesita um momento, depois dirige-se ao telefone.

XII

Nadir espera o dono do barco chegar à margem do rio, barquinho pequeno e velho, pouco peixe. Um garoto pequeno ajuda o pescador a carregar as tralhas. O garoto é filho, quem sabe, neto, a idade do homem é indefinida, neto, decide, pobre costuma casar jovem e esse homem parece velho.

Os dois interrompem a caminhada, percebem que ela corta a passagem, deve querer alguma informação. Eles têm boa vontade, é difícil gente estranha ali, novidades são bem-vindas. O velho lembra da moça branca, de roupa bonita, parada na beira do rio. Tanto tempo parada que ele imaginou que ela quisesse atravessar. Ela parecia esquisita, como se tivesse visto assombração, ele já contara isso para as mulheres do hospital. Ela deve ter chegado andando, não escutara barulho de carro, mas não podia garantir, sua casa ficava por trás da pista asfaltada, ela podia ter saltado de um carro ou de um ônibus e vindo a pé. Não sabia qual era o ponto de táxi mais próximo, ônibus era mais fácil, apenas uma linha servia àquele pedaço. Não, ali era diferente do hospital, o acesso era mais difícil, tinha certeza de que só um ônibus passava. De hora em hora. Falavam até em tirar a linha, poucos passageiros. "Da estrada dava para enxergar o rio, com certeza", o neto dizia, um dia chegando da escola, vira o barquinho do avô longe, pequenininho.

A moça não dera trabalho, só era esquisita, dizendo baixinho um nome, "Elissa", ele achava, parecia estrangeira, a mulher até rezara um terço depois que o marido voltara do hospital, eles já tinham visto um homem assim, há muitos e muitos anos, no Norte, onde moraram, fora mordida de cobra, uns diziam, outros falaram em praga rogada pela mãe da ex-noiva, ele fez mal à mocinha e recusara o casamento, o certo é que o levaram a um "curador" e o rapaz melhorou um bocado, apesar de que bom mesmo não ficou mais nunca. "Ela ficou boa, a moça que parecia estrangeira?" Nadir diz que não, a moça fugira do hospital, eles estavam procurando. Que pena, ele a levara para lá porque estava muito vermelha, não tinha costume de sol, podia ter cozinhado os miolos, ele já vira acontecer também, cada coisa que se vê nessa vida. "Não carregava bolsa, só uma espécie de caderno na mão, agora que a dona falou parecia mesmo esquisito. Como pode uma mulher tão distinta andar por aí sem bolsa?"

Assalto, ele não acreditava, ali quase não apareciam estranhos, a casa dele era fora do caminho, já explicara isso para a dona, se o neto até desistira de estudar, dava trabalho ir à escola. Vai ver esqueceu a bolsa no ônibus, apesar de ser uma boa andada do ponto do ônibus até o rio, mas se os médicos achavam que ela era doente da cabeça não era de admirar que andasse à toa por um lugar desconhecido, sem bolsa.

Certa feita, em São Paulo, ele conta, vira um doido tirar a roupa no meio da rua, e nem era um doido pobre, era um doido de terno e gravata e a molecada juntara em volta dele, rindo, ele até rira um pouco apesar de ter pena daquele homão se despindo na frente das senhoras, dos homens e dos moleques. Teve gente que ficara com raiva, mas ele não, tivera pena do maluco, sempre.

"É mesmo uma boa andada, como disse o pescador. Estou gorda, é por isso que fico cansada assim quando ando. Ah, lá vem o ônibus, será que a minha esperança louca vai se realizar?"

Não, o trocador não lembrava de nenhuma mulher como a que Nadir descrevia. Também, três meses é muito tempo para se lembrar de um passageiro, mesmo num fim de mundo daquele. Quase não saltava ninguém ali no horário que ela dizia. Mais movimento só nos ônibus que fazem a linha do hospital de malucos. Por que ela não ia até o ponto final e conversava com o despachante?

O despachante é um português velho, deve ter sido um português ladino, começa a responder com má vontade como se seu pedido de informações fosse um absurdo completo, quem vai lembrar de uma mulher depois de tanto tempo? Ainda mais uma branca magricela, se fosse, ao menos, uma morena como a senhora. Este território ela conhece, não tem problema dar a impressão ao velhinho que efetuou uma conquista, ou que está prestes a efetuar, ela o acompanha a um bar onde ele se dá ares de importante, pedindo o telefone ao português do balcão, e ele incomoda meio mundo na garagem enquanto ela, sentada numa cadeira capenga, toma um guaraná, o calor pede chope, mas não se deve misturar bebida com trabalho e, além do mais, sendo os homens como são, se ela bebesse daria mais confiança do que o necessário ao velhote.

Nataniel janta em casa, chegara cedo e já encontrara à mesa a mulher, Julieta, e o filho mais velho. Gordon Luís precisa de dinheiro, como sempre, dessa vez quer trocar o carro, a mãe escuta sua conversa com ar de adoração, serve mais carne assada, é um dos poucos pratos que ela faz bem-feito e o preferido do filho. Carne recheada com toucinho e linguiça, acompanhada de batatas coradas, molho ferrugem. Julieta ri com os olhos para o pai e o riso desfaz um pouco a raiva que ele sente com aquela eterna exploração. Dessa vez, o filho vai dar com os burros n'água, há tempos ele não ganha um extra, tivera que tirar dinheiro da poupança para gastar em almoços e jantares em Santa Madalena. Não teria cabimento deixar que o colega pagasse a conta, numa investigação dele.

— Trocar o carro pra quê? O seu está bom. Comprado novo, não tem nem três anos de uso. — Nataniel é seco. Sabe que o ataque às pretensões do filho é a melhor forma de defesa.

— Não está servindo mais, pai. Vive na oficina. E também é um investimento. Carro novo valoriza mais.

— É, se você pode bancar, vai em frente. Eu acho a maior bobagem, seu carro é bom, grande, cabe a família inteira. Quer trocar, troca.

— Você também, Nataniel, sempre botando gosto ruim nas ideias do menino. Ele está certo, carro velho não presta, só serve para dar dor de cabeça. Dinheiro serve para isso mesmo, investir, aplicar.

Julieta não resiste a uma risada e ele sente, ultimamente com mais e mais intensidade, o quanto ela se parece com Nadir. A risada não é de escárnio com a súbita transformação da mãe em especialista em investimento, é um riso terno frente à ingenuidade alheia, ela não aprendeu ainda que com aqueles dois a comiseração é inútil.

— Você está rindo de quê, menina? Sempre com esses dentes arreganhados, oferecida como ela só, a sua filha, Nataniel. Chega a ser pecado a quantidade de motivos que Julieta encontra para rir.

— Deixa ela, mãe. Deve estar zombando da minha vontade de viver de acordo com a minha posição. É uma criançona implicante, sempre foi.

— Conversa, sua irmã nunca foi implicante. Implicante era você quando ela era pequena. E, Cleide, para com esse negócio de pecado. Rir nunca foi pecado, nem aqui nem na China. — Nataniel se dói pela filha, o ataque desmedido à alegria parecia ataque à outra, à ausente.

— Ei, pessoal, calma. Eu só achei engraçado o jeitinho da mamãe falar sobre investimento. — Julieta tenta suavizar o ambiente, incomodada de ter provocado a hostilidade do irmão e da mãe.

— É sempre assim. Eu preparo um jantar gostoso para a confraternização da família e acaba em briga, em desarmonia. Isso é falta de fé.

— Não é, não. Ninguém está brigando. Eu disse, e repito, que se ele tem dinheiro para trocar de carro, que troque. Acho besteira, mas tudo bem, não discordo. Aliás, você não veio pedir minha opinião, veio?

— É claro que sua opinião é importante, pai. Mas é que realmente eu andei fazendo umas economias e tenho quase todo o dinheiro necessário.

"Umas economias, sei. Andou liberando mercadoria ilegal, ou criando dificuldade para vender facilidade para algum infeliz. Eu conheço teu jeito de juntar dinheiro. Um dia a casa cai, instauram um inquérito administrativo, te colocam para fora e você vai ter que vender tudo para contratar um advogado para anular a expulsão na Justiça. Que mal eu fiz a Deus para ter um filho tão burro?"

— Então não tem discussão. Você acaba de juntar o dinheiro e troca o seu carro.

— Sabe o que é, pai? Eu pensei que você podia me adiantar o que falta.

— Lógico, que nem eu fiz com a entrada do apartamento, a compra desse carro que você tem e mais um bocado de coisa, não é mesmo? — O sarcasmo era evidente, a irritação também.

— Que é isso, Nataniel? Está alegando o bem que a gente faz aos próprios filhos? O Senhor Deus disse...

— O Senhor Deus disse que quem dá o pão dá a vara. Eu não tenho dinheiro, tenho feito pouco por fora, não posso ajudar. Quer comprar carro novo, compre por conta própria.

— Mas e o tal do dr. Custódio? — O filho pergunta como quem não quer nada. É um mulato mais claro do que o pai, o sorriso é bonito, mas é um sorriso de quem está acostumado a pressionar para conseguir o que quer.

— Que história é essa? Dr. Custódio? — A voz de Nataniel é fria, mas o alerta, por dentro, é imediato.

— A mãe disse que você voltou a trabalhar com um cliente antigo, o dr. Custódio, disse até que viajou um dia desses a serviço, deve ter sido para ele. Não estão te pagando bem?

— Como é que você sabe disso? — Nataniel tem medo, pela primeira vez, de perder a cabeça com a mulher. A voz é irada, chega a sentir enjoo pelo choque ao ouvir o nome do cliente fictício.

"Como ela descobrira? Julieta não contaria. Ou será que contaria, o primeiro telefonema?"

— Que é isso, Nataniel? Isso é maneira de falar comigo, a mãe dos seus filhos, que faz todos os sacrifícios pela nossa família? Eu sei porque ligaram da delegacia hoje e disseram que um cliente seu, o dr. Custódio, deixou recado. Não é aquele para quem você andou investigando quando Gordon era pequeno?

"Que memória, meu Deus! Memória ou desconfiança, pode ser uma das duas coisas. E ela não me deu o recado. Só está falando agora, no final do jantar, dificultando minha saída. Deve ser tática para eu entregar mais uma vez o dinheiro para o filho querido, que ela estragou de mimo. Mas dessa vez não dou, nem adianta. Pensar que nunca dei um presente caro para Nadir, só umas bobagenzinhas, perfume, disco, e esses exploradores me arrancando tudo. Não dou. Está acabado."

— Você devia ter me avisado antes. O cliente deve estar esperando até agora.

— Você não vai acabar de jantar? Vai largar a comida assim? Logo seu prato predileto.

— Não é meu prato predileto, você sabe disso. O que eu gosto mais de comer é rabada com agrião. Quantas vezes você cozinhou rabada, esses anos todos?

— Várias, não foi uma nem duas vezes, foram várias. Uma comida indigesta, que você come chupando os ossos, uma coisa horrorosa, e eu fazia para satisfazer a sua vontade.

— Mentira sua. Fazia poucas vezes e, quando fazia, cozinhava de menos ou cozinhava demais. Você nunca acertou o ponto.

— Papai, que é isso? O senhor não precisa ficar nervoso assim. A mamãe esqueceu de dar o recado, isso acontece. Olha a sua pressão. Vai, senta, acaba de jantar, a carne assada está ótima. — A filha está assustada, não entende em que ponto a conversa degenerou em briga.

— Não, filhinha, eu perdi o apetite. Nem por você eu aguentaria comer de novo.

— Nem por ela. Você está ouvindo, meu filho? Só sua irmã importa. Seu pai nunca gostou de mim, de nós. Só liga para a filha.

— Deixa disso, mamãe. O pai só ficou irritado porque não recebeu o recado a tempo. Se você quiser eu o levo lá, pai. — O filho não desiste, o sorriso agora é mais doce, quase súplice.

"Charmoso esse meu filho. Enrolão é o que ele é. Morde e assopra. Igual à mãe. Apesar de que, há muito tempo, ela não assopra mais."

— Muito obrigado. O meu carro me leva aonde eu quiser, numa boa. É velho, mas funciona.

— Pelo menos o carro. Acho que é a única coisa velha que funciona aqui em casa.

"Era a hora de dar um tabefe nela. Bastava um. Ela abusa porque não dou. Mas eu vou fazer por menos, eles não vão estragar minha noite."

— Vocês me dão licença, a conversa está muito boa, mas eu tenho que trabalhar, não posso ficar discutindo o que é velho, o que é novo, o que funciona dentro desta casa. Meu filho, foi um prazer você ter aparecido.

— Você tem certeza, pai, que não dá para me emprestar algum?

— Se eu tivesse dinheiro sobrando, te emprestava. Mas não tenho. Como conselho não custa nada, vou te dar um: para de se exibir com carro novo, roupa cara. Olha que os invejosos acabam pegando no teu pé.

— Não se preocupe, pai. Eu não estou fazendo nada de mais.

— Ele não é que nem o pai dele. Saindo tarde da noite para visitar cliente misterioso.

— São os meus clientes que dão o dinheiro que você distribui para aquele pastor veado lá na tua igreja.

— Olha como você fala de quem divulga a palavra de Deus! Ele te castiga, você vai ver.

— Eu é que vou te castigar, a partir de agora. De hoje em diante, não dou mais um centavo para esse bando de 171 que você venera.

"Foda-se. Nem sei se vou à casa da Nadir. Hoje eu preciso é de uma puta bem rampeira, encher a cara antes, me emporcalhar bastante depois. Isso não é vida, como é que um sujeito fica casado 32 anos com a mesma mulher, para ela estragar o filho, não dar atenção para a única menina que conseguiu parir e ainda gastar o dinheiro do panaca numa igreja de vigaristas? Vai ver que o maluco sou eu."

— Eu devia ter me casado era com você.
— Por que isso agora? A gente nem se conhecia quando você casou.
— É, mas devia ter largado minha mulher e ficado contigo. A gente teria filhos, seria melhor. Eu era muito bobo, acho. Tinha umas ideias erradas na cabeça.

— Que ideias?

— Às vezes, eu estava na delegacia e ficava pensando que uma mulher tão "dada" na cama não podia ser mulher de um homem só.

— Ai! Que cretinice. Quer dizer que você me achava uma puta?

— Não, uma puta exatamente, não. Mas lembra que foi você quem me cantou?

— Não, senhor. Eu apenas demonstrei que te achava gostoso.

— Pois é, começou daí. Aquele jeito de dizer com todas as letras para um homem que é caída por ele, isso me parecia esquisito.

— Coisa de vadia? Mulher direita não faz isso?

— Eu entendo pouco de mulher direita, sabia, Nadir? Acho que não conheço nada de mulher.

— Deixa de besteira! Depois da farra que a gente fez você vem com bobagem! O que deu em você?

— Remorsos, acho. Eu te devo desculpas. Fui entrando aqui, nem boa-noite eu dei. Te comi com raiva, sabia?

— Eu percebi.

— Não devia ter feito isso. Podia ter te machucado.

— Podia, mas não machucou de verdade. E depois, o jogo virou, foi gostoso.

— Você é boa demais, Nadir. E não é só de cama. Você tem uma maneira de transformar tudo que acontece numa coisa leve. Hoje, no início, teve um momento, que Deus me livre, eu me senti como um daqueles estupradores que a gente prende na delegacia. Um cara sujo, que gosta de destruir o que toca.

— Pois é, mas depois você lembrou que não é um deles, é o Natan, um sujeito cem por cento, com sua velha amiga Nadir, e deu tudo certo. E um pouquinho de guerra na cama não faz mal a ninguém.

— Você não é velha e não é amiga. É a mulher mais maravilhosa que existe no mundo. A mais gostosa, a mais alegre, Nadir, a perfeição. Agora me conta, por que foi que você me ligou?

— Ah, você não imagina o que eu consegui. Tem direito a bis, se conseguir adivinhar.

— Você ganhou na loteria e nós vamos fugir para o Caribe.

— Claro que não.

— Você conseguiu recuperar a memória de Elissa.

— Infelizmente, não é nada tão grandioso.

— Menos do que a loteria ou menos do que a cura de Elissa?

— Qual, você como detetive não é de nada.

Ela levanta da cama e volta com um pacote na mão. Vai desembrulhando bem lentamente, provocando o suspense, até que ele, rindo, toma da mão dela e acaba de desembrulhar.

— A bolsa! Caramba, você achou a bolsa! — Ele examina o conteúdo, cada vez mais feliz, aquela mulher era uma feiticeira, tinha de admitir, comemorando como criança as conquistas dela.

— A carteira, cartão de crédito, talão de cheques, identidade, CPF, cartão eletrônico, e dinheiro, não tinha mais dinheiro, só esse pouquinho?

— Você está querendo demais. Tudo indica que Elissa entrou num ônibus que passa perto, não muito perto, mas, enfim, passa a uma certa distância do rio onde ela foi encontrada. Desceu e esqueceu a bolsa. O ônibus foi recolhido à garagem depois daquela viagem. A faxineira achou a bolsa, entregou para uma moça do escritório. Estava guardada lá, até hoje.

— Mas que puta sorte! A Elissa nasceu virada para a lua.

— Você acha mesmo? Uma mulher sem memória, só tem a gente de amigo e você acha que ela tem sorte?!

— Ter você como amiga é a melhor sorte que alguém pode ter na vida. Não vê eu? Aqui, esparramado feito um paxá, tratado a pudim e pão de ló pela nega mais gostosa do mundo? Não é para qualquer um, não.

— Tira essa mão-boba daí que eu quero que você examine direito a bolsa.

— Tá certo, sargento. Primeiro a devoção, depois a diversão.

O conteúdo foi virado na mesa da sala e ele esquadrinhou cada pedacinho em busca de pistas, enquanto ela cuidava do café. O dinheiro era realmente pouco, talvez por medo de assalto, a fama da cidade correra mundo, a moça era turista, não parecia descuidada. O talão de cheques, inútil, o banco era o mesmo em que trabalhara, confirmava a investigação, se preenchesse um cheque apenas, poderia ser localizada na hora, a menos que ele arranjasse outra solução.

Batom, pó compacto, *blush*, cartão eletrônico. Esse era bom, ela deveria ter algum dinheiro depositado, na certa uma quantia razoável, não o suficiente para pagar a sua conta, que além de tudo era presente, fazia questão, mas pelo menos o bastante para aliviar a barra de Nadir, que devia estar sustentando Elissa, ele desconfiava, por menor que fosse a despesa sempre existiria alguma na casa de Roberto. Diabo! Esquecera da falta de memória. Como ela faria com a senha?

Uma coisa de cada vez. Achado o cartão, depois se vê o resto. Um barquinho de papel. Bem pequeno. Parecia papel de cigarro, ela não parece do tipo que usa drogas, apesar de que nunca se sabe. No papel está escrito o nome do médico e um mapa diminuto de um caminho, uma cruz indica uma casa, embaixo estão escritos hospital e um número.

— Nadir — ele grita. — Vem cá, rápido.

Ela acode, ele a abraça rindo.

— Qual foi o dia em que Elissa deu entrada no hospital?

— Dez de fevereiro.

— Pois foi esse o dia em que ela perdeu a memória.

— Como é que você sabe?

— Está aqui a evidência, olha só esse papelzinho.

— O nome dele, estranho, então ela conhecia o Munhoz? Esse número é o de um ônibus que passa perto do hospital.

— Ela foi atrás dele. Lógico. Não sabia direito o caminho, fez um mapa.

— Mas ela não pegou esse ônibus, eu achei a bolsa em outra linha.

— Deve ter se enganado no ponto final, quando percebeu era tarde, ou então ela saltou por outro motivo.

— O café! Esqueci a água fervendo. — Ela corre para a cozinha, ele a acompanha.

— Ainda vou te dar de presente uma cafeteira elétrica.

— Pra quê? Passo muito bem sem ela.

Ele volta a examinar a bolsa. Parece que não tem mais nada, isqueiro, desses que se compram em bares, quase acabando, não acende, por que um isqueiro velho? Ela não deve ter percebido que chegara ao fim. Fósforos. Seria ótimo se fossem fósforos de hotel, mas não eram. Tíquete de máquina registradora, nome do restaurante meio apagado. Tíquete de farmácia. Nataniel tentou lembrar quanto gastara a última vez que comera fora de casa, em Santa Madalena, o preço ali parecia alto, mas era difícil saber do jeito que as coisas vinham subindo de preço todos os dias.

— Nadir, você tem um catálogo telefônico? — Ele volta até a cozinha onde ela prepara a bandeja do café. Nada de café servido em copo, com Nadir tudo tinha um ritual, ele pensa enquanto abraça a mulher pelas costas, feliz por andar nu dentro de casa, coisa que a esposa jamais permitiria.

— Tenho, sim. Na estante. Mas para que você precisa de um catálogo? Achou alguma coisa?

— Calma, não sei ainda se achei.

Os dois sentam na sala, tomando o café, ela olhando em silêncio Nataniel examinar os nomes de restaurantes.

— E então?

— A farmácia é mais difícil, parece que é uma rede de lojas, atende muita gente, mas o restaurante só tem um, no centro da cidade.

— Para com isso, Nataniel, não me mata de curiosidade. O que foi que você achou?

— Não dá para saber ainda, mas pode ser, veja bem, não é garantido, mas pode ser que a gente consiga localizar onde Elissa estava hospedada. De onde ela saiu quando pegou o tal ônibus.

— Como?

— Olha bem para esses tíquetes.

— Estou olhando. E daí?

— Daí que você não observou a data.

— Dez de fevereiro. Natan, isto é ótimo! Ela comprou alguma coisa nessa farmácia no dia 10, no dia em que foi internada.

— E no restaurante no dia 9, jantou, talvez. No dia seguinte, deve ter sido cedo, pela hora que ela deu entrada no hospital, fez compras na farmácia. Ninguém se desloca para longe de casa ou do trabalho para ir à farmácia. Ela não carregava na bolsa nada que pudesse ter comprado numa drogaria, deve ter deixado o que comprou em algum lugar.

— Num hotel.

— Isso. Que horas são agora?

— Meia-noite e meia.

— Dá tempo ainda.

— Tempo de quê, Natan?

— Tempo de dar uma volta pelo centro para mapear os hotéis que eu vou visitar amanhã. Amanhã, nada, logo mais.

— Está tarde, nego, vamos dormir. Depois você cuida disso.

Nataniel esperou espantado que ela percebesse as implicações do que dissera. Eles não iam dormir juntos, ele sairia, para sua própria casa, pensando nela, é verdade, feliz com ela, lembrando a sua inesgotável capacidade de arrancar o melhor do corpo e de acalmar a mente, mas ele sairia, meio sonolento, para dormir na cama com a esposa, outra casa, outra vida.

— O que foi? Que cara triste é essa que você fez agora?

— Eu não posso ficar, meu bem, você sabe disso.

— Ah, desculpe. Eu falei sem pensar. Mas mesmo assim você não deve ficar dirigindo tão tarde, você deve estar morto de cansaço. — Ela sorri enquanto acaricia seu rosto. — Por que você não toma um banho frio para espantar o sono e vai para casa? Amanhã você procura o hotel.

"Ela me consola como se eu fosse um menino, não um homem casado que já a deixou uma vez, há 17 anos, e vai continuar deixando-a, porque é covarde demais para fazer outra coisa. Tenho que resolver, pelo menos, a situação da outra, de Elissa, para fazer Nadir feliz, se não consigo ser outra coisa além de um sujeito que vem e come ela de vez em quando."

— Por que um banho frio? Nós podíamos tomar um bem gostoso, quente, de banheira.

— Assanhado! Nada feito. Nós dois temos que trabalhar cedo, eu pego no hospital às sete. Anda, vai dormir, vai.

— Eu venho te buscar às seis para te levar ao hospital.

— Não precisa, Natan. Você vai sair de casa, vir até aqui, me levar àquela lonjura que é o hospital e seguir para a delegacia depois? É muito sacrifício.

— Deixa eu te mimar um pouquinho, mulher.

— Mas você está me mimando o tempo todo, Natan. Na cama e fora dela. Não precisa mais do que isso.

— Hoje, não, hoje eu fui malvado.

— Bobagem, você foi gostoso como sempre. — Ela o empurra em direção ao banheiro, rindo abraçada a ele, definindo mais uma vez o espaço e o momento.

Nadir arruma a sala depois que Natan sai, lava a louça em que serviu o café, se prepara para dormir pensando por quanto tempo aguentaria tantas novidades em sua vida. Era bom ter retomado o caso com Nataniel, mas era cansativo também esperar um homem que só pode vir depois que mantém as aparências com outra. O sono, porém não demora a chegar. Sabe que lhe restam poucas horas antes de começar o novo dia de trabalho.

XIII

De um lugar distante que ela não enxerga, vem um insistente som de partida de barco. O barco não é o delas, não é o que conduz Dido, Ana e suas companheiras de viagem, jovens silenciosas e submissas que fazem parte dos planos e da comitiva da rainha. "Elas nos ajudarão a fundar outro reino" — Dido explica à irmã. "No reino getulo, combinaremos os casamentos, elas facilitarão entendimentos com os homens locais." As duas irmãs conversam e riem, enquanto o barulho permanece, mais forte do que o som das palavras e dos remos que os homens movimentam no mar.

O interfone. Prédio antigo, sem porteiro, o apartamento fora deixado em usufruto para Nadir, por uma das freiras que a acolhera por ocasião da morte de sua mãe. Era o interfone, não um barco antigo e invisível no sonho, mais um daqueles inexplicáveis sonhos que povoam sua mente, nos últimos tempos.

Nadir desperta por completo e olha o relógio. Duas horas. Quem seria? Natan, talvez.

"Por que será que os homens não se decidem a mudar o jogo no momento em que as mulheres precisam desesperadamente deles e, ao contrário, quando elas já não fazem questão, eles estão dispostos a tudo?"

— Nadir? Sou eu, Mauro, eu preciso lhe falar, urgente.

"Elissa. Eles a alcançaram. Não adiantou minha proteção e minha luta. Que outro motivo traria ele aqui a essa hora?"

Nadir abre a porta assustada, Mauro entra esbaforido:

— Nadir, não posso perder muito tempo com explicações. Arrume, rápido, suas coisas. Você precisa sair daqui comigo, agora.

— Aconteceu alguma coisa com Elissa?

— Não. Com ela está tudo bem. Acho. Pelo menos, até duas horas atrás, ela estava bem. Aconteceu com Serena. Conto no caminho. Rápido, Nadir. Nós não temos tempo a perder.

Nadir examina o médico por um instante. Ele não é pessoa de perder o controle fácil. Está com medo, e não é por ele. Ela obedece, abrindo gavetas e tirando roupas e sapatos, o essencial para alguns dias. Hesita diante do uniforme:

— E o hospital?

— Acho que você vai ter que tirar umas férias, Nadir.

— Que bom, eu estava precisando mesmo.

Mauro ri, de novo ele ri naquela noite, sorte sua a enfermeira ser, além de tudo, uma mulher engraçada.

Os dois entram no carro do médico, nenhum outro veículo na rua estreita, "não dera tempo dele achar o endereço de Nadir, ainda bem". Ele não sabe como começar o relato das últimas horas, se ater aos fatos parece o caminho mais seguro.

— Você deve estar achando esquisitíssimo este sequestro, Nadir. Eu não costumo me apavorar à toa.
— Lógico que não.
— O Munhoz ligou pra minha casa hoje, várias vezes.
— Dr. Carlos Eduardo Munhoz?!! O que ele queria? Conversar sobre Elissa?
— Sobre Serena, Nadir. Ela teve um problema sério com uma medicação, sofreu uma parada cardíaca.

"Ele matou a garota, matou para encontrar Elissa. Descobriu tudo e depois liquidou a coitada, que nunca teve sorte com os homens. Maldito. Que ele morra também, lazarento, em agonia, este cão que não gosta de mulheres."

— Nós precisamos avisar a irmã dela imediatamente.
— Você tem toda a razão. Na pressa de tirar você de casa eu me esqueci da moça. Como é o nome dela mesmo?
— Ivonete, mas prefere ser chamada de Ivana. — Nadir enxuga os olhos e força um sorriso para o médico. — Talvez ele não a encontre, ela trabalha na noite, não deve estar dormindo a esta hora.
— Você tem alguma forma de entrar em contato com ela?
— O telefone de uma madame de subúrbio que anota recados para ela. Eu suponho que seja uma madame, não tenho certeza.

"Duvido que a suposição esteja errada. Se Nadir diz que uma voz ao telefone é a voz de uma cafetina, eu preciso acreditar. Daqui a pouco vou acabar acreditando que Elissa é a própria rainha só porque Nadir aparenta esta certeza."

— O melhor agora é a gente avisar o Nataniel. Ele deve saber qual a melhor forma de agir nessa situação.

— Nataniel não. A gente não pode ligar para ele a essa hora da madrugada.

— Por quê? É uma emergência, nós temos que colocar você num lugar seguro. É provável que Serena tenha informado ao Munhoz que você entrou em contato com a irmã dela.

— Eu me recuso a fazer isso. Ligar para a casa de Nataniel de jeito nenhum. A mulher dele vai achar estranho.

— Eu ligo, se o problema for esse. Ela deve estar acostumada com ligações fora de hora, sendo o marido policial.

— Você não entende. Eu não quero a mulher de Nataniel atrapalhando a nossa investigação.

O médico dirige em silêncio sabendo que tem que tomar uma decisão rápida, sem querer demonstrar que entende bem demais a resistência de Nadir. Na verdade, ela não quer que a mulher atrapalhe é o caso deles. Estava certa a enfermeira. A mulher desconfiando, Nataniel poderia ser obrigado a recuar. Ele, Mauro, não tinha mais escolha. Também preferia Clara ignorando tudo sobre Elissa.

Num bar aberto próximo à praça da República, um orelhão.

— Nadir, me dá o número, por favor.

Ela rabisca o papel com nítida má vontade. Mauro para o carro e se dirige ao telefone. Nadir acompanha os seus movimentos de dentro do carro, zangada. Ele estava diferente, o doutorzinho. Mais decidido, menos disposto a discutir teorias e respeitar opiniões.

"O que será que deu nele? Pensei que esse homem não fosse de ações rápidas."

— Vamos encontrar com Nataniel na delegacia. Me dá o número da tal cafetina e o endereço da Ivonete.

Ele volta ao telefone, dessa vez a conversa é mais demorada. Senta-se ao volante e dá partida no carro em silêncio. Nadir o olha de lado, ele está furioso, a expressão é de quem perdeu por completo a paciência. O rosto, de normal plácido, está ruborizado como o de alguém com febre.

"É o filho de Ogum que os búzios falaram, engraçado que eu não reconheci os sinais porque ele parecia contido, calmo até demais."

— Alguma notícia de Ivonete? — Ela pergunta meio com medo, eles estão na avenida Brasil, até a delegacia onde Nataniel trabalha é uma boa esticada, o silêncio começa a incomodá-la.

— Ela saiu para encontrar um cliente que ligou às dez horas da noite e não voltou mais. A madame diz que deve ter esticado o programa. Pareceu bastante aborrecida com o que ela considera uma irresponsabilidade da moça.

— De repente, o cliente valeu a pena. Mesmo sexo profissional às vezes surpreende.

Ele ri, a mesma risada que encantou Elissa, a tensão por um momento atenuada.

— Sexo é mesmo uma coisa muito boa. E você tem razão, às vezes é surpreendente.

Ele dirige em silêncio, concentrado nas circunstâncias estranhas que o arrastam.

— Esqueci de lhe contar, eu achei a bolsa de Elissa.

— Achou? Mas, Nadir, você é mesmo o máximo! Onde foi que você encontrou? Como?

— Refazendo o caminho dela até o hospital. — Ela relembra os detalhes, mas ele a escuta apenas com a metade da atenção, surpreso com as novidades.

"Bolsa de qualidade, cartão de crédito, talão de cheque. E totalmente desvalida, num quarto de subúrbio do Rio de Janeiro. Transando com o médico que deveria estar cuidando dela. Estou ficando melodramático, mas também é tudo esquisito demais."

— Eu ainda acho que Elissa deveria estar num lugar mais adequado. — Ele tenta voltar ao seu papel de médico.

— Onde o dr. Munhoz pudesse achá-la com mais facilidade?

— Está bem, eu me rendo. Nada de hospitais para Elissa. Mas nós vamos ter de mudar de tática, ela corre perigo na casa de seus amigos.

— Eles também.

"Não tinha pensado nisso. Meu irmão, Jurema, as crianças, todos correm perigo. Se eles acharam a irmã de Serena, podem achar o barracão também."

"Levar Elissa para onde? Minha mãe. Poderia até servir como refúgio, em outro momento, antes de Clara saber da existência dela. Apesar de que não existe nenhum vínculo entre minha casa e o Carlos Eduardo. Mesmo assim é arriscado. E se minha mãe comentar alguma coisa com Clara? Não, ela não faria isso."

A delegacia ficava numa transversal mal-iluminada e tinha o aspecto de um lugar a ser evitado.

— Chegamos. Você quer esperar no carro, enquanto eu chamo o Natan, lá dentro?

— Pra quê? Eu não queria era vir. Já que estamos aqui, seja o que Deus quiser.

Nataniel conversa ao telefone, faz sinal para eles esperarem. Um funcionário sonolento observa, apreciativo, Nadir andar até as cadeiras de madeira. Um segurança de supermercado maldiz, num canto, o velho de aparência respeitável que, por tentar surrupiar salames dentro da roupa, o obrigava a ficar horas esperando o escrivão anotar seu depoimento.

— Imagina, eu trouxe esse safado às nove da noite. Daqui a pouco vai amanhecer o dia e eu ainda não saí daqui. — A voz do segurança não disfarça a vontade de sacudir o velho.

Uma mulher conversa com outra sobre o sumiço de uma criança.

— Eu vi quando seu menino entrou no ônibus. Só não lembro a linha. Vai ver que não aconteceu nada. Alguém vai achar o garoto.

Tenta acalmar a mãe, que balança o corpo na cadeira desconfortável, repetindo as frases como numa ladainha.

— Eu nunca mais bato nele. Eu prometo a Deus que se meu filho aparecer, não encosto mais a mão nele.

Nataniel desliga o telefone, a expressão cansada, acena para os dois.

— Nadir, Mauro, vamos entrar aqui para conversar. — Ele se dirige para uma porta nos fundos e a mantém aberta para os dois entrarem.

A sala é a do delegado que está em casa, de "sobreaviso", como ele diz. Os plantonistas têm os telefones onde ele pode ser encontrado numa emergência maior. "Um ataque marciano à delegacia", o delegado brinca e a equipe ri junto porque não vale a pena contrariar o chefe. Nataniel espera os dois sentarem para colocar uma mala pequena, de couro, em cima da mesa.

— Tive sorte, Nadir. Achei o hotel de Elissa.

— Meu Deus, Natan! Então você não dormiu nada esta noite.

Ele sorri da preocupação dela, é bem de Nadir se lembrar primeiro do descanso dele para depois comemorar o achado.

— Não faz mal, o tempo foi bem-empregado. — Ele abre a mala e inventaria os objetos:

— Sandálias, chinelos de andar em casa, camisola, robe de homem, bonito, hem? Deve ficar comprido nela, duas saias, três blusas, calcinhas — "Bonitas, mas recatadas demais para o meu gosto", ele pensa —, sutiã, uma bolsinha com pasta de dente, escova, pente, perfume, desodorante, remédio para gripe...

— Nataniel, não me mata de curiosidade, como foi que você descobriu essa mala?

— Ah, eu sou a polícia científica! Existem três hotéis perto daquele restaurante, o tal da nota que a gente achou na bolsa. No segundo achei a ficha de Elissa Nogueira. Passei uma conversa na gerente da noite, paguei três diárias, das quais ela deve embolsar duas, e trouxe a mala.

— Entregou a mala na maior facilidade? — Mauro espanta-se.

— As minhas conversas nunca são fáceis, doutor. Elas são no maior capricho.

— Negro safado. — Nadir se aproxima e começa a dobrar a roupa que Natan tirara da mala. — Olha que roupas bonitas, e esse robe, então?

Mauro examina o robe estendido, o corte é masculino, grande demais para Elissa, e a seda castanha tem desenhos de dragões. Ele e Nadir se olham, na dúvida do significado, quando Nataniel chama a atenção deles:

— Olhem só o que está no fundo da mala.

Uma foto antiga, preto e branco, uma mulher de cabelos escuros aperta uma menina nos braços, o olhar para o fotógrafo é de medo e desafio, a moldura de couro é velha e gasta, a criança deve ter no máximo cinco anos, é Elissa.

— A arrumação dessa mala é interessante, a escolha dos objetos. — O médico especula.

— Não entendi.

— Dessa vez eu sou obrigada a concordar com suas interpretações, Mauro. O que ele quer dizer, Natan, é que o robe e a fotografia têm uma relação forte com o texto que Elissa escreveu.

— Ah, as memórias da rainha no inferno. Sei. O robe parece novo, talvez não tenha sido usado ainda. Ela pode ter comprado para algum homem.

"Um homem que ela esperava encontrar no Rio. Planejou antes de perder a memória e agora eu estou enciumado de alguém de quem ela não lembra."

— Ainda estou surpreso com a história de você ter conseguido tirar essa mala do hotel, Nataniel.

— A gerente já conhecia Elissa, ela se hospedou lá uma outra vez, ano passado. Por isso a mala está inteira. Como eu mostrei conhecer bem a figura, ela não desconfiou de mim. Inventei um atropelamento sem maiores consequências, falei que ela tinha me pedido para pegar as coisas porque tinha viajado subitamente com uma concussão cerebral branda, a mulher acreditou.

— Mas você não precisou assinar nada?

— O único problema foi esse. Tive que me identificar, dar o RG, assinar recibo. Ela só não sabe que eu sou polícia. Mas não dá para fazer omelete sem quebrar ovos.

— Eu continuo preocupada com Ivonete.

— Eu liguei para a DP de Caxias. Se você quer saber minha opinião, o doutor veado pegou ela.

— Que isso, Natan! Primeiro, ele não é veado, e segundo, você não tem nenhum indício de que ele achou Ivonete.

— O teu problema, Nadir, é que você não conhece as putas e os travestis que eu conheço. Homem que paga travesti para enrabá-lo é veado, no duro. O mal é que vocês mulheres acham que veado é só quem desmunheca.

— Tá legal, vamos admitir que você entende mais de veadagem do que eu...

— Muito engraçada você, quer dizer que eu agora virei especialista?

— Para com isso, Natan, a situação é grave, onde é que nós vamos achar Ivonete? Uma confusão dessas e a gente brincando de descobrir quem é veado ou não é.

— Calma, eu estou só tentando melhorar o ambiente. A situação é mais grave do que vocês pensam. Eu aposto que ele achou a Ivonete, saiu com ela e nós só vamos achá-la no IML. Se é que vamos achar. E tem mais, é uma questão de horas ele encontrar a Elissa também.

— Vai, nada. Ele não tem como saber o endereço.

— Claro que tem. A Ivonete pode ter dito para ele.

— Mas ela não sabia.

— Ora, Nadir, ela pode ter seguido vocês quando saíram da casa dela.

— Por que ela faria isso?

— Por curiosidade, por exemplo.

"Natan tem razão. Eu mesma reparei em como Ivonete é curiosa. Perguntando sempre. Ela pode ter querido se assegurar de que Elissa estava em segurança."

— Acho que nós estamos perdendo tempo. Se Elissa corre risco, e eu concordo com Nataniel que é possível que ela corra, nós temos que tirá-la de lá. Rápido. E eu preciso ligar para o Souza Aguiar para ter notícias de Serena.

— Pode ligar dessa sala, doutor. Eu vou dar uma palavrinha com o meu colega que está de plantão e volto já.

A casa estava iluminada quando os dois carros entraram no quintal e estacionaram embaixo da mangueira. Luzes no barracão, na casa principal, no puxado onde Elissa se escondia. A notícia da morte de Serena, sem recobrar a consciência, já acabrunhara Nadir por todo o caminho, as luzes e os cachorros soltos a latir em torno dos carros acabam por transtorná-la.

— Natan, será que aconteceu alguma coisa com eles?

— Calma, neguinha. Lá vem seu irmão com Elissa. Deixa ele acalmar os cachorros que a gente vai saber o que houve.

O dono da casa cumprimenta os dois homens, envolve Nadir num abraço tenso.

— Graças a Deus vocês vieram rápido. Ela tem que sair daqui agora, não vai demorar para eles acharem a casa.

Mauro tira do carro a mala e a bolsa de Elissa, ela se aproxima silenciosa, está calma, mas a mão que ele segura está gelada e ele sente o desespero sob controle que toma conta dela.

— Nós vamos levá-la, não se preocupe. — Ele se sente falso, mentiroso, aparentando em público uma devoção apenas profissional quando o que ela precisa é de calor que a proteja do pânico. — Seria bom você trocar de roupa, Natan e Nadir acharam suas coisas, Elissa.

— É bom mesmo, dá tempo. Eu preciso mesmo conversar um instante com Nadir. — O pai de santo está controlado, não é a primeira emergência que ele enfrenta. — Vamos entrar, ela pode se trocar no meu quarto. Jurema e as crianças estão fora, assim fica mais fácil. Vocês esperam na sala.

O barracão está iluminado por velas, os búzios foram jogados recentemente, Nadir senta num banco e espera Roberto dar a explicação para as lâmpadas acesas, os cachorros soltos, o medo entrevisto.

— Nadir, minha casa vai ser invadida. Talvez essa madrugada ainda. Minha mãe me avisou num sonho, os búzios confirmaram.

— Eu sinto muito. — Ela tenta se manter digna apesar das lágrimas e da culpa. — Eu nunca deveria ter pedido para você abrigá-la.

— E eu não deveria ter aceitado. Paciência, é o preço que se paga por desobedecer aos avisos dos orixás.

— E Jurema e as crianças?

— Mandei para um lugar seguro, vão ficar uns dias. Ela vai tentar entrar em contato com uns filhos da casa, que são da polícia, com clientes que têm influência, quem sabe a gente consegue evitar o pior.

— Por que você não foi junto?

— Eu não posso abandonar o barracão e não podia deixar a moça sozinha também. Ela era bem capaz de pegar um punhal e se sangrar toda. Ela tem muita dor dentro de si.

Batida discreta na porta. Elissa entra, parece outra pessoa, arrumada, os cabelos presos num coque, o rosto tranquilo.

— Estou pronta. — Ela estende as mãos para Roberto, ele as recolhe nas suas e lhe dá o abraço ritual. — Eu nunca vou esquecer o que você e sua família fizeram por mim. Lamento que para me dar refúgio você tenha exposto o seu povo.

— Quem sabe eu paguei alguma dívida antiga, abrigando você? Não se preocupe, vai dar tudo certo. Você achou quem procurava.

Os três se encaminham para a frente da casa onde Mauro fuma e Nataniel assobia para os cachorros.

— Eles gostam de você — constata o pai de santo, parando ao lado dele, o mulato magro e baixo, o mulato gordo e alto, os dois se olham com respeito, sabem muito um do outro, através da mesma mulher, amada por ambos, diferentes formas de amor, mas igualmente fortes. — Cachorros são bem melhor do que gente. Cuidado com as mulheres e com o que você assinou hoje. É um aviso de Xangô.

— Eu vou tomar cuidado, pode deixar. Mas tem coisas que a gente tem que fazer mesmo.

— E tem outras que a gente deixa de fazer no tempo certo e acabam atrapalhando um bocado quando a gente menos espera. Vão com Deus.

Os dois casais entram nos carros, já estão ultrapassando o portão, o carro de Nataniel na frente, quando Nadir o detém:

— Para, para. — A urgência em sua voz é tanta que assusta Natan. Pelo retrovisor ele vê Roberto correndo na direção do carro.

— Nadir, você viu?

— Vi, meu irmão. Nossa mãe, vestida de branco, do outro lado da rua, virada de lado e chorando.

— Não vão pelo mesmo caminho que vieram. Sigam a direção que ela indicou. É mais longe, estrada ruim, por dentro do mato, mas dá para passar. Sempre em frente, até um campo de futebol, próximo a uns barracos. Tem uma avenida com um valão no meio, vocês viram à esquerda e caem de novo na rua principal.

— Eu quero ficar com você. Não vou deixá-lo sozinho esperando. — Nadir abre a porta do carro, Nataniel a agarra com força.

— De jeito nenhum. Não vai adiantar nada.

— Mas eles podem machucar meu irmão. — Ela chora desesperada, os dois homens se olham sabendo que é provável que aconteça o que as lágrimas das mulheres, a mãe morta e a irmã de santo viva preveem.

— Vai, Nadir. Nataniel está certo. Vocês quatro correm muito perigo. Se eles acharem vocês aqui, matam nós todos. Se me matarem é só por ser testemunha. Vão embora.

— Eu vou avisar a PM, pedir que mandem alguém.

De novo eles se despedem, Nataniel faz sinal para Mauro segui-lo, os dois carros tentam achar a saída no trajeto improvisado.

Nadir e Natan não conversavam, os dois estão abalados demais com a ameaça contra o pai de santo. A estrada principal não foi difícil de achar, encontraram uma saída no limite entre os dois bairros, as torres de energia elétrica servindo como guia. A igreja no meio da praça fez Nadir lembrar da primeira vez que viera ao barracão e trouxe à sua memória também as orações que as freiras lhe ensinaram no orfanato. Não existia contradição entre altares, não para Nadir. Se houvesse tempo ela pediria a Nataniel que parasse o carro para entrar na igreja e rezar num templo pela salvação do sacerdote de outro. Eles ultrapassaram o viaduto em cima da linha férrea. Nataniel pensou na filha quando passaram pelo parque de diversões. Julieta adorava roda-gigante quando era pequena, e ele se perguntou, pela primeira vez, se sobreviveria àquela fuga para um dia levar os netos ao parque de diversões. Diminuiu a marcha, fazendo sinal para Mauro, indicando que parasse à esquerda. De um orelhão, do lado quase da delegacia, ele liga para o número 190. Custam a atender, ele explica com calma e insistência que passara por um barracão de santo e escutara gritos de socorro e barulho de coisas sendo quebradas, não, não parara, ficara com medo, e, afinal, para isso existia polícia, para proteger as casas e as religiões. Estava avisando porque sabia que os santos são poderosos, amanhã podia ler nos jornais que o pai ou a mãe de santo tinha morrido e aí a culpa ia ser dele, preferia não se identificar, mas fazia questão de dar o endereço, podiam mandar a radiopatrulha, com certeza não era trote.

XIV

Um dos conselheiros de meu irmão vendia segredos. Isto não incomodava nossos interesses. Ele descobria onde os adversários desembarcariam cargas preciosas, comprava rotas desconhecidas de marinheiros corajosos o suficiente para encontrarem caminhos que ninguém imaginava e pobres ou ambiciosos o bastante para entregarem a nós as rotas antes de voltarem às suas terras e aos construtores de barcos que os financiavam. Belo, meu pai, não confiava nele, mas admirava sua capacidade de nos servir. Não que seu auxílio fosse de todo essencial, nossos mercadores eram capazes de correr todos os perigos para encontrar coisas que excitassem a cobiça dos que possuíam ouro para trocar por objetos que, muitas vezes, nem sabiam para que serviam. Com a morte de meu pai, eu, Elissa, sua herdeira, me mantive na tradição de pagar aos informantes do conselheiro. Com certeza ele ganhava com isso, mas seria de esperar que ele lucrasse com os bons serviços que nos prestava. Não me importava a crueldade que ele pudesse usar para conseguir alguma informação importante, quando o poder das moedas falhava. A única vez que atentei para isso foi pouco antes de me tornar uma fugitiva, antes da usurpação.

Pigmalião tinha uma concubina. Tinha várias, mas sobre essa pairavam suspeitas e murmúrios. Ela poderia ser sua irmã por parte de mãe, algumas velhas escravas acreditavam. Nascida de um prisioneiro estrangeiro que fora sacrificado por Belo, noites antes dele ordenar o massacre da mãe de Pigmalião por adultério.

A moça estava sendo arrastada por escravos do meu irmão e o conselheiro ria. Ele não deveria estar ali, na parte do palácio que abrigava as mulheres de Pigmalião. Eu estava de passagem, à procura não me lembro de quê. Ela gritava o meu nome, ameaçava, de alguma forma, os seus algozes, isso me chamou a atenção. Quando ia interferir, o conselheiro me viu. Ele tinha informações importantes para mim, sobre um carregamento de belas pedras que uma caravana trouxera de um reino ao norte do deserto, disse. O grupo de escravos continuava segurando firme a mulher. Eu ainda a olhei esperando que ela dissesse por que gritava o meu nome, momentos antes. Calara-se, amedrontada, talvez. Afastei-me então, com o conselheiro. Dias depois, quando procurei informações, soube que ela morrera, durante o sono. Ninguém sabia como. Não causou preocupação a morte dela. Concubinas não eram importantes a esse ponto.

Elissa acordou suada, sobressaltada com o sonho. Se ao menos Mauro estivesse ali, mas ele a deixara na saída do Rio e ela seguira viagem no carro de Nataniel, junto com Nadir. Eles não podiam sumir simplesmente como ela e Nadir, que dormia na cama ao lado da sua.

"Ela deveria estar no hospital, no emprego dela, na casa dela, e está aqui, fugindo comigo. Tenho sorte de encontrá-los. A esta hora, eu poderia estar morta como Serena."

Anda pelo quarto, silenciosa para não acordar a outra. Não reconhece a mala, apesar de saber que são suas as roupas que veste naquele momento e a camisola com que dormiu. O robe com desenhos de dragões. O retrato. Essas coisas lhe dão um calor por dentro. Talvez por causa dos textos e dos sonhos.

Elissa procura na cozinha ingredientes para preparar o café. A casa é confortável, dois andares, móveis típicos de casa de praia, vime e madeira. Dá para escutar o barulho do mar, e esse barulho a consola de alguma forma. Poderiam passear pela praia, ela e Nadir, se não estivessem escondidas. "Os vizinhos não podem ver vocês", recomendara Nataniel. Por causa dos que a perseguiam, ele dissera. E por causa da mulher dele também, ela supunha. Porque era casado o amor de Nadir. Sabia pela aliança de ouro e pela resistência de Nadir em dormir no quarto principal, quando chegaram de madrugada na casa de Maricá. "Vocês dormem então no quarto da minha filha." Constrangido, culpado. Casado com uma mulher que não ligava muito para comida, a julgar pelo estado das panelas e pelos enlatados na despensa.

"Mauro também é casado. Eu não seria capaz de reproduzir nossa conversa no carro, da casa de Roberto até atravessarmos a ponte. Lembro das mãos dele, dos olhos, do sorriso. Da preocupação e da raiva. Engraçado, tive a impressão de que ele estava arrependido. Não de estar me ajudando a fugir e cada vez mais estar complicando a própria vida. É como se ele estivesse arrependido de ter me amado."

Ela sobe as escadas com a bandeja do café para acordar Nadir. O relógio de parede marca duas horas. Um pacote de macarrão ordinário, latas de sardinha e de salsicha. Era o que restava para comerem enquanto os homens não voltavam. Escuta o barulho do chuveiro quando abre a porta do quarto. Elissa arruma as camas, metódica, e espia pela janela o jardinzinho maltratado. Sorri para Nadir saindo do banheiro com o cabelo molhado, vestindo uma bata comprida e vermelha.

— Eu estava aqui pensando que o jardim seria de outro jeito se você fosse a dona desta casa.

— É provável. Gosto muito de flores, de casa bonita, de comida gostosa. Nataniel também gosta. Mas não daria certo, se é nisso que você está pensando.

As duas comem em silêncio por algum tempo. Elissa acaba de mastigar antes de atacar o que está na mente das duas:

— Estou preocupada com os que ficaram.

— Eu também. Principalmente com meu irmão e com Ivonete.

— Ele não é seu irmão de verdade, não é mesmo?

— Não. Só no santo. A mãe dele, a de verdade, como você diz, era minha mãe de santo. Uma pessoa maravilhosa. Eu o conheço há muitos anos. Ele nem conhecia Jurema ainda.

— É mesmo, ainda tem Jurema e as crianças. Estarão seguras?

— Elas, com certeza. Roberto, não sei. Matar não mataram. Eu sentiria isso, se tivesse acontecido.

— Tanto aborrecimento por minha causa, Nadir. Sinto muito.

— Não seja boba. Nós não estamos sofrendo por sua causa, e sim por causa desses filhos da puta. Eu gostaria de entender o que eles querem.

— Manter algum esquema. Se pelo menos eu me lembrasse de tudo. Sabe que eu sonhei hoje com um conselheiro da Dido? Um sujeito que vendia segredos.

— Você sonhou? Viu o sujeito?

— Desculpe, me expressei mal. Sonhei com a Dido lembrando. Não é uma loucura? Sonhei com as memórias da Dido. As que eu li. Você deve lembrar, quando ela conta de uma concubina do irmão.

— Deve ser duro ter duas memórias dentro da cabeça.

— É ruim porque não sei lidar com o que está acontecendo. Por que esses caras estão atrás de mim? O que eu vim fazer no Rio?

— Procurar o médico. Você estava com o endereço dele, o endereço do hospital.

— Procurar um canalha. — Ela levanta e caminha pelo quarto marcando com as mãos as perguntas. — Pra quê? Para matá-lo? Ele bem que merece. Mas vir para o Rio com o endereço dele e o tal robe, Nadir? Isso é que me intriga. Por que eu trouxe o robe do amado da rainha? Quando eu comecei a escrever essas memórias de alguém que não sou eu? As peças não se encaixam, ainda.

— Vão se encaixar. Você vai ver. Uma a uma. Não adianta se desesperar antes da hora.

— Não estou desesperada. Não estou mais. — As duas sorriem, enquanto Elissa se levanta e examina o robe de seda. — Sabe de uma coisa, Nadir? Esse robe ficaria ótimo no Mauro. É bem da altura dele.

— Coitado do doutor. Mais uma confusão na cabeça dele.

— Zombando de um aliado fiel. Que coisa feia, Nadir.

— É engraçado ver um homem se defendendo da paixão. Eles ficam meio... oscilantes. Uma hora sérios demais, outra ansiosos.

— Eu devia estar muito mais preocupada com esta situação, mas estou tão feliz, nem sei direito por quê. — Ela abraça o robe, sonhadora.

— É porque as coisas já são difíceis demais para a gente ficar evitando as tréguas.

Nadir começa a dobrar roupas, empilhar de novo na mala dela. Elissa a observa, comenta pensativa:

— Bom. Estamos nós aqui, sem contato com o mundo exterior, sem poder passear na praia, sem saber quem nos persegue e a causa da perseguição...

— E sem os homens que nos distraem.

— Isso é o mais grave. — Elissa concorda, entre trocista e solene.

— Fico feliz de ver você alegre.

— Que bom que você gosta. Vamos então resolver o que podemos resolver. Nós temos duas opções: um, dar uma faxina na casa, que, aliás, está muito precisada. Dois, procurarmos algum jogo para passar o tempo.

— Jogo que tenha sobrevivido à conversão da mulher de Nataniel.

— Não diga! Ela é protestante? — O espanto de Elissa é sincero.

— Muito. E aí, qual a sua escolha? — atalhou Nadir.

— A gente deveria fazer as duas coisas, vai demorar um bocado para eles voltarem. Entre uma e outra, a gente faz um jantar de primeira com os parcos ingredientes que encontrei na cozinha.

— Incrível. Nós duas completamente adaptadas como se não tivéssemos feito outra coisa nessa vida a não ser fugir. Você não acha estranho, Elissa?

— Não. Era difícil antes, no hospital. Sem vocês. Agora ficou mais fácil.

— Então, vamos pro jogo que o trabalho é roubo. Começamos por onde? Ei, Elissa, o que foi?

"O conselheiro que vendia segredos no reino de Dido. Que tipo de segredos poderiam ser vendidos num banco? Quem poderia descobrir este tipo de comércio? Alguém que lembrasse de muitos detalhes estranhos, que tivesse uma memória muito boa. Ou então..."

— Nadir, em que função eu trabalhava no banco?

— O Nataniel falou que você era analista, trabalhava com computadores.

— Memórias. Coisas armazenadas. Aí está a chave, Nadir. Coisas armazenadas que não deveriam ser achadas jamais e foram.

— Mas que coisas, Elissa?

— Não sei. Não lembro. Mas tudo gira em torno disso. Só pode ser.

— Tá bom, tá bom. Pode ser que você esteja certa, mas não dá para resolver isso agora, não adianta ficar nervosa.

— Você está enganada, Nadir. Não estou nervosa. Excitada é a palavra certa. Se eu pudesse voltar lá. A Santa Madalena. Ao apartamento onde eu morava, o que Nataniel disse que está pago. Pago por quem?

— Mas, minha criança, nós nem sabemos se vamos conseguir sair daqui ou como.

— Claro que vamos sair daqui, Nadir. Eles vão resolver tudo. Confio nisso.

— Você acredita muito no Nataniel, não é?

— Claro que eu acredito. — A voz de Elissa está meio insegura. — Você não?

— Neste aspecto, acredito. No trabalho ele é muito bom.

— Só no trabalho?

As duas riem, cúmplices.

— Na cama também. Ótimo, mais do que bom. Tem limites, é claro. De estado. Homem casado é cilada. Mas, como homens são necessários três, a gente vai levando.

— São necessários três como?

— Um para companhia, outro pro sustento, mais outro para a cama.

— Ah, Nadir, deixa de história. Cadê os outros dois?

— Agora só tem o Natan. Você sabia que há 17 anos a gente não se encontrava?

— E voltaram a se ver como?

Nadir hesita. Olha pensativa para a outra, o rosto relaxado e confiante, aguardando a resposta.

— Eu achei que ele podia ajudar a salvar você.

— Só por isso? — a voz desapontada, quase ofendida.

— Não, pequena. Eu gosto muito dele. Até mais do que devia. Só que eu tinha desistido, há muito tempo. É uma longa história, não vale nem a pena contar. Aí eu estava muito preocupada com você, e ele era a pessoa certa para ajudar. Simples.

— Impressionante como você consegue tornar as coisas claras.

— Algumas, não é? Outras são bem escuras, não adianta a gente gastar latim com elas.

— Mas, às vezes, a gente tem que enfrentar o escuro também.

— Quando é inevitável. Só nessas ocasiões. No tempo certo.

— Como é que você sabe qual é o tempo certo?

Nadir considera a pergunta, vasculhando as lembranças, enquanto mordisca um biscoito velho, guardado sem cuidado por alguém sem paladar.

— Nem empacotar cream-cracker esta mulher do Natan sabe. Que incompetente. — Ela afasta desgostosa o biscoito. — Acho que desde que nasci eu confio no tempo. Sabe, Elissa, meu pai era 15 anos mais velho do que minha mãe. Barbeiro de interior e trompetista. Um dia, ele passou na cidadezinha onde minha mãe morava, ainda menina, e perdeu um anel. Quando deu pela falta, ele voltou. Ela tinha achado, brincando de roda na praça. Dez anos minha mãe tinha na época. Foi aquela coisa, ele agradeceu muito, comentou com minha avó que a filha dela era uma menina linda e foi embora. Nove anos depois, os dois se encontraram no Rio de Janeiro e começaram a namorar.

— Que coisa bonita, Nadir. Deve ser bom saber que os pais da gente se amavam bastante.

— Ajuda um bocado, principalmente quando eles nos faltam. Por falar em pais, Elissa, você já deu uma boa olhada na foto dentro da mala que o Natan achou no hotel?

"A mulher e a menina. Minha mãe e eu. Não encontro nenhuma lembrança dessa mulher que justifique a certeza de quem ela é. Ou foi. Ela não deve existir mais.

Nem ela nem ninguém. Senão alguém me procuraria, colocaria fotos no jornal, teria me achado. Será possível que eu seja uma pessoa sem raízes, sem história?"

— Olhei várias vezes a foto, Nadir. A menina sou eu. A mulher não sei. Acho que minha mãe. — Ela pega a foto na mala e mostra para Nadir.

— Pelo jeito de abraçar é mãe mesmo. — A enfermeira examina a foto. — Parece meio possessiva, protetora.

— Parece preocupada com alguma coisa, tensa.

— Às vezes é impressão nossa. — Nadir tenta refazer a avaliação anterior. — Algumas pessoas ficam assim quando encaram uma máquina fotográfica.

Elissa segura a fotografia e suspira desanimada antes de guardá-la.

— É, o jeito é esperar nossos cavaleiros andantes voltarem. Temos que ficar paradas, esperando socorro.

— O consolo é que eles voltam. — Nadir consulta o relógio de pulso, dourado, comprado no contrabando. — Vamos descer e começar uma busca neste asilo triste em que viemos parar?

Elissa a acompanha para fora do quarto, depois entra no cômodo onde, supõe, durmam nos fins de semana Natan e a esposa. Apalpa o colchão de espuma, mole demais para não deformar, a colcha de retalhos cinza, verde-claro e azul-marinho, abre o armário, sacode os cobertores, espia receosa as gavetas de roupas velhas, boas somente para se levar para a casa de praia, na opinião de uns, ou de se jogar fora na opinião de outros.

Nadir examina o terceiro quarto depois de ter evitado acompanhar Elissa. O armário é pequeno, a cama de casal quase austera em sua simplicidade, uma Bíblia no criado-mudo. Quarto de hóspedes.

"Neste quarto dorme o malandro do filho de Natan, quando aparece nos fins de semana. Alguma coisa boa deve-se encontrar na área. Duvido que ele ature as manias da mãe sem passá-la para trás de uma maneira ou de outra. Fora revista de mulher pelada, qualquer divertimento extra dele pode ajudar a gente a passar o tempo nesse esconderijo. Vou emagrecer uns dois quilos com o cardápio que me espera se não aparecerem logo os nossos homens."

XV

MAURO CHEGA ATRASADO à reunião no hospital. Já estão sentados o diretor e os outros médicos. Carlos Eduardo Munhoz o cumprimenta com um aceno discreto de cabeça, a expressão cansada de um profissional que foi frustrado no cumprimento do dever. O clima parece pesado, um certo constrangimento como se tivessem parado de conversar à sua entrada. O diretor é o primeiro a recuperar a naturalidade.

— Mauro, estávamos exatamente conversando sobre sua paciente.

Ele senta na cadeira vaga, quase em frente a Carlos Eduardo. De repente, a gordura branca e os cabelos amarelos e ralos do outro lhe causam asco. "Por que será que ele está cada dia mais gordo? Será que é medo da aids?"

Sente o rosto quente e vermelho como se estivesse com febre, mas sabe que é cansaço e raiva.

— Minha ex-paciente, o senhor quer dizer. A que morreu ontem, Serena.

— Um acidente lamentável, o dr. Munhoz já nos explicou tudo, o surto, a medicação. Foi pena que não soubéssemos do problema cardíaco anteriormente.

— Ela nunca apresentou sinais de problemas cardíacos. — Faz um esforço para manter a voz tranquila. — Eu gostaria de ter sido avisado do surto, se foi tão violento assim.

— Mas, dr. Mauro, ela teve inúmeros episódios violentos e o senhor nunca foi chamado. — O plantonista é bem jovem, 25, 26 anos, no máximo, e está visivelmente preocupado com a reação dele.

"Devo estar menos controlado do que deveria. Até esse menino está percebendo minha tensão. Assim não vou conseguir nada."

— Não é bem assim, doutor. — Ele tenta suavizar a correção inevitável. — Há pelo menos um ano, Serena não apresentava distúrbios maiores. Para seu passado de internações, ela estava ótima. Insisto que deveriam ter me chamado.

— Mas você foi, Mauro. Várias vezes. Eu liguei para sua casa, seu consultório. Ninguém é responsável por não tê-lo encontrado. — Munhoz é, aparentemente, uma vítima da intransigência do outro. As palavras não são ditas, mas é claro o tom.

— Aliás, foi bom você ter tocado no assunto. Como foi mesmo que você, e não o dr. Sérgio, medicou a minha paciente com uma dosagem não prescrita por mim?

Ele pôde sentir o espírito de corpo se consolidando ao redor da mesa. O mal-estar dos outros médicos era evidente. O diretor o conhece há muitos anos, gosta mais dele do que de Munhoz, mas tenta evitar o confronto:

— Mauro, eu imagino o quanto você está chocado com a regressão da pobre moça, mas essas coisas acontecem na nossa profissão. O Munhoz nos explicou antes de você chegar tudo o que aconteceu. Foi sorte ele estar aqui para ajudar, nem era mais o horário dele. O Sérgio contou que Serena teve que ser contida, agrediu ele, inclusive, chutou as enfermeiras, você sabe como elas ficam terríveis, nessas horas.

— Quem estava com Serena quando começou a crise? — A pergunta foi dirigida ao plantonista, mas quem respondeu foi Munhoz.

— Eu estava na enfermaria na hora, doutor. Cheguei a conversar com ela, calmamente. Assuntos corriqueiros, perguntei quem estava ensinando ela a bordar e aí começou o escarcéu. Ela avançou sobre mim, com a agulha, podia ter furado meus olhos. Podia ter me matado como matou o pai. A mulher era uma homicida, nem sei como você pôde acreditar que ia curá-la com terapia de grupo e anticonvulsivos.

"Filho da puta! Assuntos corriqueiros, nada, torturou a moça, pode ter começado perguntando pelo bordado para chegar até Nadir e depois a Ivonete e a Elissa. Mas em algum momento ela percebeu que Munhoz era uma ameaça, um monstro como o pai dela, capaz de atacar gente indefesa. Por isso, ela atacou. Não foi surto, foi legítima defesa. Não foi problema cardíaco, foi assassinato. E eu não posso provar nada, que sacana!

— Ela não era uma homicida. Se ela matou o pai, como se suspeitou na época, foi porque ele era um psicopata, estuprador de crianças. Não sei se ia curá-la, mas até ontem ela era uma paciente controlada e hoje está morta, no IML, por ter sido medicada de forma incorreta.

— Você não está querendo comprometer o Sérgio e a mim, por termos tentado salvar a vida de uma paciente, está, doutor? — A pergunta era amigável, quase risonha, como alguém que não acredita no absurdo que está ouvindo.

— Não quero comprometer você, muito menos o Sérgio. Só quero a autópsia de Serena.

— Não existem indícios de que a medicação prescrita não fosse a correta, Mauro. Qualquer médico aqui presente teria indicado a mesma droga, na mesma dosagem. A autópsia não vai mudar este quadro. — O diretor ainda tenta ser compreensivo, mas a frieza começa a se insinuar em sua voz.

— Pode ter ocorrido um engano na dosagem — insiste, mesmo sabendo que as chances de convencer os colegas são quase inexistentes. — Quem aplicou a injeção?

— De que adianta isto agora? — pergunta o diretor, impacientando-se.

— Eu tenho o direito de perguntar. A paciente estava sob a minha responsabilidade.

— Fui eu. Preparei e apliquei a injeção porque sua ex-paciente chutou a enfermeira e quebrou a primeira seringa. — Pela primeira vez, Munhoz encara Mauro, com um ar ligeiramente ofendido de vítima de uma injustiça.

"Então você executou Serena pessoalmente. Não prescreveu apenas. Matou mesmo. Trocou o remédio, aumentou a dose na confusão. Alguma coisa você fez. Bandido."

— Dr. Saboia, eu insisto em pedir a autópsia. — Mauro detesta ter que apelar para a confiança do outro, mas não se conforma de Munhoz escapar ileso. — Por uma questão de segurança, de tranquilidade do próprio corpo clínico desta casa.

— Mauro, ninguém está inseguro em relação ao procedimento adotado. Não podemos expor dois colegas assim. Imagina se a imprensa sensacionalista descobre, vai ser um escândalo. — A preocupação vem de um dos médicos mais velhos, à beira da aposentadoria.

— Não concordo, doutor. O pedido de autópsia em si não provocará nenhum escândalo.

— Nós precisaríamos da autorização da irmã. A responsável pelo internamento dela — pondera dr. Munhoz. — Eu soube que o Serviço Social está tentando entrar em contato com ela desde ontem e não conseguiu ainda.

— Não é obrigatória a autorização neste caso. Eu posso pedir, como médico responsável. — Ele apela para o diretor: — O senhor me conhece e sabe que eu não insistiria neste ponto por capricho.

"Apesar da maioria estar pensando exatamente isto. Que estou insistindo por capricho ou problema pessoal."

O diretor suspira enfadado. Não sabe por que Mauro está tão empenhado no caso, mas reconhece a teimosia que o fizera convidar o médico para integrar o quadro clínico do hospital. Não podia deixar de apoiá-lo agora. De qualquer forma, se o exame cadavérico demonstrasse um quadro compatível com a avaliação de Munhoz, Mauro teria de ser afastado.

— Vamos combinar o seguinte. Eu peço a autópsia e o dr. Mauro fica responsável por acompanhá-la juntamente com o doutor... — Ele hesita na escolha. — Sérgio. Ele era o responsável pelo plantão. Acho que assim a questão fica bem-resolvida. Passemos ao assunto seguinte.

Mauro encara Munhoz por um instante. O outro não parece frustrado ou particularmente aborrecido.

O plantonista está mais chateado do que ele. De novo, pressente na expressão do outro o mesmo olhar dissimulado da primeira vez que conversaram sobre Elissa.

"É como se tivesse algum trunfo escondido. Não tem o menor medo de ser descoberto, este cara. Ele deve desconfiar de mim e de Nadir, mas não tem ideia de quanto nós já descobrimos sobre esta história. Não imagina o quanto eu estou envolvido."

"J. M. J. J. M. J. J. M. J.

"Prezado Mauro,
"Perdoe-me por ter demorado tanto a responder ao seu pedido de maiores esclarecimentos sobre a rainha Dido. Espero que esta resposta, mesmo que tardia, colabore com a saúde de sua paciente. Tenho rezado por ela desde que você me telefonou. Sei que orações, porém, nem sempre têm o poder de resolver todos os problemas humanos e por isso me empenhei junto a vários irmãos em Cristo para obter as informações que você pediu segunda-feira, 22, por telefone. Percebi, por seu tom de voz, que esses dados eram urgentes.

"O pároco da cidade onde a moça nasceu está aposentado, há anos. Consegui o nome e o endereço da irmã dele em Piracicaba, através da diocese. Sorte sua que o atual bispo é primo de um colega meu de seminário. Mesmo dentro da Igreja é importante conhecer as pessoas certas, como diz sua mãe. Dê lembranças minhas a ela."

Mauro lê a carta na casa da mãe. Encontrara o recado de Déa quando chegara em casa, tarde da noite, vindo direto do IML. O padre preferira mandar a resposta para o endereço dela. O filho nunca especulara antes sobre a amizade entre os dois. O velho padre Hipólito, brincalhão e pouco ortodoxo sempre próximo de seus pais. Lembrava-se de que o pai gostava de jogar xadrez com o padre nas tardes de domingo, enquanto a mulher cuidava do jardim. Depois, o pai morrera, e as visitas continuaram durante anos, até que o padre se aposentara e saíra do Rio.

"Só faltava essa. Desconfiar de alguma coisa a mais entre a minha mãe e o padre. Eu realmente não ando bem. Deve ser a mistura de sentimento de culpa com a desconfiança de Clara. Engraçado, antes ela nunca teve ciúmes de minha mãe ou do meu trabalho."

"Outro colega de seminário — este desistiu de ser padre, foi um caso rumoroso na época, mas não importa, existem muitas formas de se servir a Deus — é um estudioso de mitologia e história de religiões primitivas. Na verdade, a causa principal da demora em lhe escrever sobre Dido foi que não podia deixar de conversar com este amigo. Tive a oportunidade de jantar na casa dele, semana passada — excelente jantar por sinal, a esposa dele é inigualável na cozinha, neste sentido foi vantajoso o caminho que ele escolheu — e ele ficou interessadíssimo pelas 'memórias' da rainha. Disse até que o dia que você conseguir a cura de sua paciente — o que, tenho fé em Deus, você vai conseguir — ele terá o maior interesse em ler esse material. Parece que esta história de mulheres que descem ao inferno e, saindo de lá, se vingam de homens pouco leais, é anterior aos fenícios, anterior a Dido, inclusive. Contou-me um episódio de uma deusa da Suméria chamada Inanna, que só consegue retornar do inferno depois de prometer aos deuses infernais enviar um substituto. Quando ela chega ao seu reino, encontra o consorte Dumuzi refestelado no trono, todo satisfeito com a viuvez. Imagine você quem ela envia, literalmente, para o inferno. O desespero contra os deuses e o poder deles sobre os humanos é comum a todas as civilizações da Antiguidade. Ponto para nós, meu rapaz, que abandonamos essas divindades cruéis e passionais.

"Aliás, a descida aos infernos — catábase — aparece com alguma frequência na religião grega arcaica. Orfeu tenta resgatar Eurídice, Dioniso tira do Hades sua mãe, Sêmele, enfim, voltar do reino dos mortos era uma proeza heroica e iniciatória importante em certas culturas da Antiguidade.

"Você deve ter lido em algum lugar a expressão 'olhar as entranhas dos bichos'. O exame das entranhas das vítimas — animais entregues ao sacrifício — era um dos métodos divinatórios mais usado pelos antigos. Quanto ao Dragão, meu amigo desmente a sua impressão — e a minha também — de este ser um símbolo medieval. Os hititas, povo que dominou a Anatólia até mais ou menos 1.200 anos antes de Cristo, narravam em seus mitos a luta do Dragão contra o deus da Tempestade. Entre os cananeus também aparece um deus, apresentado, ao mesmo tempo, como demônio que seria um monstro aquático, um dragão de sete cabeças que luta contra o deus Baal e é derrotado. Um detalhe que me pareceu importante na conversa é que, tudo indica, a mitologia fenícia é muito misturada. Sincretismo. O Dragão, no entanto, aparece bastante. Sempre em luta contra um poder maior. Em suma, todas as suas perguntas — as que você me mandou por fax — são relacionadas com hábitos religiosos ou crenças comuns na região onde existiu a Fenícia. Videntes, pessoas que recebem o oráculo dos deuses em sonhos ou visões, ida e retorno ao reino dos mortos. O Antigo Testamento nos oferece vários depoimentos neste sentido. Quem sabe no esforço de curar esta moça você não se aproxima mais da palavra de Deus?

"Talvez antes de ela perder a memória tenha estudado esses temas. É claro que nós cristãos rejeitamos qualquer teoria reencarnatória, mas eu investiguei um pouco esta questão também."

"Com que objetivo uma bancária, alguém que mexe com o sistema de informática de um banco, iria estudar esses temas? Não é a explicação mais lógica."

— Meu filho, você parece cansado. Tem certeza de que não quer comer alguma coisa? — interrompe Déa, preocupada.

— Eu estou ótimo, mamãe. Você continua com a mania de que comida cura qualquer coisa. — A observação tenta ser leve, mas acaba se revelando ríspida, ele reconhece ao observar a expressão desapontada da mãe.

— Não sei por quê, mas fiquei com a sensação de que alguma coisa anda errada na sua casa.

— Por quê? Clara fez algum comentário? — perguntou, pela primeira vez interessado na interrupção materna.

— Nada. — A resposta é cautelosa. "Mentirosa, também", ele pensa.

— Nada mesmo? — ele insiste.

— Ela ficou um pouco curiosa em saber por que eu queria que você viesse aqui hoje. Perguntou se tinha alguma coisa a ver com uma moça desmemoriada, uma mineira que apareceu no hospital em que você trabalha.

— E você respondeu o quê?

— Eu achei tão esquisito sua mulher comentar coisas de uma paciente comigo que menti. Disse que estava com um problema de saúde e queria ouvir sua opinião antes de procurar um especialista. — A expressão da mãe lembrava tanto a de uma criança meio culpada, meio orgulhosa, que ele riu.

— Mamãe, eu pensei que a senhora adorasse sua nora.

— Gosto muito dela, meu filho. É simpática, toma conta da casa direitinho, ganha seu próprio dinheiro, mas ela estava meio esquisita no telefone. Quase agressiva.

"Mineira. Eu não disse que Elissa era de Minas. Aliás, ela trabalhava em Minas, não nasceu lá. Eu não contei isto para Clara, em nenhum momento. Onde foi que ela arranjou essa informação? A troco de que ela interrogou minha mãe a respeito?"

— Mamãe, a senhora ainda tem aquela amiga em Piracicaba?

— A Judith? Claro. Mora com a filha e os netos lá. Faz uns dois anos que a gente não se vê.

— A senhora gostaria de visitá-la? Despesas por minha conta.

— Meu bem, eu não preciso que você pague minhas viagens.

— Está certo, d. Déa. A senhora é uma mulher independente, tem seu próprio dinheiro, mas faço questão. São umas informações de que preciso para resolver um caso. Você iria?

— Tem pressa isso que você precisa? — A mãe está curiosa, sabe que o filho é por natureza fechado nos seus próprios problemas.

— Bastante pressa, mamãe. E tem mais, você não pode comentar com a Clara que está indo a Piracicaba fazer uma coisa para mim.

— Meu filho, desculpe me meter em sua vida, mas existe algum problema entre você e sua mulher? Você acha que ela está, por exemplo, te traindo?

"Meu Deus, Clara deve ter sido muito agressiva com minha mãe para ela fazer uma pergunta dessas! Eu é que estou traindo minha mulher. Com uma paciente. Ao contrário de tudo o que aprendi nesta casa. O que será que minha mãe diria se eu lhe contasse isso?"

— De onde você tirou esta ideia, mamãe? Que mania de dramatizar qualquer crise. Esquece o que lhe pedi. Deixa que eu mesmo resolvo este problema.

— Meu filho, precisar de ajuda não tira pedaço de ninguém. Como é que você vai a Piracicaba envolvido nesta história de morte de paciente, autópsia, briga com colegas? Eu vou, vai ser até divertido.

— Mas não é possível! Clara fez um relatório para você da minha vida profissional pelo telefone?

— Mais ou menos. Por isso que eu fiquei preocupada. Você nunca foi de levar para casa os problemas do trabalho.

— E não levei mesmo. Ela deve ter sabido por alguém do hospital.

"Pelo Munhoz, lógico. Ele deve ter ligado depois da reunião e contado para Clara o que aconteceu. Como ela pôde dar essa confiança toda àquele canalha?"

— Eu vou ligar para Judith, enquanto você acaba de ler a carta do Hipólito. Você almoça comigo, hoje. Para explicar minha missão em Piracicaba.

— Não sabia que você chamava o padre de Hipólito.
— Ele brinca com ela, meio irritado com a obrigação de almoçar, que não estava nos seus planos.
— Ora, meu filho, eu conheci o Hipólito antes de conhecer seu pai. Antes dele ser padre.
— Então você deve saber por que ele escreveu estas letrinhas em cima da carta. J.M.J. repetidas indefinidamente.
— Ele sempre escreve isto nas cartas. Jesus, Maria, José. É um hábito — explica a mãe explica antes de sair da sala.
— Ritual compulsivo — murmura para si mesmo.

"Desde o século VI a.C. se discutia na Grécia — também em outras regiões, mas vou me concentrar no caso grego que me parece mais próximo a Dido, por causa de Virgílio — a imortalidade e a transmigração da alma humana. O orfismo — prática dos discípulos de Orfeu, a quem me referi acima — tinha a concepção de que em função de um crime primordial a alma é encerrada no cárcere do corpo. A encarnação, portanto, seria uma forma de morte, e a morte, o início da verdadeira vida. Complicado, não? O pior é que a verdadeira vida não começaria na primeira morte. Não. Dependendo da conduta do ser em vida, a alma seria julgada — no Hades, bem de acordo com o texto da sua paciente — por suas faltas e acertos, e obrigada a reencarnar, depois de algum tempo, transmigrando até sua libertação final, quando poderia, finalmente, habitar o campo dos Bem-Aventurados. Antes de reencarnar — as almas ainda não "purificadas"— eram obrigadas a beber das águas do rio Lete para esquecerem as experiências no Hades. Os castigos eram terríveis, tipo passarem anos mergulhados na lama, encherem um tonel furado ou carregar água numa peneira, enfim, um inferno verdadeiro. É óbvio que, acreditando-se em reencarnação — o que não é o meu caso e, espero, não seja o seu também —, a perda da lembrança desses suplícios seria essencial para se 'testar' o real amadurecimento das almas envolvidas no processo. Imagine se alguém vai dar vazão aos seus instintos maldosos se, por acaso, lembrar-se de ter passado, digamos, quinhentos anos chafurdando na lama, fria, suja, nojenta. Sinto arrepios só de pensar. Existem modificações nas teorias gregas acerca do esquecimento e da memória. As águas do Lete, para os que não seguiam a doutrina órfica, serviam para a alma esquecer a vida terrestre. Para os órficos o objetivo de se banhar no Lete, beber no Lete, seria o oposto. Esquecer o vivido no reino dos mortos. Pitágoras, o matemático, acreditava em tudo isso. Meu amigo o retrata como uma figura fascinante, fundador da ideia de ciência total, de princípio holístico. Muito interessante, mas não acredito que você, neste momento, tenha tempo de ler a respeito dessas coisas. Sócrates e Platão — este principalmente — retomam as teorias ou doutrinas órfico-pitagóricas numa dimensão mais filosófica e política, eu diria.

"Mas isso não interessa para salvar sua paciente. Deve ser terrível a situação da pobre moça, sem memória. Tomara que o pároco possa ajudá-lo. Se ele lembrar da família dela. Espero, sinceramente, que você tenha sucesso. Torcendo por você em Cristo,
"Um grande abraço,
"Hipólito."

Julieta arrumava a mesa do almoço quando Nataniel saiu do banho. Dessa vez, ele não se incomodara com o banho frio. Bom para aliviar a dor de cabeça e o sono. A filha o abraçou apertado, esfregando o nariz no dele, brincadeira entre eles desde que ela era uma menininha gorducha, a querida do pai.

Ele chegara de Maricá às oito da manhã, quase cochilando ao volante, ainda assombrado com os acontecimentos da madrugada. Mal tivera ânimo para telefonar para a 39ª para perguntar a um policial de plantão se tinha notícia de alguma ocorrência na área envolvendo um pai de santo de nome Roberto. O outro reagira desconfiado e ele acabara por se identificar como um amigo da família. Tivera de esperar o outro ligar para a sua delegacia para confirmar se ele era policial mesmo. "Sim, a PM atendera a uma denúncia anônima, de madrugada. Terá sido sua?" "Ah, bom, pensei", duvidou o policial. "Quebraram o terreiro todo. De fora a dentro. Até a casa de Exu. O pai de santo foi removido quase morto para o Getúlio Vargas. Gente muito ousada, pra ter coragem de fazer isso. Devem ter pensado que o homem tinha morrido. Por que o colega não aparece por aqui? Vai ver que tem alguma informação útil para ajudar nas investigações." O comissário estava curioso, mais do que isso, interessado no caso, Nataniel percebeu. Antes de agradecer e desligar lembrou de perguntar se mais alguém tinha ligado atrás de notícias do pai de santo. "Três pessoas, e falaram direto com o delegado. Todos figurões. A essa hora, ele já deve ter sido removido para alguma casa de saúde. O seu amigo tem clientes importantes." A voz indicava respeito, provável frequentador de terreiro, o comissário também. Nataniel prometeu passar na delegacia no dia seguinte e desligou.

Três horas de sono, estava recuperado o suficiente para ir atrás de Roberto e tomar algumas providências em relação a Nadir e Elissa. Ele tinha quatro dias, até o fim de semana, para conseguir tirá-las de Maricá em segurança. Sentou à mesa com a filha, iria depois do almoço.

— E sua mãe?

— Deve estar chegando. Saiu cedo para a igreja e depois ia até a casa de Gordon.

— Nunca me acostumei a chamar seu irmão de Gordon. Por que vocês não dizem Luís como eu?

— Mas, papai, você registrou ele com esse nome. Gordon Luís. Se não achava bonito por que botou?

— Porque sua mãe já era uma mulher muito teimosa, trinta anos atrás. E eu, um idiota que fazia as vontades dela. Gordon Luís, vê se tem cabimento um nome desses. Sua mãe tem cada uma. Só com você, meu bem, eu escolhi o nome. Julieta. Nome lindo para uma neguinha mais linda ainda.

Os dois riem de mãos dadas sobre a mesa e não percebem que a mãe e mulher os observa da porta.

— Agora, vocês nem esperam a dona da casa chegar para almoçar. — Ela senta, desdobra o guardanapo e faz uma oração silenciosa. — Eu preferia, Nataniel, que você não zombasse dos nossos filhos desse jeito. E Julieta não é neguinha. Ao contrário, é a mais branca de todos. Parece com a minha família, não com a sua.

"Parece é com Nadir, que é quem devia ser a mãe dela e não você. O que será que Nadir está comendo agora? Eu devia ter me lembrado que você nunca deixa comida na casa de Maricá."

— Tá certo. Os nomes deles são ótimos. Não vou discutir isso de novo. Por falar nos nossos filhos, Julieta me contou que você foi à casa do Luís hoje. Tudo bem por lá?

— O Gordon vai bem, sem dinheiro, mas vai bem. Ele parece que arranjou um jeito de levantar o que falta para trocar o carro. — Ela fala num desafio satisfeito, ele lembra da discussão no jantar, da noite anterior, parecia terem se passado meses.

— É mesmo? E como é que ele vai conseguir? — Nataniel tenta não ser irônico.

— O Luís disse depois que você saiu, papai. Ele vai dar uma incerta hoje à noite num doleiro, um tal de Guimarães.

— Que coisa mais feia, Julieta — repreende a mãe. — Como é que você fica repetindo o que seu irmão comenta, assim sem mais nem menos?

— Estou comentando com meu pai — Julieta responde ofendida. — Além do mais, Luís não pediu segredo.

— Pois devia ter pedido — Nataniel replica, irritado. — Como é que ele sai comentando com a irmã, com a mãe, anunciando que vai fazer uma coisa errada?

— Errada, Nataniel? Você ficou louco? O tal sujeito está metido com contrabando de armas, com dólar paralelo, com todo tipo de ilegalidade, e o nosso filho é que vai fazer uma coisa errada? — A indignação da mulher fazia pulsar uma veia na testa, Natan observa.

— Claro que ele vai fazer uma coisa errada. Ele não pretende prender o Guimarães, fazer garantir a lei, investigar nada. Descobriu algum negócio do Guimarães e vai tentar arrancar dinheiro do cara em troca de relaxar o flagrante.

— Até parece que você é santo, Nataniel. Quantas vezes você não tomou dinheiro de bandido? — escarnece a mulher.

— Poucas. Eu gosto de ganhar dinheiro investigando bandido, não é tomando dinheiro. E não sou idiota de tomar dinheiro do Guimarães, que tem as costas quentes.

— Quentes como, papai? Você conhece ele? Como é que você sabe?

— Não importa como eu sei, filhinha. O que importa é que o Guimarães pode até dar dinheiro para o seu irmão, mas vai entregar ele para gente acima de onde ele está. Se não fizer coisa pior.

— Eu confio no meu filho. Se ele diz que isto está certo, é porque está.

— Ele vai é se meter numa fria. — Natan examina a expressão teimosa da mulher e suaviza a voz. — A menos que o Guimarães esteja envolvido em alguma coisa fora do esquema normal dele. Foi isso que ele disse ontem, Cleide?

— Ele disse que o Guimarães está financiando uma partida de armas que chega hoje num campo de pouso na Baixada — admite Cleide a contragosto.

— Mulher, não é possível que você não perceba que improvisar em cima desses caras é um pouco demais. E ainda mais abrir um esquema desses para uma criança como a Julieta.

— A culpa é sua, Nataniel — Cleide responde com voz lamuriosa. — Se você fosse mais compreensivo com o menino, ele não precisaria estar correndo riscos, se envolvendo com aqueles colegas perigosos que ele tem. Você pode emprestar dinheiro pro seu filho. Você nunca passou tanto tempo fora por causa de um cliente. Esta madrugada mesmo, mal chegou em casa, você já saiu de novo. Você tem dinheiro, Natan. Dá para o Gordon.

"Foi isso que você fez durante trinta anos. Como é que eu não percebi antes? Briga, briga, me contraria à vontade e depois chora e consegue o que quer. Se eu tiver que dar dinheiro para alguém hoje é para impedir que os canalhas que estão atrás de Elissa consigam encontrar ela e Nadir. Mas eu vou impedir teu filho de fazer uma besteira, pode deixar. Ele não vai nem perceber."

— Eu não tenho dinheiro, Cleide. O cliente não me pagou ainda. O Luís tem que escolher melhor os amigos dele, se é que são os amigos o problema.

— Paizinho, mas você não podia conversar com ele? Tentar convencê-lo? — Julieta vira a cabeça para o lado quando fala, mais uma vez ele se espanta com a semelhança inexplicável entre a filha e Nadir.

— Eu ligo para ele da delegacia, filhinha. Pode deixar.

— Mas hoje você não tem plantão. Pensei que fosse ficar em casa. Descansar um pouco.

"Outra coisa que você sempre fez. Quando percebe que me irritou bastante, que já me comoveu com suas lágrimas, você tenta me convencer de que ainda quer alguma coisa comigo. Só nessas horas. E o pior é que muitas vezes esse esquema funcionou."

— Hoje, não, Cleide. Eu preciso passar na delegacia para acertar algumas coisas.

— Você vem cedo? — O convite estava mais explícito, até a filha sorriu da clara tentativa de sedução da mãe.

— Vou tentar. — Nataniel levanta, beija a filha e a mulher. — Volto assim que puder.

Não foi difícil a conversa com Guimarães. Ele era um patife bem-criado, sabia que não se evita velhos conhecidos, mesmo quando o conhecido em questão continua um simples detetive de polícia. Natan precisou esperar um pouco, passar por uma secretária e dois assessores antes de conseguir chegar ao doleiro. Falaram um pouco do passado — o português magro e pequeno com seu terno de linho no escritório de luxo, o policial de camisa aberta no peito, esparramado na poltrona. Uma moça bonita serviu café enquanto os dois riam da lembrança de uma batida da qual ele havia escapado graças à ajuda de Nataniel. Depois lastimaram os conhecidos que morreram de enfarte ou falta de cuidado, nos últimos anos. "Algumas pessoas são ambiciosas em excesso, querem comer tudo de uma vez, comida, mulheres, oportunidades", filosofou Guimarães. "Desse susto eu não morro", concordou Nataniel. "Você sempre foi um sujeito ladino, sabedor do lado em está a manteiga no seu pão", elogiou o outro. Foi pretexto para uns dez minutos de críticas aos velhos burros, aos jovens afoitos e aos eternos ingratos. Nesse ponto, a conversa chegara aonde Nataniel queria. Falou por alto do quanto admirava a capacidade de Guimarães expandir seus negócios sempre em segurança, evitando diversificar para áreas onde o olho grande das pessoas podia perturbar. Por exemplo, ele, Nataniel, soubera, por acaso, que alguém ligado a Guimarães estava se envolvendo com contrabando de armas. Pura intriga, é claro. Mesmo entre policiais sérios, como os que Guimarães tinha como amigos, de vez em quando surgia uma fofoca, uma divergência. "É impressionante, e depois dizem que são as mulheres que gostam de inventar história. Não teria o menor cabimento, eu, a esta altura do campeonato, com as empresas sólidas que tenho, entrar na sinuca de armamentos. Isso já derrubou muita gente boa." Nataniel desviou o assunto, comentou o bom gosto constante de Guimarães na escolha de secretárias, fez menção de encerrar a conversa e se despedir. Sentiu a ligeira insegurança, quase surpresa do outro, por não ter recebido nenhum pedido e nenhuma informação direta. Na saída, Guimarães o acompanhou até o elevador, rara deferência, Nataniel alisou-lhe a lapela — o elevador aberto no andar, o detetive sabia que tudo o que se passava no corredor era observado por um dos capangas de Guimarães através de uma câmera — e fez votos para que nenhum amigo mais afoito do doleiro estivesse recebendo material naquela noite em campo clandestino na Baixada. "Você entende um bocado de previsão de tempo, Natan. Acredita mesmo que a noite hoje vai ser de trovoada?", a voz era mansa, o tom baixo, mas alerta. "Uma tempestade daquelas, das de dar um prejuízo inesperado", brincou o detetive. O doleiro enfiou a mão no bolso, mas Nataniel atalhou o gesto. Bastava que ele, Guimarães, trocasse uns cheques de uma amiga, por dólares, a hora que Natan precisasse, em retribuição ao palpite. Sem perguntas à pessoa que, talvez, lhe trouxesse o cheque. "Favor muito pequeno, esse. Você sabe que pode pedir mais", desconfiou o outro. Guimarães não imagina o quanto ia ajudar um negócio particular de Nataniel se fizesse o que ele estava pedindo. Os cheques eram quentes, a dona também. O importante era que fosse compensado numa conta fria, de preferência em outro estado. Mais de um estado, melhor ainda. Sem perguntas e sem rastros. "Olha que mulher já perdeu muito malandro esperto", aconselhou o doleiro. "Esta não perde ninguém, salva", riu Nataniel, entrando no elevador.

Jurema se levanta quando Natan entra e faz sinal de silêncio. Os dois saem do quarto. Jurema cumprimenta uma enfermeira que passa no corredor, eles se dirigem à sala de espera guardada por uma imagem de Nossa Senhora da Conceição. A mulher faz o sinal da cruz na frente da imagem antes de estender as mãos para Nataniel, tremendo. Natan a abraça e pode sentir o choro e imaginar o quanto aquelas lágrimas estiveram presas nos dois últimos dias.

— Como foi que minha mãe Oxum deixou que isso acontecesse, Natan? — pergunta entre triste e revoltada. — Nós sempre cuidamos do santo, logo Roberto. Ah, se eu ponho a mão nesses bandidos!

— Não dá para orixá segurar tudo, Jurema. Tem hora que o que vem contra é mais forte, ou então é coisa que a gente tem de passar mesmo. — Ele a consola enquanto observa a palidez e as olheiras. — Ele conseguiu falar alguma coisa sobre os caras que fizeram isso?

— Para a polícia não falou nada. Para mim, muito pouco. Disse, assim que eu cheguei ao hospital, primeiro, que o chefe odiava a gente.

— Então era alguém conhecido de vocês?

— Acho que não. Roberto falou mais como se fosse um desses sujeitos que pensam que a gente tem parte com o demônio. — Ela começa a chorar de novo. — Uma outra hora ele acordou e ficou repetindo que eles queriam saber o paradeiro da rainha e da irmã. Natan, Natan, eu adoro Nadir, mas que confusão é essa em que ela nos meteu?

— Vamos sentar um pouco, Jurema. Deixa eu te contar o que consegui descobrir até agora, você vai entender que Nadir não tem culpa.

Os dois sentam, lado a lado, ele passa o braço em torno dela e espera que acabe de chorar a revolta e o medo.

— O que mais me assusta é o delírio dele. Os médicos dizem que é comum nos casos de traumatismo craniano uma certa confusão mental, mas essa não passa, Natan. Ele está normal, certas horas, em outras não fala coisa com coisa. Uma conversa estranha.

— Você consegue lembrar o que ele diz, nesses momentos em que ele parece confuso?

— Ele fala de uma mulher que está chegando, diz que é perigosa, morena, bonita, perigosa como uma cobra. Fala também que o homem que trabalha com a faca está retalhando a casa do conselheiro com a ajuda da mulher-serpente. Tem hora que ele grita pela mãe dele, diz que não quer ver, que é sangue demais, aí os médicos mandam aplicar injeção nele e ele para de gritar. — Ela chora de novo, é choro de criança cansada, aumenta a raiva acumulada de Natan.

— Isso vai passar, Jurema. Quando melhorar dos machucados, ele não vai enxergar mais esses pesadelos.

— Mas, Natan, você não entende que o Roberto não é assim? Ele nunca viu fora dos búzios. Outras pessoas são capazes de ver desse jeito. Minha sogra mesmo era vidente com búzios ou sem. Nadir nunca te contou que ela viu a própria morte? O Roberto não herdou esse dom. Ele ficou doente por causa das pancadas desses malditos. — Ela oscila entre a raiva e a mágoa. — Nadir não podia ter pedido que a gente abrigasse a moça.

— Jurema, ela não podia adivinhar que a moça tinha inimigos tão poderosos. Ela precisava ajudar Elissa. Você já imaginou o que é uma pessoa estar no escuro, não lembrar de nada, de onde veio, quem é, e ter um bando de gente perseguindo?

— E você já imaginou o que é um bando entrar na minha casa, destruir tudo, de *peiji* a brinquedo das crianças, e quebrar o meu homem no pau, deixá-lo quase morto? Essa guerra não era nossa, Nataniel.

— Se não fosse, vocês não teriam entrado, Jurema. A gente não pode dar as costas para uma pessoa como Nadir.

— Você já deu as costas a ela por muito menos — rebate Jurema, rancorosa.

"Ela tem toda a razão. Abandonei Nadir por causa de uma jararaca, mas foi por causa de uma filha também. Jurema está certa em relação a mim e errada de se revoltar contra minha nega. Não é verdade que Roberto esteja doente. Eu não sou feito no santo como eles, mas conheço o suficiente para saber que ele está vendo coisas que a gente não descobriu ainda. Mas eu vou descobrir, pode ter certeza."

— Jurema, o que passou, passou. Hoje eu estou do lado de Nadir ajudando no que ela precisa. Nós vamos sair dessa, você vai ver.

— É muito fácil dizer isso agora, não foi no seu ombro que ela chorou quando abortou um filho teu. — Jurema se cala por um instante e começa a chorar de novo. — Desculpe, Natan, não sei o que está acontecendo comigo. Eu jurei para minha sogra e para Nadir que jamais contaria para ninguém. Muito menos para você. — Ela se dirige para Nataniel, que se afastara dela e estava de pé, de costas para a santa. — Natan, eu sinto muito ter sido mesquinha desse jeito, mas eu estou apavorada com o estado do Roberto, as crianças na casa dos outros...

— Tudo bem, Jurema, eu compreendo perfeitamente. Faz assim, quando o Roberto puder conversar comigo, você me avisa. De qualquer forma, amanhã eu telefono ou passo aqui.

— Você está zangado comigo, eu mereço sua zanga.

— Não estou zangado, Jurema. Chocado com a notícia. Se Nadir tivesse me contado, talvez as coisas fossem diferentes hoje. Eu estou triste.

— Por isso ela não contou. Nadir não gostaria que vocês ficassem juntos obrigados.

— Eu agora realmente preciso ir, Jurema. Me liga. Para a delegacia ou para casa. A qualquer hora.

XVI

Nadir conta carneiros mentalmente. Há muito tempo não recorre a este expediente para chamar o sono. Alguma coisa a impedia de dormir. Não era fome. Natan lembrara desse pequeno detalhe. Aparecera tarde da noite, o carro cheio de compras, ela fizera bifes encharcados de molho de pimenta, do jeito que ele gostava, arroz solto e ainda comeram doces de padaria de sobremesa, fora uma festa. Elissa estava alegre, completamente diferente da tensão que demonstrara de tarde.

Era isso que tirava o sono de Nadir. Não a espera por Natan e por notícias. Não a fuga pela madrugada, o abandono do hospital, a raiva pela morte de Serena. O que a atormentava era o desabafo de Elissa, depois do almoço, quando liquidaram a última lata de salsicha, sem saber se apareceria mais alimento ou quando.

"Quando leio a autobiografia de Dido — posso chamá-la assim, não posso? Afinal é uma autobiografia —, eu a invejo. Ela conhecia como viveu e morreu. Não importa se as coisas não se passaram exatamente assim. A autobiografia tece o próprio passado e eu não consigo fazer nada que se assemelhe em relação ao meu. É como se eu estivesse permanentemente trancada num quarto escuro, sem luz nenhuma, sem objetos, cegueira total e ninguém que pudesse abrir a porta."

Devia haver uma forma de ajudá-la a sair do escuro. Juntar os pedacinhos do que ela lembrava. Sentimentos, medos, ideias. Como a ideia de arquivar memórias. Talvez se ela voltasse a Santa Madalena. Muito arriscado. Qual a segurança que ela teria se visitasse os colegas do banco, sem ao menos saber o nome deles? O apartamento onde morava, o que estava pago por ainda dois ou três meses, quem sabe o que estaria à sua espera quando chegasse até lá? Elas haviam examinado todas as hipóteses naqueles dois dias, sozinhas. Nos intervalos entre brincadeiras quase terapêuticas, comentários alegres sobre os dois homens nos ombros dos quais recaíam quase todas as chances de Elissa se livrar daquela enrascada.

O médico também preocupava Nadir. Não por falta de caráter ou de paixão. O que a deixava inquieta era o conflito. Dentro dele. Amar. Cuidar. Proteger alguém a quem ele deveria estar tratando. Apenas. Era assim que a cabeça dele funcionava, Nadir tinha certeza. De que adiantava Elissa apostar todas as fichas num homem complicado, que vacilaria mais cedo ou mais tarde? Teria sido melhor deixá-lo no seu papel de anjo protetor. Ele faria tudo que fosse necessário para salvá-la, não precisava de recompensa como Natan. A diferença entre os dois homens. Enquanto para um a cama era essencial como prêmio, para o outro era um estorvo. Criava problema de consciência. Pena que tivesse acontecido. Fora bom, fora lindo, Elissa dissera. Pior ainda. Se tivesse sido canhestro ou constrangedor, ele resistiria menos. E se agora ele fugisse de um envolvimento maior, a evitasse, resolvesse assumir de vez o papel de médico?

O consolo de Nadir era que, se Elissa mantivesse apagado, na pior das hipóteses, o conjunto dos fatos que compunha a sua vida, era possível que conseguisse sobreviver normalmente. "Talvez nós possamos protegê-la, talvez eu possa cuidar dela."

XVII

Déa não era mulher de se abalar com pouca coisa. Dramática. Era assim que o filho a chamava. Aquele filho único e fechadão que ela nunca conseguira mimar o tanto que gostaria. Não era dramática, apenas mais intensa e extrovertida do que ele jamais fora. Saíra ao pai, calado, melhor para ouvir do que para falar. Observando as pessoas em silêncio e tirando conclusões solitárias sobre o que via e ouvia. Por isso estranhara o pedido de ajuda. Por isso acorreu a realizar o que ele pedira.

Estava preparada para conversar com um velho padre, ex-pároco de uma cidadezinha perdida no interior do Brasil. Fazer algumas perguntas, sem grandes esperanças de respostas significativas, a respeito de uma doente qualquer que seu filho tratava. A conversa em tudo inesperada.

O padre era frágil de corpo, atingira a idade-limite, por isso se aposentara. A mente, no entanto, se mantivera íntegra com uma memória rica em detalhes.

— Elissa Nogueira, filha de Eneias Batista Nogueira e de Catarina Mendes Nogueira. — Ela repetira o nome depois de explicar a profissão do filho e o interesse dele em descobrir mais dados sobre a moça. Pedira também desculpas pela informalidade da abordagem. O filho lhe pedira aquele favor especial, porque precisava de informações urgentes que poderiam decidir o tratamento a ser dado ao caso.

— Eneias Nogueira, fazendeiro, homem rico, casou-se com a bela Catarina. Era este o apelido dela. Bela. Era uma moça especial, apaixonada pela vida, pelo marido, pela filhinha deles. A que a senhora e seu filho estão tentando ajudar. Elissa. Fui eu que batizei a menina, rezei a missa de corpo presente do pai, da mãe não foi possível, não se achou o corpo, casei Elissa. Depois que o marido dela morreu, ela saiu da cidade, foi estudar em Minas, se não me engano. Não tive mais notícias dela. A senhora disse que ela teve um colapso nervoso recentemente?

Déa não queria mentir para o padre, mas também não quer confessar que sabia pouquíssimo sobre a tal Elissa. Graças ao silêncio excessivo de seu filho autossuficiente.

— Podemos chamar de colapso, ela não lembra de muita coisa.

O padre demorava para falar, como se dormisse entre um comentário e outro.

— Eu espero que ela esteja bem. De preferência longe do tio, o Ruy Mendes. O meio-irmão de Catarina. Nunca entendi bem a participação dele naqueles episódios todos. Ele era o braço direito de Eneias. Parece que era sócio. Ele apresentou Eneias a Catarina. Foi padrinho de casamento deles. Só entrava na igreja para essas coisas, casamento, batizado, missa de sétimo dia.

O padre lembrava da morte de Eneias, num incêndio, voltando de um comício. Tempos difíceis, muita coisa mudando no país, no interior os ânimos se exaltavam facilmente, ele não era homem de abandonar posições e amigos porque o vento mudara de rumo. Por sorte, Ruy não estava com ele, um agregado o acompanhava, suspeitou-se que incendiaram de propósito um trecho de mata pelo qual obrigatoriamente teriam de passar. O agregado se salvara da queda de uma árvore em cima do jipe, salvo por pouco tempo, dias depois também morrera no hospital, de tocaia na hora em que apagaram as luzes da cidade.

— Apagaram as luzes da cidade toda? — Déa está tonta com as explicações, tomara que consiga lembrar de tudo para contar a Mauro depois.

— Minha senhora, isso tem quase trinta anos, a cidade era iluminada por luz de motor. Volta e meia alguém apagava a luz para invadir residências, hospital, delegacia e liquidar com algum desafeto. Crime de mando, já ouviu falar? De qualquer forma, a luz era desligada, normalmente, às dez da noite. Era uma cidade onde se dormia cedo.

"Nunca se descobriu o mandante, suspeitava-se de alguns pistoleiros, gente ligada ao grupo político que assumira o poder na região. O cunhado esbravejou, ameaçou, mas precisava ter cautela, afinal era o responsável pelo sustento da irmã e da sobrinha, Elissa. Eneias deixara quase tudo em nome ou sob a responsabilidade de Ruy. Terras, dinheiro. Como se temesse que algum estranho pudesse se apossar do que era seu. Talvez não confiasse na capacidade de Catarina cuidar de seus negócios. Ela era uma mulher sonhadora, envolvida com livros, às vezes aparecia na igreja para conversar com ele, o pároco, sobre histórias que tinha lido na Bíblia.

"Lia o livro sagrado como se lê um romance, com um sentido profano, quase pagão, se é que se pode dizer assim. Uma senhora muito agradável, apegadíssima à filha, abalada com a morte do marido. Daí o colapso.

"Por isso perguntei se Elissa teve um colapso nervoso. Porque a mãe dela, Catarina, teve. Apareceu um dia na igreja, apavorada, murmurando coisas sem nexo, algo assim como 'a história vai se repetir, eu sei que vai, padre, alguém precisa detê-lo'. Eu e o sacristão tentamos acalmá-la, acabamos por chamar o médico, que lhe aplicou um sedativo e a levou para casa. Foi a última vez que eu a vi. Soube depois que há meses ela vinha tomando remédios para os nervos, doses cada vez mais elevadas. Nem saía mais de casa sozinha, mas neste dia escapou da vigilância de uma pessoa que o cunhado contratara para tomar conta dela e fugiu para a igreja. Eu ainda tentei visitá-la, mas o médico não achou conveniente. Preferiu interná-la numa clínica de repouso numa cidade maior. Nunca mais vi Catarina."

De Elissa, ele recordava-se menos. Ela não marcara de forma tão intensa a memória do padre. Crescera uma moça calada, mas cheia de personalidade. Recusara-se a fazer primeira comunhão, conversava o mínimo possível com as pessoas, aos 13 anos obrigara o tio a colocá-la num internato, na capital. Deve ter sido na época que chegou a notícia de que Catarina conseguira fugir da clínica onde estava internada, mas, na fuga, de alguma forma caíra num rio e desaparecera. A menina teve pouco contato com a mãe naqueles anos. Quando Catarina foi internada ela deveria ter quatro para cinco anos, dizia-se que ela não reconhecia a filha nas visitas, ficava contando histórias sem pé nem cabeça. O tio era o tutor, pelo testamento do pai, mas Elissa, de alguma forma, sabia convencê-lo a fazer o que ela queria. Quando voltou à cidade, trouxe o noivo, rapaz simpático, bom caráter mesmo. Casaram, viviam na casa dos pais dela. Ruy Mendes se tornara um sujeito rico, era difícil aparecer por ali. Aprovara o casamento da sobrinha, dera presentes, mas não existiam laços maiores entre eles.

— Por que o senhor disse que esperava que Elissa estivesse longe desse tio, o Ruy Mendes? — A pergunta é gentil, quase neutra, de repente Déa sente-se parecida com o filho, fazendo perguntas exploratórias, tentando de forma disfarçada penetrar na mente, no que existe por trás do discurso dos outros.

— A última vez que vi Elissa, há uns dez anos, foi no enterro do marido dela. O rapaz dera para beber, jogar, envolveu-se com outras mulheres; um dia, voltando de uma noitada, bateu o carro e morreu. Murmurava-se no velório que quase tudo o que restara da herança da mulher ele gastara em dívidas de jogo. Uma transformação súbita, inexplicável. Elissa me pareceu muito abatida no enterro. Não apenas triste. Parecia revoltada. Na saída do cemitério, a última vez em que estivemos juntos, me aproximei dela, que conversava com o tio. Não me lembro exatamente das palavras, mas a sensação que eu tive, na época, foi a de que era uma conversa difícil, quase hostil.

Déa achava mais estranho o testamento do pai do que as transformações do marido.

— Afinal, um rapaz jovem, recém-chegado a uma cidade interiorana, pode mudar de comportamento. Mas o pai deixar tudo nas mãos do cunhado em vez de confiar na mulher?

"O pai de Elissa dava muita importância aos compromissos políticos que assumia. A vida dele girava em torno disso. Confiava nos aliados, nos companheiros de partido. Ruy Mendes não era apenas seu braço direito. Era também irmão da mulher dele. Não havia motivo para desconfiar do cunhado. Nunca se suspeitou da honestidade de Ruy. Quando Elissa foi embora, fiquei com um certo mal-estar de ver tanta coisa dar errado numa mesma família. Na época, tive a impressão de ouvir Elissa acusar o tio de ter destruído seu casamento. Talvez fosse a emoção do momento. Eu posso não ter ouvido direito também, já era um homem velho na ocasião."

Elissa saíra da cidade no dia seguinte ao enterro do marido. Sem despedidas, sem mais notícias. A casa fora posta à venda, parece que o próprio tio comprara, era uma outra versão que circulava. O padre se aposentara há oito anos, desde então não sabia mais da família. Ela tinha uma amiga de infância na cidade, talvez esta tivesse notícias mais recentes dela. Isabel. O nome de solteira era Souza Linhares. Muito amigas em pequenas, na adolescência viviam de cochichos nas missas.

— Quem sabe ela pode ajudar em alguma coisa? A senhora tenta.

Déa concordou, educada, com a sugestão, recusou com delicadeza o convite para lanchar com os dois irmãos, aceitando apenas uma xícara de chá enquanto esperava o táxi que a empregada fora chamar. Conversou amabilidades sobre o tempo, a dissolução de costumes, as mudanças acarretadas pela velhice com uma parte da mente, enquanto a outra tentava adivinhar os possíveis interesses de seu filho naquela estranha trama. Dividida, manteve a atenção o resto da tarde e durante toda a noite, passeando com a velha amiga, Judith, jantando com a família da outra, no quarto de hóspedes, insone.

Mauro saiu nauseado do Instituto Médico Legal. Não foram os corredores e o cheiro que lembrava a época de estudante e as primeiras autópsias assistidas. Era a tensão, ele reconhecia, de lutar contra aquele canalha do Munhoz. E contra a hipocrisia dos colegas. Até o patologista achara estranha a sua insistência em exigir o exame toxicológico das vísceras. "Não sei quando estará pronto, muito trabalho, o colega sabe como é." Ele sabia. Trabalho demais, casos urgentes e mais importantes do que investigar erro médico, denunciado por gente da própria categoria.

Ele pagou ao flanelinha e entrou no carro, indeciso se voltava para o consultório ou se aproveitava para procurar, no Centro, o último livro de Sacks, sua atraente e instigante humildade frente aos mistérios da mente humana. Era cedo ainda, faltara ao hospital para evitar constrangimentos maiores. "Mais estacionamento", resmungou consigo mesmo, enquanto deixava o carro no edifício-garagem e se dirigia a pé até a livraria. Em frente, na Praça XV, uma feira de livros. "Incrível, como é que pode colocar essa concorrência toda em frente de uma única livraria?"

Há anos ele não andava pelas barraquinhas, olhando livros, novos, velhos, sobre todos os assuntos. Desde a época de estudante. Encontrou o que procurava na quarta barraca, ia preencher o cheque quando, à sua esquerda, observou uma coleção de tragédias gregas.

Édipo rei, de Sófocles. Há tempos ocorria-lhe a ideia de Édipo ter alguma relação com a rainha de Cartago. "Impossível", descartava. Era uma personagem conhecida demais, graças a Freud, nenhum contato histórico ou psicológico com Dido. Mas a cisma persistia. Édipo e Dido. Continuou pelos títulos: *Oréstia*, *As troianas* — "Esta vale a pena ler, deve ter alguma coisa sobre aquele pilantra do Eneias que acabou causando a morte de Dido" —, *Hécuba*. Numa trilogia à parte, um título lhe chamou a atenção — *As fenícias.* "Vou comprar esse também", avisou ao homem do balcão.

Uma paciente já o esperava na porta do consultório, várias vezes Clara insistira para que contratasse uma secretária, ele resistia, preferia estar sozinho, controlar os próprios horários. A lista de queixas era praticamente a mesma de quinze dias atrás, mudara apenas o foco, sempre os outros eram os culpados pela infelicidade, ou porque faziam de menos, ou porque faziam de mais. O remédio que ele passara dava sono, deixava a cabeça pesada, quem sabe não seria possível o doutor receitar alguma coisa que a animasse?

"A fizesse ter mais confiança e paciência com a vida, a convencesse a aceitar melhor as circunstâncias inevitáveis, como faz Nadir e, até certo ponto, a própria Elissa."

Ele não podia fazer milagres, no máximo oferecer um pouco de consolo, algumas sugestões sensatas, que talvez não fossem seguidas, insistir para que a mulher mudasse os hábitos sedentários e continuasse a debelar a insônia. Levou-a até a porta, na antessala um deprimido o esperava, depois seria a vez da mãe de um alcoólatra que, desistindo de tratar do filho, tratava-se a si própria tentando garantir um mínimo de sanidade para resistir aos porres alheios. Três pacientes antes da hora marcada com Nataniel, sempre lembrando ao médico que fora daquelas paredes existiam coisas como mulheres, chopes, bandidos e crimes. Existia Elissa também, fugindo da perseguição, enquanto ele gostaria de fugir dela, da mistura de atração e repulsa que aquele caso tão fora de seus padrões lhe causava.

"De: Adalberto
Para: Nataniel
Relatório do dia 22 de abril — Quarta-feira

"Chegamos, eu e o Eclésio, à área, às seis horas, conforme combinamos. Troca de porteiro, empregadas saindo para comprar pão, movimento normal. Às 7h30, avistamos o carro do suspeito saindo da garagem. Fomos atrás dele, eu no meu carro, o Eclésio no dele. Já te disse e não custa repetir, por escrito. O ideal seriam três ou quatro pessoas nesse serviço. Está certo que o dinheiro é curto, mas e se apareceu alguém atrás do doutorzinho enquanto nós deixamos a área? Pensa nisso. O Rodolfo podia nos ajudar e não cobraria caro, sabendo que você está precisando. Ele te deve.

"O destino era o aeroporto do Galeão, onde ele estacionou e se dirigiu ao desembarque doméstico. Às 8h55, chegou, no voo de Santa Madalena, quem ele esperava, uma mulher morena, de cabelos pretos, aproximadamente 1,65m, de saia preta, míni, e uma espécie de casaco de seda preto com uns detalhes dourados. Boas pernas, boa bunda. Bonitona. A mulher carregava uma dessas malas de rodinhas, não muito grande. Os dois se cumprimentaram com beijos e aperto de mão, coisa que eu nunca entendi, para que as duas coisas? Ela parecia bem animada e ele, tenso. Fui atrás deles até o estacionamento, o Eclésio ficou no carro, não dava para escutar a conversa porque eles falavam baixo. Entraram no carro dele e seguiram para um hotel numa transversal da Atlântica, no qual ela entrou sozinha. Endereço do hotel em página separada, como você pediu. Desci atrás e o Eclésio seguiu o homem. O recepcionista resistiu um pouco a me deixar olhar a ficha, como você vai observar no relatório de despesas. Carteirada só não bastou, o que acabou sendo um bom acordo porque ele me apresentou ao sujeito que faz a segurança do hotel. Um ex-PM, até já trabalhou com uns amigos do Eclésio, você sabe que ele conhece Deus e o mundo. O cara ficou meio curioso, mas eu inventei uma história de ex--marido corno, rico e ciumento controlando a patroa, e ele foi muito compreensivo. Disse que se rolar algum, ele é capaz de dar um jeito para eu conferir o quarto da madame, na hora que ela deixar o pedaço. Eu estou te dizendo, Nataniel. Precisa de mais gente nessa campana. Quem segue a sujeita para eu poder revistar o quarto? Toda essa boa vontade custou mais uns trocados porque ficamos comendo tira-gosto no bar em frente ao hotel e eu paguei a despesa, é claro.

"Às 11h30, a tal de Cláudia Durano Vilela, mineira, divorciada, de profissão advogada, saiu do hotel e pegou um táxi. Estava com outra roupa, um vestido verde e um blazer cinza. Ela, o táxi e eu fomos parar no prédio do consultório do médico em Ipanema. O Eclésio estava lá e, por sorte, conseguiu fotografar a fulana quando ela parou para perguntar o preço de uma bijuteria num daqueles camelôs esquisitos da praça Nossa Senhora da

Paz. Você tem muita sorte de conseguir uns auxiliares competentes como nós."

— Não sei por quê, mas nada me tira da cabeça que esta é a mulher-serpente.

Mauro interrompeu a leitura do relatório e, por cima dos óculos para vista cansada, olhou Nataniel deitado no sofá à sua frente.

— A mulher-serpente dos delírios do Roberto?

— Que delírios, que nada. Das visões que ele teve — rebate Natan, impaciente.

— Está certo. Delírios, visões, não importa. O que essa mulher viria fazer no Rio?

— Comandar pessoalmente a busca por Elissa. As duas se conhecem, ou pelo menos ela conhece Elissa, não sei se nossa amiga vai lembrar dela. Coisa esquisita, não é, doutor? Essa perda de memória.

— Ela deve ter passado por uma experiência terrível antes. Ou várias. Encontrar a amiga morta pode ter desencadeado tudo. Como é que você sabe que as duas se conhecem?

O detetive senta no sofá e ri para o médico.

— Como digo sempre para minha nega, doutor, eu sou a polícia científica. Fiz um interurbano para Santa Madalena e pedi para meu amigo checar um palpite. Não deu outra. Essa Cláudia tem conta na mesma agência que Helena e Elissa trabalhavam.

— Bom, muito bom. E o que mais os seus auxiliares descobriram?

— Está tudo aí no relatório, mas eu posso lhe fazer um resumo. Ela ficou no consultório do médico umas duas horas. Lá pelas tantas, entrou no prédio um sujeito baixinho, parecendo meio nervoso. Ou pelo jeito de se vestir, ou pelo jeito de olhar para os lados, chamou a atenção de um dos meus auxiliares. O Eclésio, o Adalberto fala dele o tempo todo no relatório. O tal que conhece todo mundo. Achou o cara esquisito, ainda mais quando subiu para o mesmo andar do doutor. Avisou ao Adalberto e ficou de olho. Uns quarenta minutos depois o cara voltou, mais nervoso ainda, e ficou no ponto esperando o ônibus. Foi fotografado pelo Adalberto, é este aqui.

Na pasta que o detetive trouxera existiam também fotos, Mauro não as vira ainda. Uma da mulher sozinha, examinando um colar numa banca, outras duas dela e de Carlos Eduardo Munhoz num restaurante de beira de praia. A quarta era a de um homem de uns quarenta anos, baixo, troncudo, de cabelos lisos, divididos ao meio, nariz grande e pele marcada pela acne. O blusão cinza e a calça preta eram desajeitados no corpo, na foto tirada de frente.

— Uma figura esquisita — concordou o médico. — Já descobriu quem é?

— Esta é a melhor parte da história. Hoje é quinta, 26. Ontem eu estava de plantão e aproveitei para dar um giro atrás de uns colegas com uma cópia dessa foto. O Eclésio consultou outros. Levantamos a ficha do cara. Coutinho, mais conhecido como "Baiano". Ex-policial, atualmente informante e avião. Muita gente conhece. Dizem que é ligado a um matador sarará que mora na Vila da Penha. Paulino José da Silva. Está vendo como a gente não pode dar folga ao seu colega?

— Então, você conseguiu puxar o fio da meada, Natan. É só entregar a informação para a polícia.

— Não seja ingênuo, doutor. Entregar essas informações agora é perda de tempo. Não temos o resultado da autópsia de Serena, não temos o depoimento de Roberto, ainda, e não temos prova nenhuma do envolvimento do médico.

— Você faz mesmo questão de me chamar de doutor, não é, Natan? Com tudo o que a gente tem em comum, apesar do pouco tempo que a gente se conhece?

"Ele tem razão, é claro. Parece até deboche eu falar desse jeito."

— Dou a mão à palmatória, Mauro. Nós estamos perto demais um do outro para ficar com essas formalidades.

"Inclusive estamos os dois fissurados por duas mulheres que estão fugindo juntas."

— Desculpe ter te chamado de ingênuo. Eu ando meio irritado, com problemas em casa, preocupado com Nadir, com a Jurema e as crianças dela.

— Eu também não estou tranquilo com essa situação, Natan. Tudo bem, eu não fiquei ofendido. Amanhã não é o dia em que Elissa e Nadir têm que sair de sua casa em Maricá?

— Mais essa. Não consegui descobrir ainda uma forma de tirá-las de lá ou resolver para onde levá-las.

— Tirar é fácil. Eu ou você vamos buscá-las. O difícil é: levar para onde?

— É mais complicado do que isso, Mauro. Não vai demorar muito para sermos seguidos. O mesmo que estamos fazendo, eles também podem fazer. Por que você acha que eu estou pagando do meu bolso esta campana? É o sentimento de urgência da Nadir que pegou em mim.

— Eu gostaria demais de ter ido até Maricá com você. Ver como elas estão.

"Nadir está mais do que ótima. Continua sendo a melhor trepada, a melhor massagista, a maior mulher do mundo. A sua magricela está legal também. Ela tem um jeito estranho de olhar para mim e para Nadir, como se fosse nossa tia, nossa mãe, e não nossa protegida, mas deve ser por causa da maluquice dela."

— Não vale a pena você encontrar com elas agora. Pode ser perigoso, ainda mais depois que você bateu de frente com o Carlos Eduardo por causa da autópsia. Mas a Elissa está bem, não se preocupe. Só conversei com ela uma meia horinha, mas ela estava animada. Comeu que se lambuzou com os doces que eu levei para elas.

"Comeu que se lambuzou. Até pensar nela comendo me excita. Lógico que Nataniel só conversou com ela meia horinha. Deve ter gasto o resto do tempo na cama com Nadir. Homem de sorte. O melhor é que ele não tem constrangimento ou culpa."

— O que será que elas fazem para se distrair há quatro dias trancadas em casa? — perguntou Mauro, curioso.

— Conversam fiado, falam da gente, eu acho. — Riu o detetive do rubor do outro. — Inventaram um jogo, segundo a Nadir me contou, com umas revistas de sacanagem que encontraram no quarto de hóspedes.

— No quarto de hóspedes, hem? Fala a verdade, Natan. — É a vez do médico brincar.

— Juro. Imagina se eu guardaria revistas de sacanagem perto da minha mulher. Ah, se você soubesse a mulher que tenho em casa. Bom, este sofá está muito gostoso, mas eu tenho que ir à vida. — Nataniel se levanta e começa a recolher da mesa de Mauro o relatório e as fotos. — Por falar em vida, que tal as informações do amigo de sua mãe, o padre?

— Ótimas. Ia te contar mesmo. Consegui marcar uma hora com o padre que estava na paróquia da cidade em que Elissa nasceu e viveu por vinte anos. Minha mãe já deve ter conversado com ele.

— Aqui no Rio?

— Não. Em Piracicaba. Viajou ontem.

— Por que sua mãe, e não você? Não é arriscado ela contar para a tua mulher?

— Acho que não. Elas são meio distantes e minha mãe está agastada com a Clara. Ciúmes de sogra, suponho. Além do mais, minha mãe é muito ligada a gente de igreja, vai lidar com isso melhor do que eu.

— Uma curiosidade: o que o seu amigo pensa sobre a história da rainha Dido? Ele acredita em reencarnação?

— Reencarnação? De jeito nenhum, Natan. Ele é um sacerdote católico. Vê como uma teoria excêntrica, um resquício do pensamento pré-cristão. Ele me escreveu uma carta divertida e, ao mesmo tempo, solidária, esclarecendo a questão do Dragão, algumas coisas sobre o pensamento de Pitágoras, o do teorema, um matemático grego que acreditava nessas coisas. Dizia que podia lembrar das encarnações anteriores. O padre Hipólito está bastante empenhado em ajudar. — Ele percebe o trejeito zombeteiro do outro. — Ora, não faça essa cara cética. As pessoas não acreditam nessa história de outra vida, falar com mortos através de sonhos, de visões, mas podem ajudar assim mesmo.

— Cada um na sua e a amizade continua. Passo aqui amanhã ou telefono. Depois que resolver a vida das moças. Aí te dou notícias de como foi a vigilância ontem à noite e hoje durante o dia. Cuidado com o que você conversa pelo telefone e vê se presta atenção por onde anda.

— Certo, "professor". Pode deixar que eu vou me lembrar da eficiência com que você invade a vida daquele canalha o tempo todo.

O detetive sai, o médico fecha a porta. Nataniel observa um instante o corredor, encaminha-se para a saída de incêndio e desce dois andares para pegar o elevador.

Roberto tomava sopa por um canudinho sob a supervisão de Jurema, quando Natan chegou. O detetive saudou animado a mulher sem demonstrar o arrepio por dentro, em olhar a costura no rosto do outro, os olhos ainda inchados e roxos. Roberto fez sinal para a mulher afastar o prato e estendeu a mão esquerda enfaixada para Natan, que a pegou com cuidado. O braço direito estava engessado. Politraumatizado: era esse o diagnóstico. Os médicos esperavam a melhora do paciente para investigar as possíveis sequelas cerebrais. Nataniel sentou do lado da cama, puxando uma cadeira para perto.

— Já sei que você não deve falar, Roberto. Só vim para ver como você está passando.

Roberto faz sinal para a mulher que, suspirando resignada, aproxima dele um bloco de papel e lápis. Lenta e dolorosamente, ele desenha garranchos com a mão esquerda. Natan levanta e decifra.

— Nadir e Elissa estão bem, Roberto. Em lugar seguro. Não se esforce. Pode não ser bom para você. — Natan tenta apaziguar o outro.

Roberto, teimoso, recomeça a escrita tortuosa, enquanto Jurema lança um olhar ressentido para Nataniel.

— Não existe segurança com a mulher que chegou por perto. Vão atacar o médico primeiro, depois você, por último elas.

— Então o jeito é a gente achar eles primeiro. Não queria perturbar você com essa história agora, mas se você pudesse conferir umas fotos... — Natan percebe a expressão sombria de Jurema. — Sinto muito, Ju, mas não tem outro remédio.

Roberto dirige um olhar exasperado para a mulher e faz sinal para Natan com a mão enfaixada. O detetive mostra as fotos, as da mulher, as do Coutinho, uma foto antiga que ele descobrira no arquivo da polícia, de José Paulino, o matador da Vila da Penha.

— Os dois estavam na noite em que Elissa fugiu. Este — ele aponta com dificuldade a foto de Paulino — me pareceu mais velho. Era o que mais batia e quebrava as coisas. A mulher não conheço, mas é muito perigosa.

Roberto para, exausto, Jurema corre para confortá-lo, enquanto Natan recolhe as fotos.

"Ela está furiosa comigo, com toda a razão. É preciso dar um jeito de colocar alguma proteção policial aqui, é bem capaz deles virem de novo atrás de Roberto. Eu, no lugar da tal Cláudia, viria."

— Jurema, quem é que está bancando o esquema do hospital? — pergunta Natan em voz baixa para não incomodar Roberto, que adormeceu.

— Um filho da casa. É sócio da clínica.
— Médico?
— Não, acho que é administrador, uma coisa assim.

— O barracão tem outros clientes importantes, não tem? Políticos, delegados, gente do bicho?

— Tem, é claro. Mais do que clientes. Até filho de santo. No bicho, pelo menos.

— Ótimo. Você vai fazer o seguinte. Liga para os mais fiéis, os que devem mais à casa, e pede para eles darem um pulo aqui. Para verem o estado de Roberto.

— Você não acha que os bandidos podem tentar outra vez, acha, Natan? — Ela agora está macilenta, de súbito mais velha, com a consciência do que ele insinua.

— Não sei, Jurema. Espero que não. Mas a gente precisa forçar uma investigação rigorosa desse caso. Para isso tem que ter o pessoal influente pressionando. Senão o negócio não vai. Minha preocupação principal é esta.

— Nesse caso, a polícia vai ter que interrogar o Roberto. Ele não pode falar.

— Pode escrever, Jurema. Pode descrever os caras. Identificar fotos dos sacanas.

— Só uns dias, Natan. Para ele se recuperar melhor.

— Não. Você tem que chamar o pessoal logo, já. Hoje. — É com esforço que ele endurece a voz, sentindo a ternura que sente pela amiga de Nadir.

— É fácil para você dizer isso. Não é você que está morto de medo de perder quem você ama.

— Nada disso. Eu estou correndo o risco de perder tudo. Inclusive uma mulher muito especial que vou buscar agora e não sei ainda para onde a levo.

"Corro inclusive o risco de perder a vida. Pelo que Roberto diz e eu acredito nele. Pelas fichas dos caras que eles contrataram. Pela demora do resultado da autópsia, a demora do meu amigo em localizar o cadáver da Ivonete no IML. Quanto mais tarde a gente der um susto nesses caras, mais eles criam asa."

— Está bem. Eu vou ligar para o pessoal. De repente, podia até tentar localizar a amante de um sujeito meio barra pesada que é amigo da gente.

— Ligado ao Movimento?

— É. Roberto fez um sacudimento nele, a pedido dela, uns meses atrás. Moça de família, você precisa ver. Tem um caso com ele, escondido dos pais. Eu posso telefonar para ela, também.

— Deixa para ligar segunda-feira para este. Vou fazer uma cópia das fotos para você entregar a ele. Se ele tiver jeito de dar uma olhada nos caras, é bom. Talvez até dar um susto.

— Só um susto? — O tom mudara, Natan podia perceber. Onde antes existia medo, passara a rondar o desejo de revanche.

— Acho que nem um susto. — pondera Natan. — Talvez alguma vigilância. Não podemos sair por aí espancando gente. Não dá para perder a cabeça nessa guerra, Jurema.

Ele volta para junto da cama e contempla Roberto, que dorme. Sente vontade de secar a testa suada do outro, mas se despede com um tapinha carinhoso no braço menos machucado.

— Deixa eu pegar a estrada para adiantar a vida. — Beija a testa de Jurema. — Eu telefono à noite. Para saber notícias.

Fora um risco calculado buscá-las na hora do almoço, existindo a possibilidade de encontrar algum conhecido dele, ou dos filhos. A ideia era levá-las direto para Araruama ou Saquarema, hospedá-las numa pousada de praia por alguns dias, ir transferindo-as de lugar até o dia em que, ele não sabia quando, pudesse arranjar um lugar seguro. Ganhar tempo enquanto ele e o médico não descobriam uma solução para aquele caso intrincado. Natan as embarcara no carro, Nadir no banco ao seu lado, Elissa atrás, nos ombros o lenço com que Nadir a vira da primeira vez, de seda com os desenhos estranhos, misto de leão-marinho e dragão, o mesmo tecido do robe.

Elissa fizera Natan mudar de itinerário. Cansada de fugir, dependendo da ajuda de um e de outro, carente de decisões próprias, o convencera a procurar uma agência do banco, para tentarem sacar o dinheiro dela, pelo menos descobrir o saldo. Era arriscado mexer na conta, no Rio ou numa cidade muito próxima, ela seria localizada, qualquer bancário graduado podia estar conferindo todos os dias para saber quando ou onde ela mexeria no dinheiro. Se o tal de Ruy fosse ligado a gente do banco, e certamente o era, saberia que ela recuperara a memória. O número da senha desesperou Elissa, ela não sabia a senha para desenterrar o dinheiro da máquina. Nadir a tranquilizou enquanto Natan dirigia até Campos com o objetivo de afastar as pistas do Rio. Tentariam a data de nascimento. Muita gente usava os seis números do aniversário ou a data de emissão da carteira de identidade. Parou num posto de gasolina para abastecer, cem quilômetros ainda para chegar, deixando-as na lanchonete comendo sanduíche enquanto ele telefonava.

Chegaram ao banco às 15h50. "Se tivesse radar nesta estrada, eu estaria colecionando multas por excesso de velocidade."

Ele estacionou perto do banco, ficou com Nadir, observando Elissa entrar na agência. Apenas três, as tentativas possíveis com os números do aniversário ou da emissão da carteira, lembrou Natan, mas não disse. Pouco depois, viram Elissa sair do banco em passos rápidos, a expressão zangada. Nenhuma das duas combinações funcionara. Ela ainda pensara em arriscar números aleatórios, mas temeu o aviso na tela, suspendendo as operações naquele dia. Natan lhe estendeu em silêncio o papel onde anotara os seis números.

Intuição pura. O médico estava no consultório, quando ele ligara do posto de gasolina, por sorte. A pergunta era simples: quais os seis números que ele pensaria, ligados à história da magrela? Alguns segundos de silêncio, bem no estilo dele, resmungara interiormente o detetive, nada de respostas rápidas, ou, pelo menos, estranheza frente ao que não entendia. Nem dúvidas sobre o apelido que Natan dera à mulher que os dois protegiam. "A fundação e a destruição de Cartago", respondera Mauro, ia checar num dos livros que comprara. "O amigo poderia ligar em dez minutos?" Sangue-frio dos diabos, pensara Nataniel, enquanto fazia companhia a Nadir e a Elissa na lanchonete, no intervalo pedido pelo médico. Fazendo hora para ligar de novo. Precisava checar uma informação, disfarçou para as duas, enquanto voltava ao telefone. 814146. Era a resposta que ele esperava. A que ele entregou a Elissa. Dessa vez, a demora foi maior, o andar na volta diferente, também. Quase saltitante, excitado, a expressão sorridente, um homem se voltou para olhá-la. "O homem de gelo deveria estar aqui, aí eu queria ver o Mauro manter a pose", Natan não conseguiu evitar o pensamento irreverente quando Elissa chegou junto ao carro. Ele e Nadir recusaram o convite insistente para descerem do carro, procurarem um lugar para gastarem o pouco dinheiro que ela conseguira tirar, o limite diário, junto com um extrato do último mês. Nenhuma movimentação, apenas o saque no cartão eletrônico daquele dia. As duas curiosas em saber como Nataniel descobrira o número. Não fora ele, explicou modesto, o ladino do doutor é que descobrira a data de fundação da cidade pela fugitiva e depois a da sua destruição pelos romanos. "Tudo se volta sempre para Dido", constatou Elissa. Natan perguntou pelo saldo para desviar o assunto de tristezas que ele não entendia. Muito dinheiro. Quase dez mil, agora ela podia ajudar nas investigações, pagar a hospedagem das duas, talvez voltar a Santa Madalena para buscar os pedaços que faltavam em sua memória. "Assim que nós trocarmos uns três cheques para levantar o dinheiro", prometeu o detetive. A compensação normal não servia, identificariam a conta, o dono da conta, ele ou Mauro, fácil atingi-la através deles dois. Não se preocupassem, ele já tomara as providências, deixassem passar o fim de semana, na segunda-feira ele levaria os cheques para serem trocados em segurança.

Ele as acompanhou até um hotel em Macaé, esperando antes, paciente, que as duas escolhessem maiôs numa butique de turistas. Dois, três dias no máximo para que os que perseguiam Elissa descobrissem a movimentação da conta. Era torcer para que eles não descobrissem a tempo de desviar o dinheiro para outro lugar. Não tinham como saber de imediato que ele, Mauro e Nadir estavam acobertando a fugitiva. Não tinham acesso a informações sobre Guimarães e suas contas frias. Por outro lado, o tempo era escasso, e o dinheiro, pensando bem, insuficiente para sustentar a fuga para sempre. Mas sempre dava para algum tempo.

— Dois quartos de casal, por favor. De preferência, interligados. Ah, se possível com vista para a praia. — O detetive observou espantado Elissa assumir o controle da situação.

Fora uma falha, reconheceu tarde demais, não terem combinado o preenchimento da ficha. Encostou no balcão e viu como ela anotava, com a mesma letra do manuscrito que ele não tivera paciência de ler, dados ligeiramente falsos. Elisa no lugar de Elissa, Madeira ao invés de Nogueira, perto da verdade, mas dificultando o suficiente a identificação.

"Ela vai se confundir no endereço, vai pifar neste ponto", temeu. Ela continuava escrevendo: r. Cartago, 880, Caxambu, Minas Gerais. O recepcionista não estava olhando quando ela passou a caneta para Nadir, empurrando também a ficha. A enfermeira seguiu o mesmo padrão, se tivessem combinado não sairia melhor.

— As senhoras ficam até quando? — perguntou o rapaz, solícito.

— Até domingo, meio-dia — respondeu a nova Elissa, que Natan não conhecia. — O senhor podia nos indicar um restaurante que sirva frutos do mar aqui por perto?

O recepcionista indicou o restaurante, eles poderiam ir a pé se quisessem e mandou que um rapazinho subisse com as malas. Nataniel esperou que Elissa desse a gorjeta e o *boy* saísse para abraçá-la:

— Muito bem, gostei de ver o sangue-frio. O que algum dinheiro no bolso não faz com a alma de uma mulher!

— Não é o dinheiro, Natan. É o cansaço desta situação de eterna perseguida. Basta. Preciso tentar, pelo menos, acabar com isso. Você deve estar exausto, por que não descansa um pouco no quarto de Nadir? Toma um banho, cochila um pouquinho.

— Grande ideia. A gente dorme um pouco, depois a gente sai, come uma comidinha bem gostosa e o meu nego volta para casa, descansado, tranquilo, como o corpo pede — comemorou Nadir.

— Nem sei se eu quero jantar, Nadir. Sinto um cansaço tão grande, depois que consegui colocar a mão no dinheiro e no extrato da conta, que acho que prefiro dormir até amanhã. Vão vocês jantar, eu não estou com fome.

— A gente precisa pelo menos combinar a questão dos cheques — ponderou Natan. — Este dinheiro precisa começar a sair pela compensação segunda, de qualquer jeito. De preferência, em duas ou três contas frias, em estados diferentes.

— Está certo, mas, na minha opinião, não é necessário que Nadir vá ao Rio pegar o dinheiro. Você leva os cheques hoje, troca por dinheiro e remete para mim.

— Remeter para onde? Você não está pensando em ficar aqui esperando o dinheiro chegar, não é mesmo? — espantou-se Nadir.

— Não. Eu estou pensando em viajar a partir de domingo para Santa Madalena. Voltar ao apartamento. Talvez ir a Uberlândia, antes.

— Com os seus documentos, com seu nome de verdade? Circulando em Santa Madalena? Eles acham você em dois tempos.

"Era bom demais para ser verdade. Ela continua pirada, sem noção da realidade."

— Não vou circular em Santa Madalena com os meus documentos, Natan. Pensei que você poderia comprar uma carteira de identidade nova para mim. No Rio. Não é difícil conseguir, é?

— Meu Deus, que surpresa! Eu pensando que a gente ia ter que te internar de novo, e você cheia de ideias e soluções. E como eu vou te entregar os documentos e o dinheiro? Cadê o retrato para a carteira?

Claro que ela tinha fotos. Nadir também. Ele nunca prestara atenção em quanto as mulheres gostam de guardar seus melhores momentos. Fotos de Elissa magra, com os cabelos cortados curtos, de Nadir sorrindo, pintada e de brincos, a expressão radiante, ele chegou a sentir ciúmes de quem teria inspirado aquele ar de felicidade. Mais jovens, as duas.

— Você pode mandar os documentos para Santa Madalena direto. A gente sai daqui, domingo, e vai fazendo baldeação de ônibus até chegar lá. O dinheiro você manda por ordem de pagamento, já nos nomes falsos da gente. Isto é, se Nadir quiser ir comigo.

Era um plano louco, mas tinha chance de dar certo. Ele voltava para o Rio com a incumbência de arranjar identidade e carteira profissional para as duas. Não sairia caro, garantiu. "Por favor, você desconte do dinheiro dos cheques", pediu Elissa com firmeza. "Aliás, fique com uma parte, talvez a metade, para intensificar as investigações, seja lá o que isso signifique." Natan queria ver é como o doutor ia lidar com esta nova faceta mandona de sua ex-paciente.

Sábado de manhã ainda dava para conseguir os documentos. Com o sujeito da praça Mauá. Ele faria um serviço perfeito, carteira assinada, carimbo de firma, cinco anos de trabalho no mínimo. "Emprego doméstico para mim", recomendou Elissa, na despedida. "Para entrar no prédio onde eu morava com mais facilidade." Ele não teria pensado nisso. Então fora dessa forma que elas haviam gastado aqueles dias, trancadas em Maricá. Pensando em todas as hipóteses e saídas.

Nadir desmentira a conclusão nas horas que os dois passaram sozinhos, primeiro no quarto dela, depois no restaurante. Os dias em Maricá foram dias de alguma conversa e muito silêncio, informou.

— Deve ter sido uma experiência nova para você, nega, ficar dias e dias sozinha com outra mulher, sem nenhuma distração, sem nada para fazer — especulou Natan durante o jantar.

— Acho que não, me senti à vontade como se tivesse feito isso a vida inteira.

Não existia a hipótese de separá-las, Nadir assumira a função de guardiã da fugitiva e, como tudo o que fazia, tentava levar a situação de forma bem-humorada. Falsificação de documentos, dinheiro retirado quase escondido de uma conta legal através de outra fria, enviado em ordem de pagamento para Santa Madalena, era interminável a lista das mudanças, sem falar da agressão a Roberto e da dieta de Maricá. Do jeito que Nadir agia, era como se a clandestinidade fosse um detalhe a mais, apenas.

Roberto a preocupava, confessara. Não precisava ela pedir, era outra tarefa para o seu sábado. Visitar o irmão de santo de Nadir, verificar pessoalmente se Jurema seguira sua sugestão, talvez conversar com o colega da delegacia da Pavuna sobre as pistas que já tinha. Contar com o trio de patetas era um alívio. Sacudiu a cabeça para afastar o sono quando entrou na ponte, lembrando dos três que seguiam Munhoz e sua nova auxiliar. Sábado a trinca trabalharia até as dez da noite, haviam combinado no início da empreitada. Elissa tinha razão. Dinheiro a mais seria bom, uma surpresa agradável para Adalberto, Eclésio e Rodolfo. Domingo os quatro se reuniram no plantão de Natan. Não estava prevista a campana para aquele dia, a dupla ficaria livre, infelizmente, dos acompanhantes, mas os telefones continuariam sob controle.

Elissa e Nadir conseguindo alguma pista em Santa Madalena apressariam o processo, talvez eles conseguissem, rápido, desmontar o perigo que rondava a moça. O que aconteceria com ela depois, ele não fazia ideia. Era cedo ainda para imaginar o futuro daquela história.

XVIII

Mauro chegou da casa da mãe com a cabeça latejando de dor e perguntas. Déa cumprira sua parte, trouxera as informações do padre, guardara segredo, mas voltara inquieta e invasora. Quem era a mulher cheia de mortes e mistérios na vida que seu filho tentava ajudar afastando-se tanto de seus caminhos habituais? Por que o hospital não entrava, simplesmente, em contato com o parente mais próximo, devia ser o tio, Ruy Mendes, e entregava o caso para a família? Não devia ter mais de trinta anos, a paciente, era bonita, era agressiva, era deprimida, quem era esta mulher, afinal? E a esposa dele, Clara, o que achava de tudo isso? Não era perigoso ele se envolver dessa forma com um caso clínico? Gastando dinheiro, tempo, amizades?

A mãe não se preocupasse, ele era adulto, sabia cuidar da sua profissão, de seus pacientes, da sua vida, enfim, respondera ele, afivelando a frieza no rosto e na voz, enquanto lia e relia as anotações que a mãe fizera. Ruy era tio dela, então. O Ruy dos telefonemas para o Carlos Eduardo Munhoz. Sua preocupação silenciosa interrompida pela mãe.

Ela telefonara para a amiga de Elissa. Já que ele não queria informá-la do que estava acontecendo, e ela sabia de antemão que ele agiria assim, conhecia o filho que pusera no mundo, fora direto atrás das lacunas existentes na conversa do padre.

Isabel adorara falar com Déa ao telefone, pelo menos esta era a avaliação pretensiosa da própria, e mesmo sorrindo da falta de modéstia, Mauro reconhecia que era muito provável que fosse verdade. Lembrava bem da mãe de sua infância e adolescência, acalmando as clientes mais estressadas que apareciam no consultório do pai, o velho insistira sempre em manter o consultório no andar de baixo da casa, insistira também nas visitas domiciliares até o dia em que sofrera o enfarte que o matara.

Isabel estava preocupadíssima com Elissa. Mais de dois meses sem notícias, desde a noite em que ela telefonara em prantos falando de uma amiga, Helena, bancária como ela, que se suicidara depois de ter compensado um cheque errado, para o homem errado, um canalha que a convencera a fazer um aborto fora de época. Elissa conhecia o médico que fizera o aborto, ia atrás dele, tinha certeza que ele tinha relação com o esquema bancário, ela não explicara qual o esquema, Isabel tentara dissuadi-la, convencê-la a entregar o caso para a polícia, mas a outra teimara, ela precisava vê-lo, ter certeza de que ele não era apenas uma sombra, enterrando um tesouro. Assim falara Elissa, da última vez que conversara com a amiga. Recomendou que não tentasse entrar em contato com o banco, nem escrever para o apartamento. Pedira demissão, alegando estresse depois de ter encontrado o cadáver de Helena, quando voltasse do Rio de Janeiro entraria em contato. Início de fevereiro. Desde lá, Déa era a primeira notícia.

— E o tio, o Ruy Mendes? — perguntara Mauro tonto com as novidades, enquanto a mãe colocava mais chá em sua xícara e mais rosquinhas em seu prato. Elissa suspeitava que o tio falsificara o testamento do cunhado, internara a mãe dela sem necessidade e viciara o marido — que na opinião de Isabel não passava de um sujeito fraco e influenciável — na jogatina. Quase todo o dinheiro que restara da herança de Elissa fora gasto depois do enterro, pagando as promissórias que o marido assinara para amigos do tio, ela suspeitara, na época, que os amigos eram pura fachada, o tio era o verdadeiro credor.

— Ou sua paciente é uma paranoica sem remédio, ou esse tio é o maior mau-caráter do qual eu já tive notícia — sondou Déa, terminando o relato.

De novo, ele tentou intimidá-la com seu olhar mais frio e impaciente, mas era uma tarefa impossível, tinha que reconhecer.

— Talvez as duas coisas, mamãe. De qualquer forma, é difícil fazer um diagnóstico, ela não lembra do que aconteceu antes de chegar ao hospital.

Déa sentiu-se — ele percebeu na hora — dentro do próprio território. Conseguira que o filho confessasse o principal do caso, podia começar a emitir seus palpites de leiga sobre a situação. Era de opinião que nunca devia se subestimar os aspectos clínicos, objetivos, de um caso. Era bom ele lembrar da experiência do pai, ela esperava que a moça estivesse fazendo todos os exames no hospital.

— A moça fugiu do hospital, d. Déa, o hospital não tem equipamentos para fazer os exames necessários, uma paciente, que ajudou Elissa a fugir, morreu, eu suspeito, de excesso de medicamento aplicado por outro médico... — Dessa vez ele foi interrompido pela mãe, entre excitada com a possibilidade de uma investigação — logo ela era louca por uma história de detetive — e amedrontada com a ligação óbvia.

— O médico que a sua paciente estava procurando, Mauro, é lógico. E ele matou alguém dentro do próprio hospital? Então é muito perigoso. Ela está correndo risco de morte. E você também.

Não tinha como discordar do óbvio, mas dar à mãe mais informações era aumentar sua capacidade de intromissão. Isto ele não faria. Prometeu tomar cuidado. Aliás, não acreditava nem um pouco no perigo pressentido pela mãe, dramática como sempre, na avaliação dele. Daí a dor de cabeça que o acompanhou o resto da tarde, só aliviada com a ligação de Natan, perto das oito da noite, pouco antes dele sair do consultório. Os números eram realmente aqueles, as convidadas já estavam hospedadas em lugar seguro, segunda-feira a magrela teria dinheiro suficiente em mãos para sobreviver com certo conforto por algum tempo. Ponto. Quase um telegrama cifrado a conversa do detetive. Combinaram tomar um chope no final da tarde de segunda, até lá teriam notícias frescas. Antes de desligar, Mauro lembrou dos exames sugeridos pela mãe. Era o momento certo, Nadir poderia levar Elissa para fazer exames em outro estado, conferir se alguma alteração física justificava sua falta de memória. Natan anotou os nomes dos exames, ficou de conferir se Elissa concordaria em fazê-los.

— Como concordar em fazê-los? Você acha que ela tem outra alternativa? — Nataniel riu do outro lado do telefone.

— Várias. Por que você mesmo não marca os exames e vai com ela? Talvez a sua presença seja um estímulo.

Ele não queria estar presente aos exames, queria examinar os resultados, ajudá-la a sair daquela situação, sem outra oportunidade de envolvimento físico.

Especulou se a mulher trabalharia no dia seguinte, às vezes ela tinha trabalho extra nas manhãs de sábado, talvez à tarde eles pudessem subir a serra, hospedarem-se num hotel-fazenda, tentar recuperar um pouco do clima de tranquilidade que existira, um dia, no casamento deles. Para a serra, Teresópolis ou Friburgo, na direção oposta de Elissa, era provável que ela estivesse abrigada no litoral, não sabia por quê, mas tinha certeza de que o mar era a opção preferida dos três.

Mauro saiu com o carro da garagem subterrânea, poucos quarteirões o separam de casa, poderia ir a pé, mas o hábito de dirigir o tempo todo era mais forte, a rua onde ficava o consultório começava a encher dos boêmios à procura de bares, ele não percebeu o Gol branco que o seguiu na noite, acompanhando-o até a porta de seu apartamento.

Quanto terei de esperar pela vingança da memória? É cruel assistir ao tempo escoar sobre a justiça dos deuses. Nada me resta a não ser ouvir e ver os suplícios que os poderosos administram conforme lhes apraz. Por que aos que não foi dado túmulo resta permanecer sofrendo às margens do Aqueronte, cem anos, sem ao menos tomar acento na barca de Caronte?

Ali estaria Polinices, descendente de Cadmo — como eu sou —, se Antígona não tivesse desafiado o poder humano para enterrar o irmão que se insurgiu contra Tebas com seus aliados. Cadmo não poderia adivinhar em vida que ao matar o Dragão e enterrar seus dentes em território grego para fundar Tebas estaria preparando uma longa sucessão de incestos, lutas fratricidas, assassinatos.

As sete portas, as sete torres de Tebas, assistiram a muitos episódios sangrentos pelo descomedimento dos seus herdeiros. Se Etéocles e Polinices não tivessem aprisionado o pai e irmão, Édipo, este não os teria amaldiçoado com votos para que ambos disputassem o reino num duelo de espadas. Quem terá proposto a solução conciliatória de partilharem o trono, cada um por seu turno, durante um ano, para que não vivessem os dois no mesmo território? Polinices — o filho preferido de Jocasta — ou Etéocles, que se recusou a sair do trono e expulsou o irmão de Tebas? Ambição é uma deusa poderosa que costuma destruir os que a cultuam. O ato do pensamento é o único consolo que nos resta como hóspedes do Hades. Permanecer aqui durante séculos, esperando a hora de atravessarmos o Lete, suas águas de transmigração e esquecimento. Recuso-me a ouvir o clamor desesperado dos pobres coitados que se rebelam contra o sofrimento deste lugar. Prefiro enganar o tempo especulando sobre qual seria o destino se irmãos não se rebelassem contra ele. Polinices poderia ter-se contentado com o casamento com a princesa de Argos. Abrir mão de seu direito a Tebas, não combater o irmão com o auxílio de aliados. Não teria morrido em suas mãos e não se sentira Antígona obrigada a cumprir com o dever de sepultá-lo. Eu desisti de meu reino, fundei Cartago, não voltei mais, em vida, à ilha de Tiro. Minha herança ficou nas mãos de Pigmalião. Minha vingança é que a ele está reservado o Tártaro, o pior vestíbulo deste reino infernal.

O menos espantoso para mim é a luta entre irmãos. Não era necessário ser condenada a tanto tempo no reino dos mortos para liquidar qualquer ilusão que, porventura, tivesse a respeito da ausência de rivalidades entre seres que disputam desde o nascimento a mesma mãe, herança ou poder. Disfarçada ou aberta, a rivalidade existe. Aqui estão as provas. Cassandra permanece do lado de lá por ter sido assassinada e deixada sem túmulo por Egisto e Clitemnestra. Ela previu que seu irmão Páris destruiria Troia. Nada deteve o desejo dele. Previu também que Eneias abandonaria a tudo e a todos para construir seu destino piedoso. Onde está a Justiça dos deuses se alonga a permanência no Reino dos Mortos daqueles que se limitaram a questionar ou prever seus desígnios? Nos encontraremos um dia, os descendentes de Cadmo e, também, os troianos, de novo na Terra, quando as faltas que os deuses nos atribuem tiverem sido expiadas?

Vejo, entre as sombras que sofrem, o vulto de Jocasta autoimolada com a espada de Polinices moribundo. Não é comum rever as sombras. Os que não estão nos Campos Elísios esperando o momento de voltarem à Terra estão submetidos aos castigos. Da espera, da lama, da fome, da sede, dos trabalhos sem fim. Também a respeito da rainha tebana e de sua descendência, os poetas divergem. Uns querem-na morta por enforcamento quando descobriu que seu leito fora frequentado pelo próprio filho, o rejeitado primogênito. Outros contam que Jocasta destruiu sua própria vida quando viu seus dois filhos, concebidos no incesto, tombarem mortos, vítimas da ambição e da vingança. No Hades, os mortos apresentam as marcas de seu último momento de vida. Jocasta morreu — assim como eu — na lâmina de uma espada.

Para onde irá o Dragão quando terminarem os seus dias? No início deste período de tortura eu pensava que a morte o deixaria entre aqueles que não feriram ninguém, mas mantiveram-se alheios e indiferentes ao sofrimento dos injustiçados e evitaram dos maus mostrarem-se inimigos. Desejei que fizesse companhia aos que evitaram lutar pelos oprimidos para não atrair sobre si o ódio dos opressores. Imaginei no meu rancor que a ele restaria passar os anos que os deuses estabelecessem, a perseguir a bandeira dos indecisos, dos pusilânimes que passaram a vida na dúvida, na vacilação. Fui injusta, nos primeiros anos de exílio na morte, com o meu conselheiro. Do que posso acusá-lo? Do egoísmo de não ceder ao meu desesperado desejo de amá-lo. Da indecisão que o fazia oscilar entre a admiração calorosa e o aconselhamento frio e distante. Não era indecisão. Ele não tinha dúvidas. Seu coração apenas abrigava certezas. A do seu dever de se manter longe dos meus braços, do meu leito. Por mim, ele enfrentou poderosos e se expôs a riscos. Como aquele que defende uma fugitiva. Nunca como alguém que ama ou pretende sucumbir ao desejo. O dragão sempre foi um animal orgulhoso, destruído pelos heróis ou pelos deuses. Desta vez, eu fui destruída. Quem sabe meu amado seria descendente de um dos homens surgidos dos dentes do dragão semeados por Cadmo, depois de tê-lo morto. Ele conseguiu me salvar de meu irmão, mas não conseguiu me salvar de mim mesma. Para evitar minha paixão por Eneias, ele teria que ter oferecido o abrigo do seu corpo. Não considerou reto, justo, este caminho. Fiquei entregue a mim mesma. Achei que me vingaria de sua indiferença oferecendo minha paixão a outro homem. Da mesma forma, iludi-me pensando que cortar meu corpo com a espada troiana seria uma vingança contra Eneias. A única vingança é a memória.

Cadmo era a chave. Por isso, sentira-se tentado a comprar o livro de Eurípedes. Era a única explicação para a ligação que volta e meia fazia entre Édipo e Dido. Não era nada de extraordinário, sobrenatural, procurava se convencer. Mauro acabara de ler *As fenícias* e mais uma vez se admirava da acuidade de Dido em suas memórias, ao avaliar os poetas. A versão era bastante diferente da contada por Sófocles. O destino de Jocasta, segundo Dido, não fora o enforcamento depois da revelação de que amara como mulher o filho rejeitado. A rainha tebana se matara de desgosto pelo fim reservado aos filhos dela com Édipo. Dido, registrando suas memórias do inferno, acabava por referendar Eurípedes contra Sófocles.

O problema era que Dido não existia. A letra era de Elissa, sua paciente, ele, um médico, não um estudioso de literatura grega, e estava ali, às três da madrugada de um sábado, sofrendo de insônia como a velhinha hipocondríaca e solitária que estivera em seu consultório na tarde de sexta. Não podia desconhecer, porém, que existiam indícios de Elissa não conhecer as tragédias gregas mais do que ele próprio conhecia. Ela não apresentara, em nenhum momento no hospital ou na casa de Ivonete, alucinações visuais, auditivas ou delírios. Apenas escrevia como Dido, sonhava como a rainha. Segundo Nadir — uma das pessoas mais equilibradas que ele conhecera na vida —, agia como rainha também, mas esta era uma avaliação subjetiva. "O jeito de pisar, de pedir," argumentara Nadir. Nada deliberado por parte de Elissa. Não acreditava que era uma rainha, não reivindicava o reconhecimento como tal. Não era um caso de personalidade dividida. Não lembrava do passado recente, mas esta situação podia ter uma explicação orgânica, neurológica ou traumática. Sua mãe tinha razão, ela precisava fazer exames mais extensos.

Relia — quantas vezes já o fizera? — o relato de Dido. Incomodava-o a semelhança de sentimentos, de situações. Quando o leu de primeira, logo nos dias da fuga de Elissa do hospital, a apreciação foi quase a de um livro de aventuras, com termos e personagens que ele não reconhecia, ou como um estudo de uma personalidade ferida de alguma forma por um processo que ele ainda não investigara o suficiente. Atribuíra o retorno constante ao tema da rivalidade fraterna a uma obsessão. Filho único, não tinha para si a experiência desse intenso amor e ódio.

Elissa também não tinha irmãos. A investigação indicava isso. Apenas um tio. Elissa atribuía ao tio — segundo a amiga Isabel — o desejo de exterminar toda a família. Na época em que não adoecera ainda. Isso contara a amiga de infância, pelo telefone, à sua mãe. Déa estava profundamente interessada em descobrir coisas sobre a paciente do filho. Era mais uma estranheza naquela história sem pé nem cabeça. Ela nunca interferira em sua vida profissional ou amorosa antes. Antes. Ele não levava para a cama pacientes, antes. Nunca fora levado por uma delas. Nem fora infiel aos seus princípios.

Naquela noite — talvez por isso a insônia que o fazia reler a autobiografia da rainha Dido — traíra, com a esposa, a amante que não deveria ter amado. Fora infiel de caso pensado. Decidira à tarde, depois da conversa com a mãe, depois de ouvi-la relatando a conversa com a amiga de Elissa. Não era justo, não era certo, não era reto. Devia ter agido como o Dragão agira com Dido. Não podia proteger, cuidar, salvar uma mulher que não era a sua — uma mulher que dependia de sua competência profissional — e, ao mesmo tempo, comê-la. Comer, transar, amar. Ser bebido, sugado por Elissa, no chão frio da casa de Roberto. Nisso ele pensava enquanto seu corpo respondia à sedução silenciosa de Clara, respondia à decisão que tomara na volta para casa. Desistir de Elissa, amar Elissa a distância, resolver a vida dela e afastar-se para cuidar da sua.

Relendo Dido, ele agora pensava o quanto Clara estivera diferente naquela noite. Fogosa, inventiva, como se adivinhasse o quanto estivera perto de perdê-lo para outra. Ela nunca o amara assim antes. De novo a divisão no tempo. Antes e agora. Sentia sua vida levada de roldão. O corpo era só uma parte.

E ainda tinha o Dragão. O guardião da fonte sagrada, filho da Terra, protegido de Ares, deus da guerra. Por causa da morte do dragão por Cadmo, Tebas fora amaldiçoada, assim contara Eurípedes. O conselheiro de Dido salvara a rainha e a ajudara a edificar um novo reino. Por que ela dera aquele nome ao conselheiro? Existia amor nas lembranças, mas ali estavam presentes também a mágoa e o ressentimento. Por que a referência à possibilidade de reencontro — no futuro — dos troianos, fenícios e tebanos? O que unia a vida de Elissa às personagens da história de Dido?

Os irmãos, talvez. Dido e Pigmalião, netos de Agenor, pai de Cadmo. Etéocles e Polinices, cego um pela ambição, outro pelo desejo de revanche. O centro da disputa, os dois reinos, Tiro e Tebas. Pigmalião planejara destruir Dido, perseguira a irmã depois de ter usurpado seu trono, quando sua trajetória de fugitiva não o ameaçava mais.

Em Tebas, o ódio semelhante. Mesmo escaldado pelos relatos de péssimas relações fraternas, fora chocante ler o clamor dos irmãos tebanos aos deuses, cada um desejando a morte do outro. "Quero merecer a graça de matar meu irmão e molhar as minhas mãos vitoriosas no sangue quente de meu pior inimigo", assim descreveu Eurípedes a ira de Polinices. "Faze com que meu braço mergulhe esta lança vitoriosa no peito de meu irmão! Concede-me a graça de exterminar agora este exilado decidido a destruir a nossa pátria", dissera Etéocles.

"Seria excelente psicólogo, o poeta grego, o que, segundo Dido, acertou afinal a forma da morte de Jocasta. Só podia acabar desse jeito a história dos dois, Polinices e Etéocles. Nenhum recuo, apenas a cegueira de propósitos. Onde Elissa poderia ter recolhido todos aqueles elementos cruzados entre Estados afastados entre si por continentes? No internato em Goiânia? No curso de análise de sistemas em Minas? Com a mãe, de quem foi separada aos cinco anos? Nada faz sentido."

Ele voltou para o quarto depois de trancar o manuscrito de Elissa na pasta. A mulher dormia, um seio escapa da camisola que ela vestira, provavelmente, depois do banho que fazia questão de tomar depois do amor com o marido. Ao acender o abajur, reparou nas manchas arroxeadas, como marcas de garras, do pescoço até o peito de Clara. Não reconhecia como suas aquelas marcas, seu fogo era temperado com ternura, a que ponto Elissa mexia com sua natureza, pensou.

Mauro não conseguia se desvencilhar do sonho do homem desconhecido. Sabia que sonhava e que o sonho não retratava o real, e sim o desejo. Não reconhecia a tenda ou os dois que se amavam sobre o leito antigo. Familiar apenas o manto de seda com que a mulher cobria, rindo carinhosa, o homem, quando os dois corpos separaram-se após o combate amoroso e o amante encostou a cabeça no ombro da mulher. A expressão dela é triunfante, a dele é de felicidade culpada. Ele se esgueira pelos fundos da tenda, escuro ainda, faz frio na madrugada do deserto.

No amanhecer, uma pequena tropa, alguns guerreiros portando lanças, espadas e escudos inteiriços — têm orifícios para os olhos os escudos e estão presos aos cavalos — preparados para acompanhar o conselheiro ao porto. A rainha aparece na porta da tenda, o cabelo trançado, a expressão composta de quem está no comando, mas depende de aliados. Os dois despedem-se em público, nada denuncia a cumplicidade anterior, a sonhada pelo homem, talvez uma certa frieza respeitosa com que ele a cumprimenta, o frio e o respeito nascidos da culpa. A cena desaparece, como costuma acontecer nos sonhos, pelo menos como costumam ser lembrados.

O homem tem lágrimas nos olhos, do alto de um tablado próximo a uma complicada arquitetura de madeira onde repousa a mulher com quem ele partilhara o leito um dia. Escravas arrancam os cabelos enquanto choram, Mauro pensa, no sonho, que deve doer muito o que elas estão fazendo, mas sabe, também, que além da dor o homem que contempla o corpo se tortura por não ter impedido a morte. A contenção dele destoa do lamento — agudo, lágrimas e preces — dos assistentes. Ele recebe uma tocha para ser o primeiro a incendiar como sacerdote e conselheiro a pira mortuária. Em seguida desce do tablado, guiando pelo braço uma mulher jovem, de alguma forma ligada à morta, enquanto o fogo toma conta da madeira e uma imensa fogueira ilumina o céu de Cartago e consome a rainha coberta com o manto bordado com os desenhos do dragão.

— Mauro, acorda, o que foi? — Clara sacode o marido, já vestida para o trabalho. Ele sai da sensação de tristeza para se enxergar na suíte espaçosa de um casal bem-sucedido, no final do século XX. A esposa reconquistada. Blusa de mangas compridas, estampado rosa e cinza, saia rosa, rente ao joelho, salto alto, maquiagem discreta, o blazer prestes a ser colocado. Elissa devia se vestir assim no banco. Dido no sonho, a lembrança de Elissa pela manhã. Precisava parar de pensar nisso.

"Desse jeito, vou acabar alucinando. Até sonhar com o que Dido nega, eu sonho. O Dragão pode ter incendiado o corpo da rainha, mas não dormiu com ela. Estou sonhando com as fantasias dele. De onde eu fui tirar essas imagens?"

— Oi, meu amor, ainda bem que você me chamou. — Mauro a puxa para um abraço, ela corresponde calorosa, tentando não amarrotar demais a roupa. — Grande farra, ontem à noite, não foi, meu bem? — A pergunta dele é meiga, bem dentro de suas novas resoluções.

— Grande. Estava fazendo falta. Você ultimamente mal para em casa, anda cheio de mistérios.

— Mistérios, nada, ando é muito ocupado. Problemas no trabalho. — Ele levanta, sensível à verdade de suas palavras.

— Que tipo de problema anda atormentando o meu querido, a ponto dele virar um marido aposentado? — Dirige-se a ele e o abraça pelas costas, esfregando o rosto em sua nuca.

— Uma paciente minha morreu e eu pedi a autópsia — Mauro desabafa. — O pessoal não gostou.

— Mas, meu amor, pra que você fez isso? Aborrecimento com os colegas por causa de uma paciente que nem existe mais.

— Não é só por causa de quem morreu, Clara.

— Não? Tem mais alguém envolvido nesta história? — O tom é afetuoso, a curiosidade, ligeira.

"Este seria o momento certo para exorcizar Elissa. Contar a história toda, ou pelo menos o principal para Clara, esvaziar a fixação na outra. Não, seria desleal com as duas. Não posso fazer isso."

— Eu não confio no Carlos Eduardo Munhoz. Foi ele quem medicou a moça. A Serena. Por isso eu pedi a autópsia.

— Você não está sendo meio ranheta, Mauro? O que você sabe desse sujeito para ficar desconfiado? Alguém falou alguma coisa, você viu ele fazer algo de errado? — Ela olha o marido em expectativa, equilibrada e luminosa, com as cortinas bege ao fundo.

"As cortinas são a essência de tudo o que era minha vida antes de Elissa, de Munhoz, de pesadelos com carpideiras morenas, funeral antigo e sacerdote culpado. Eu devia contar para ela. O grampeamento do telefone, o travesti, o possível assassinato de Ivonete."

— É só uma intuição, querida. Acho o sujeito meio psicopata. Perigoso mesmo. Alguém devia investigá-lo.

— Você não está tentando brincar de detetive, está? — Ela perde pela primeira vez a leveza da conversação, enquanto ajeita o cabelo no grande espelho do quarto.

— De jeito nenhum. Sou apenas um detetive da alma. E tem hora que nem isso eu consigo fazer bem-feito. Você espera eu tomar um banho para te levar?

— Não, pode deixar. Vou de táxi. Tenho pouca coisa a fazer na firma, hoje é sábado, esqueceu? Daqui a pouco estou de volta. — Os dois se beijam de leve, ela sai, ele escuta, enquanto faz a barba, as ordens para a empregada, sorri à recomendação de sua sobremesa predileta para o almoço.

XIX

Eclésio lia o jornal, em frente ao hotel onde se hospeda a dona que Natan chamava de serpente. Alto, corpulento, queimado de sol e grisalho, qualquer um que passasse pensaria se tratar de mais um boa-vida aposentado, dos muitos que frequentam as praias de Copacabana. Fazendo hora para a partida de vôlei na areia. Não era aquela a sua praia, no entanto. Estava ali para prestar uma gentileza a Nataniel, amigo de mais de trinta anos. Da época em que os dois começaram a trabalhar, não eram nem da polícia, motoristas de lotação. Aliás, fora Natan quem o levara para a radiopatrulha, uma boca que algum conhecido arranjara, ele nem lembrava mais o nome do dito-cujo. Ainda bem que o outro deixara de teima e contactara o Rodolfo. Senão, quem seguiria a mulher para que ele pudesse entrar no quarto e colocar o aparelho para gravar as ligações que ela fizesse ou recebesse de fora? Duzentas pratas custara o pequeno favor. Esquema caro aquele, mesmo levando em conta que ele, Adalberto e Rodolfo, estavam trabalhando a preço de custo, quase que de graça, por amizade a Natan. O nego merecia, cansara de fazer vista grossa para as faltas dos colegas quando estavam na mesma equipe, arranjara mais de uma vez serviço extra de segurança de bacana para um e outro, livrara amigos de amigos de flagrantes, fazia quase todos os favores que se pedia.

Estava há quase duas horas ali, quando a dona apareceu de novo. Saltou do táxi, em companhia de outra, uma loura ainda mais gostosa do que ela. Puta, reconheceu na hora. Bem-produzida, roupas discretas, mas não tinha como negar a especialidade. Nem se preocupou em fotografar, contava que Rodolfo tivesse feito isso, quando seguira o táxi, era um profissional, Nataniel fora claro nas instruções, fotografassem todo mundo que encontrasse com o calhorda do médico, ou com a advogada, a Cláudia. Deu alguns minutos para que subissem e atravessou a rua, para entrar no hotel, a tempo de ver Rodolfo que estacionou o carro e o cumprimentou, discreto.

A hóspede avisara que estava esperando uma outra senhora, informou o recepcionista pressuroso em atender ao sujeito que o chefe da segurança apresentara como colega. Pedira um chá completo para três, ali mesmo da recepção, o serviço de quarto estava providenciando. As informações foram dadas em voz baixa e interrompidas por uma voz de mulher.

— Por favor, a dra. Cláudia Durano está no hotel?
— Eclésio se voltou para identificar a dona da voz. Cabelos e olhos castanhos, beleza comum, bem-vestida, tons de rosa na roupa, blazer branco. Uma ligeira hesitação quando o recepcionista perguntou o nome para anunciar pelo telefone à dra. Cláudia.

— Maria Isabel, ela está me esperando.

"Por algum motivo ela está nervosa. Parece mulher prestes a trair o marido ou a dar uns tapas na amante dele. Mas não é o caso. Deve ser alguma amiga de infância da mineira. Ou colega de trabalho. É disso que ela tem cara, de gente que tem um bom emprego e amigos durante a vida inteira. Por que então ela fica esfregando os anéis, enquanto espera?"

— A senhora pode subir, apartamento 614 — informou o recepcionista.

Eclésio acompanha com o olhar a suposta Maria Isabel entrar no elevador. Para ele, qualquer pessoa a ser investigada era suspeita em tudo, até no nome. Principalmente quando hesitava antes de falar. "Mais um belo rabo. Todas as mulheres que têm a ver com este tal doutor têm bunda bonita. Por que será? Preciso lembrar de perguntar ao Natan."

— Você reparou, Rodolfo, que só hoje, contando com a advogada, entraram no apartamento 614 três rabos femininos de primeira qualidade? — Eclésio bateu, jovial, no ombro do colega, que, no botequim em frente, por ambos apelidado de escritório, lanchava um quibe e um guaraná Antarctica.

— Femininos? — gargalhou Rodolfo, chamando a atenção dos outros fregueses.— Desculpe, Eclésio, mas você está são? — perguntou mais baixo.

— Claro que estou. Você sabe que eu não bebo em serviço. Mesmo quando trabalho de graça.

— Cara, a que veio com a Cláudia não é mulher. — Ele abaixa mais a voz, olhando por precaução para os lados — É travesti, no duro.

— O quê? Com aquelas roupas e aquela pose? Não acredito.

— Pode ter certeza. Você não viu a altura da piranha? A outra foi buscá-la de táxi, num ponto de ônibus na Princesa Isabel, deixou no Rio Sul, seguiu para o centro, parou em três hotéis, todos no mesmo táxi, deve ter custado uma fortuna a corrida, depois voltou ao shopping e pegou o travesti, na saída da Lauro Müller, todo vestido de madame. Trouxe para cá. Não levou nem duas horas para fazer o serviço.

— Mas pra que um mulherão desses precisa de um travesti? — A indignação, em Eclésio, encobria o espanto.

— Eu sei lá. Tem gosto pra tudo nesse mundo — filosofou Rodolfo.

Os dois ainda especularam uns quarenta minutos no bar acerca da incoerência das fêmeas e da incompetência dos machos, os que aquelas, em questão, conheciam. Acabaram concordando que, se eles tivessem oportunidade, com certeza tentariam reverter a situação.

— Apesar de que essa Cláudia, não sei se eu enfrentava — confessou Eclésio.

— Mas por quê, homem de Deus? Um peixão — estranhou Rodolfo.

— Vou te dizer uma coisa: eu não aprecio bandida. Não me dá tesão. Sou louco por mulher direita. A última que entrou aí, a suposta Maria Isabel, eu comia. A Cláudia, não.

— Uma mulher que fica trancada num quarto de hotel quase uma hora, com um travesti e uma suspeita, não pode ser direita. Qual é a sua, Eclésio? Depois de velho deu pra ficar leso?

— Não adianta te explicar, você não entenderia mesmo. Nós vamos ter que fazer uma escolha. Um de nós tem que ficar aqui. Ou a gente segue a que tem cara de mulher séria ou segue o travesti.

— É verdade. Eu acho melhor seguir o travesti, tem chance de dar mais caldo.

— Você segue. Eu fico. Segue o cara, fotografa, pega nome, endereço, que eu fico. Levanta a ficha e depois a gente resolve o que faz — decidiu Eclésio.

Rodolfo orgulhava-se de sua capacidade de disfarçar a condição de policial. Os outros, ele brincava, por mais que se esforçassem sempre mantinham alguma coisa do cheiro de meganha. Ele, não. "Sou um ator frustrado", dizia para os colegas quando divertia a equipe, nos plantões menos movimentados, com as mudanças de sotaque, a imitação dos tipos diversos que acontecia conhecer nas ruas e nos inquéritos na delegacia. Depois de seguir o táxi do travesti pelas ruas de Copacabana até um edifício na Prado Júnior, resolveu assumir o papel de turista para investigá-lo. "Descubro tudo sobre este veado, em três tempos", prometeu a si mesmo. Estacionou o carro e ficou observando "a moça" folhear revistas de modas no jornaleiro.

Ele trazia a máquina fotográfica pendurada no ombro, displicente como um turista incauto, e depois de registrar o flagrante de um ônibus carregado de suburbanos pendurados pelo lado de fora teve tempo de fotografar de perfil e de costas a aparente mulher, na banca de jornais. A foto foi percebida pelo modelo — Rodolfo não fizera esforço para se esconder, sabia que o pessoal que vivia da noite era mais vigilante do que os gatos —, que primeiro o examinou de cima a baixo com um olhar altaneiro e depois com um meio sorriso malicioso. Rodolfo ainda clicou uma vez, antes de voltar a máquina para um grupo de adolescentes que, de biquíni e canga, se dirigia para a praia. "O próprio turista bobão é o que esse veado deve estar achando", irritou-se enquanto dirigia um sorriso de franca apreciação para a mulher alta, loira e vestida de maneira sóbria que entrava no prédio.

Eclésio saiu do hotel irritado e dirigiu-se ao fusca onde Adalberto o esperava. Quase onze da noite, Rodolfo estava fora de contato há pelo menos oito horas.

— Pronto, está tudo combinado. O equipamento fica até segunda, no máximo, o cara concordou. Quer mais dinheiro, também. Ou Natan arranja um financiamento para esta investigação ou vai ficar arruinado.

— E o puto do Rodolfo? Será que virou marido do tal veado? — debochou Adalberto. — Meu plantão começa amanhã às sete, estou morto de cansaço.

— Eu sei. Acho que não adianta mais esperar. Amanhã ele nos dá as notícias da sua última conquista. A gente podia escutar este material agora.

— Você pirou. Eu não quero escutar conversa dessa vadia com os contatos escrotos dela, nem a pau. Quero ir para casa, tomar um banho, dar uma olhada nas crianças e dormir. — Adalberto passa a mão no rosto, impaciente, a barba já começando a sombrear o rosto. — Já pensou o que é passar o dia inteiro atrás daquele médico babaca? Nem em dia de sábado o sujeito sossega. Encontrou o Coutinho de manhã, almoçou com um rapaz que acho que é médico também — deve ter sido enquanto as moças faziam a suruba aqui — e ainda arranjou tempo de fazer uma sessão na Siqueira Campos. Esse cara é doido. Anda, Eclésio, se manda, vai cuidar da tua vida, que eu vou é dormir.

O clima estava pesado na casa, Natan pressentiu assim que chegou. Julieta com cara de choro, Cleide assistindo à televisão de expressão fechada, as rugas entre as sobrancelhas, os lábios apertados, que ele aprendera a reconhecer como prenúncio de lenta e persistente vingança se ela não atingisse o seu objetivo rápido.

— Oi, filhinha, tudo bem? Que milagre é esse, você em casa, às nove da noite de sábado?

— Sua filhinha tem mais o que fazer do que ficar andando com essas amigas perdidas que ela tem — Cleide responde, enquanto Julieta envolve o pescoço do pai com os braços e começa a chorar. — Isso, chora de remorsos pelo que você fez com seu irmão. Xingar seu próprio sangue de explorador e corrupto.

— Eu não estou chorando por isso — Julieta rebate com revolta na voz. — Estou chorando porque você gosta mais de Gordon do que de meu pai e do que de mim. Porque você expulsou minha amiga daqui, dizendo que ela era uma mulatinha safada e funkeira, e nem a baile funk ela vai.

Julieta larga o pai e sai da sala, e o choro é de criança, alto e sentido, e, de novo, só que desta vez com maior intensidade, Nataniel sente o peso da inutilidade dos últimos 17 anos.

— Como é que você consegue casar com um crioulo, parir mulatos e ser tão racista? A pergunta é feita num tom suave, a voz baixa, Nadir reconheceria o sinal de perigo, mas Cleide não fora feita de material habilitado a entender os homens.

— Eu não sou racista, ela é que anda com essas depravadas e ainda por cima me desrespeita e desrespeita o irmão — Cleide grita, a voz esganiçada pela acusação que considera injusta. — É invejosa, luxuriosa, não aceita a lei de Deus. Riu quando o irmão contou que não conseguiu dar o flagrante no Guimarães. Eu tive que ficar no meio para impedir que ele batesse nela.

— Ah, se Gordon batesse em Julieta! Ele ia sentir de novo o peso da minha mão.

— Pois eu devia ter deixado ele bater. Para ela aprender a respeitar os mais velhos. Não ficar acusando o irmão de explorar o coitadinho do pai — ela zomba.

— Chega, Cleide. Nós sabemos que ele sempre explorou todo mundo. A mim, a você, explora até mulher de rua, Cleide.

— Eu não sei de nenhuma história de mulher dele. Mas sei das suas. Como aquela negra suja com quem você andou metido antes de Julieta nascer.

"Acabou. Não tem mais volta. Ela sempre soube. Meu Deus, que idiota eu sou! Achando que conseguia enganá-la, durante todos esses anos. Tudo planejado, Julieta, uma armadilha."

Ele sai da sala, entra no quarto de Julieta com a mulher atrás, gritando nomes, datas, um completo relatório de detetive, a campana perfeita de trinta anos, pelo menos as mulheres mais significativas ela registrara todas, e exibia agora para ele e para a filha, principalmente para a filha. Nataniel puxava uma sacola do maleiro e abria gavetas, enquanto Cleide gritava, em notas distorcidas, todo o prazer que ele encontrara fora de casa.

Natan chegou ao plantão atrasado, depois de uma noite de insônia, consolando Julieta, tentando esclarecer as sementes de dúvida e vergonha que Cleide plantara na cabeça da filha.

"Chegou o tempo das fugas. Nadir e Elissa. Eu e Julieta. Ainda bem que ela aceitou sair de casa comigo. Também não tinha escolha. Eu não podia deixá-la naquela casa, nas mãos de Cleide e do irmão."

Adalberto esperou que ele cumprisse com o ritual do atraso as justificativas, as brincadeiras, para colocar em cima da mesa de Natan uma folha digitada.

— Eclésio e Rodolfo ficaram de aparecer aqui às sete — informou em voz baixa. — Não chegaram ainda. O Rodolfo foi atrás de um travesti que estava com o alvo e não voltou. Nós esperamos quase uma hora além do combinado.

Nataniel aquiesceu e deu uma lida no relatório, processando mentalmente as informações.

— Por que você acha que o acompanhante do Carlos Eduardo no restaurante é médico também?

— Um, ele estava com sapatos e calça brancos. Dois, eu entrei no restaurante em que eles comiam e, quando passei pela mesa deles, o Carlos Eduardo chamou o outro de "dr. Sérgio" e o babaca disse alguma coisa como "não me chame de doutor, por favor".

"O que o Carlos Eduardo conversa tanto com o Coutinho? Não pode ser apenas pó. Acho até que ele não consome isso tudo. O Adalberto tem razão, é pouca gente trabalhando. Nós precisávamos ter seguido o "Baiano" ontem. Porra, mas esse médico é tarado demais. Vive em casa de puta. E pelo visto, nem no fim de semana consegue dispensar o esquema sadomasô. Ainda bem que Jurema conseguiu que o bicheiro visse Roberto. Com o pessoal dele no hospital vigiando, a turma do médico não vai colocar as mãos em Roberto de novo. Quem será este Sérgio? Aí vem o Eclésio, o cara é um sucesso mesmo."

Eclésio custou a chegar até a mesa de Natan. Parava para dar uma palavra a cada membro da equipe, chamando pelo nome, a alguns perguntava pela família, como um político em época de eleição. Finalmente, puxou uma cadeira e sentou ao lado de Nataniel:

— Trouxe as fitas. Vou deixar para você escutar, mas o essencial é o seguinte: a Cláudia esteve em três hotéis no centro da cidade ontem, pegou um travesti na rua e os dois — ou as duas, como você preferir — comeram uma dona toda certinha que apareceu por lá. Você precisava ver, Natan, o absurdo. Não sei o que acontece na cabeça dessas mulheres. Mas, enfim, deve ser falta de homem. O fato é que a Cláudia ligou para o médico e avisou que tinha localizado o hotel e o recibo da bagagem. Ela recomendou a ele cautela ao telefone, disse que evitasse citar nomes, coisas desse tipo. O que foi, Natan? Você está pálido.

"Chegaram em mim. Bem que o Roberto avisou que eu tomasse cuidado com o que tinha assinado. Ontem ela sabia o meu nome. Hoje deve ter localizado a delegacia e o endereço de casa. Preciso avisar a Cleide."

— O que mais ela disse ao telefone?

— Esta foi a ligação das duas horas, assim que acabou a suruba. Ela avisou que ia dormir um pouco, devia estar precisando mesmo, e que ligava mais tarde. Só conseguiu encontrar de novo o médico lá pelas sete da noite. Deu o maior esporro nele, tudo indica que ela é quem manda, desceu a matraca no sujeito, chamou de irresponsável, o diabo. Disse que o outro é que estava certo, ele não passava de um psicopata mesmo — por falar nisso quem será o outro? Mandou que o doutorzinho tratasse de marcar uma reunião com o investigador hoje.

— X-9 agora virou investigador? — brinca Natan.

— É o que tudo indica, porque ele ligou para o Coutinho, em seguida, e marcou um encontro para hoje. Disse que necessita urgente que ele localize um cara. O Coutinho perguntou o nome, ele respondeu que na reunião ele saberia. Ah, a advogada fez uma ligação para Santa Madalena e deixou recado para um tal de dr. Ruy ligar para o celular dela. Ela está bem desconfiada da possibilidade de estar sendo investigada. Depois disso, ela saiu, jantou sozinha no Ouro Verde e voltou para o hotel, umas dez da noite. Profissional, a bandida.

— Marcou o encontro com o Coutinho para que horas?

— Para as duas da tarde. Ia me esquecendo de te contar, na primeira ligação o Carlos Eduardo fez uma gracinha com ela, perguntando se tinha gostado da Samantha, e a Cláudia ficou uma fera com ele. Ah, chegou finalmente o galã. — Eclésio apontou para Rodolfo, que se aproximara silencioso. — Onde é que o senhor se meteu ontem? Foi boa a farra com a menina?

— O que é isso, Natan? Este sujeito passou a fazer ponto na tua delegacia? — reagiu bem-humorado Rodolfo, que de barba feita recendia a lavanda Atkinsons.

— Não é isso, otário. Eu sou um cara responsável, vim apresentar meu relatório ao chefe. Sou aposentado, você esqueceu? Não um garotão como você, fazendo sucesso com mulheres de todos os sexos.

O restante da equipe olhava curiosa para aquela movimentação. Todos sabiam que Natan trabalhava por fora, mas não era comum ele receber visitas. O detetive percebeu os olhares e avisou ao comissário:

— Eu vou sentar lá dentro com os colegas, qualquer coisa você me chama, por favor. — Ele faz um sinal para Adalberto, que se levanta e o acompanha.

— Tenho umas coisas meio sérias para conversar com vocês, mas acho que todo mundo está curioso para saber do sucesso de Rodolfo com a "moça". Porque foi um sucesso, não foi? — Nataniel mexe com Rodolfo, que já está refestelado na mesa do delegado, ausente para tratar de assunto da maior relevância, como sempre.

— Cara, esta tua delegacia é o céu. Quem dera os meus plantões corressem nessa tranquilidade, tempo para receber os amigos, conversar fiado.

— Não enche, Rodolfo. Desembucha logo que eu tenho um bocado de serviço — resmungou Adalberto.

— Então vamos lá. Atendendo a pedidos: conversei com o jornaleiro onde a moça — que se chama na verdade Aurélio, mas atende pelo nome de guerra Samantha — se abastece de revistas de moda. Eu disse ao cara da banca que a garota despertou em mim um tesão danado. Romântico, vocês não acham? Ele me informou que ela divide um apartamento com mais quatro veados. Antes era casada com um advogado que mora na Barata Ribeiro, mas parece que o cara gosta de variar e dispensou a figura.

— Casada? Ora, faça-me o favor, Rodolfo. Você está inventando história, deixa eu ver esta caderneta, aposto que não tem nada escrito. — Eclésio faz menção de arrancar o bloquinho espiralado que o outro manuseia, Rodolfo desvia o corpo.

— Conferi com o porteiro do prédio do advogado, é verdade. O sujeito vive mantendo travestis, já está no terceiro ou quarto casamento, o paraíba não soube precisar. A Samantha é travesti de pista, hoje em dia. Há uns meses, aparecia sempre no prédio dela um garoto de aproximadamente vinte anos que tomava dinheiro da moça, tentou um dia bater nela, o maior barraco.

— Além de veado, panaca — comentou Adalberto que, a contragosto, acompanhava fascinado a narrativa de Rodolfo.

— Aí que você se engana. A Samantha é macho pra burro, o jornaleiro contou. Deu a maior surra no gigolô. Ela ou ele, como vocês preferirem, faz a vida na Glória. E descansa num bar de calçada, na Lapa. Não é exatamente um bar, é quase uma birosca. Localizei o bar, vive cheio de motoristas de táxi "bandeira dois" e de veado. Primeiro, abordei a moça na Glória, lembrei o encontro em Copacabana, dei uma de carente, disse que era bancário em Porto Alegre e estava de férias no Rio.

— Grande história. Você está na profissão errada, devia ser ator — admitiu Eclésio.

— Foi assim que eu fui parar no bar. Ela disse que eu estava atrapalhando o trabalho dela, que a procurasse mais tarde, me deu o endereço e tudo. Por isso, não pude encontrar com vocês às dez. Fiquei lá tomando cerveja e conversando com as bichas.

— Só conversando? — duvidou Natan.

— Pode acreditar, cara. Ela me disse, lá pelas quatro da madrugada, que de graça só se eu a comesse, aí já viu. Gosto muito de bunda, mas de mulher, de homem eu passo.

— Confessa que você fez o programa, não resistiu à loura — insistiu Eclésio.

— Fiz, nada. Vocês acham que se tivesse pago alguma coisa ao Aurélio-Samantha, eu ia deixar de cobrar ao Natan? Amigos, amigos, dinheiro à parte. Conversei foi um bocado. Sei tudo sobre as dificuldades da vida de quem toma hormônio e tira a barba com pinça. É claro que ela deve ter me contado muita mentira, porque essa turma é igualzinha a mulher, adora se fazer de vítima.

— Está ótimo — atalhou Nataniel, impaciente. — Mas e a nossa investigação? Você conseguiu descobrir alguma coisa?

— Esta é a melhor parte. Ela me contou que está comendo um médico que está louco pra botar as mãos numa mulher que é minha colega.

— Policial? — espantou-se Adalberto.

— Não, pateta. Bancária. Ela disse que apresentou o médico para um outro cliente que é detetive particular e ele está procurando a mulher.

— Deve ser o Coutinho. O sem-vergonha dá para travesti, vê se pode uma coisa dessas. Ainda bem que o sacana foi expulso da polícia — censurou Eclésio.

— A Samantha disse que está faturando alto com esse caso. Come o médico, come o Coutinho, ontem, segundo ela, passou duas horas num hotel de grã-fino em Copacabana, fazendo o diabo com duas mulheres. Para vocês verem como esse pessoal mente, aquele hotel é no máximo três estrelas e ela tentando me impressionar. De qualquer forma, segundo a bicha, além dos michês fixos, o médico prometeu um presente a ela o dia que conseguir botar as mãos na bancária.

— Deve ser mentira mesmo, pra que o Carlos Eduardo iria pagar a um travesti para se divertir com duas mulheres? — questionou Adalberto.

— Mas o travesti não se divertiu. Contou no maior nojo que ele e a Cláudia ficaram lambendo e mordendo a outra mulher, passando geleia antes, e que a mulher já estava toda arranhada porque o Carlos Eduardo tinha amarrado ela, um dia antes, na mesa do consultório para comê-la, impressionante a história, vocês precisavam ver a curiosidade das bichas em volta enquanto a Samantha contava os detalhes. E furiosa com o médico, ainda por cima porque ele come a Maria Isabel — a que você, Eclésio, achou com cara de mulher direita — e com ela, a Samantha, só quer saber de ser enrabado.

— Aposto como você ficou todo molhadinho com o relato da sacanagem — zombou Eclésio.

— Cara, eu não acredito que ele te contou isso tudo numa mesa de bar — espantou-se Nataniel.

— Peraí, não vamos desviar o assunto. Está certo, a Samantha não se divertiu. Mas o Carlos Eduardo está pagando essa suruba por quê? — insistiu Adalberto.

— A Samantha não sabe, mas suspeita que a Maria Isabel — que ela duvida que tenha mesmo este nome — esteja apaixonada pelo doutor. E tem quase certeza que a dona é informante dele. Acha que a mulher está ajudando a procurar a bancária. Disse que o médico a contratou para dar uma surra de língua na fulana com a recomendação de que não comesse o cu, deixasse para ele. A Samantha chorava de ódio contando esta parte. Mortinha de ciúmes e as bichas em volta solidárias a ela — gargalhou Rodolfo. — Se ela pudesse, matava a mulher. Ou o Carlos Eduardo.

"Informante, como? Alguém da polícia, alguém do hospital? Como é que tem mulher que gosta de um calhorda desses? Vou acabar acreditando que o Eclésio tem razão e que o mulherio hoje em dia está todo louco. E eu pensava que Nadir fosse devassa!"

— Vocês têm alguma fotografia dessa mulher, a que se diz chamar Maria Isabel?

— Pois é, Natan, essa foi a única que a gente não fotografou — lastimou-se Eclésio.

— Não faz mal, vamos continuar seguindo o médico, que a gente acaba encontrando a mulher. Ela deve ter passado despercebida ao entrar no prédio do consultório dele, na sexta.

— Amanhã, eu ou o Eclésio temos de cobrir o consultório. O Adalberto não conhece a dita-cuja.

— Isso. Rodolfo segue o médico, Adalberto segue a Cláudia. Uma boa notícia é que tem uma pessoa que vai entrar com alguma grana nesta história, desde que a gente consiga pôr as mãos no Coutinho. É claro que eu sei que vocês não ligam para dinheiro — zomba Natan. — Mas se a gente fechar o cerco em torno dele, vai rolar um pequeno prêmio.

— Ele andou incomodando gente importante? — sonda Adalberto.

— Ele surrou, junto com uns matadores, um pai de santo lá na Pavuna e o cara é muito respeitado pelo pessoal da área. Tudo indica, é praticamente certo, que o Carlos Eduardo é quem encomendou o serviço.

— É fácil a gente pegar o Coutinho. Hoje mesmo. A gente espera acabar a reunião deles e segura o cara — sugere Rodolfo.

— Sob qual acusação? A advogada solta ele na hora — replica Eclésio.

— A menos que exista uma queixa, testemunha, gente influente pressionando, o escambau. É possível conseguir isso, Natan? — inquiriu Adalberto.

— Não sei. Você conhece alguém na 39ª, Eclésio?

— Conheço. O delegado, dois investigadores e um comissário. O delegado é filho do Gomes, você lembra dele?

— Lembro. Foi segurança do Natal. Morava em Madureira, há muitos anos. Que fim levou?

— Morreu de morte morrida, deixou duas viúvas, muito bem-arranjadas. O delegado é filho da oficial — informa Eclésio.

— Cara, o Eclésio merece um monumento! Sabe da vida de todo mundo, é um arquivo vivo — aplaude Adalberto.

— A gente faz o que pode — agradece o outro.

— Vamos pensar um pouco. Será, Eclésio, que se você for atrás do delegado, ele coloca alguém na cola do Coutinho? Coisa leve, para assustar apenas, trazê-lo até a delegacia, tomar depoimento, atrapalhar um pouco a rotina dele? — especula Nataniel.

— Acho tranquilo pedir isso. Precisa que alguém registre uma queixa, o pai de santo vai fazer isso?

— Vai. Eu providencio esta parte. Só tem uma coisa: o Coutinho tem de sair direto da reunião para a 39ª. E, de preferência, ficar lá até bem tarde.

— Pra que você quer segurar o homem tanto tempo assim? — estranha Adalberto.

— Para evitar que ele me localize. Fui eu que assinei o recibo da bagagem que a advogada falou ao telefone — confessou Natan.

— Porra! Então não adianta segurar o cara por umas horas, apenas. A gente tem que sumir com ele.

— Não adianta, Rodolfo. Com ele a gente até podia. Mas a advogada sabe o meu nome e o médico vai saber também. Sem contar que ela deve ter comunicado a alguém em Santa Madalena. Preciso ganhar tempo para tomar umas providências amanhã cedo.

— Você precisa é de segurança particular, senão esses caras te pegam — disse Eclésio, soturno. — Imagina, um bando que contrata X-9, matador, travesti e põe todo mundo para trabalhar, gastando um dinheirão, vai te pegar na maior facilidade, Natan.

— Eles só têm duas maneiras de me pegar. Em casa ou na delegacia. Hoje, se a gente segurar o Coutinho, eles não me pegam, inclusive porque não conhecem tanta gente na polícia. Se fosse o Eclésio, dava para ter medo da rapidez na localização. Meu próximo plantão é quinta, temos até lá para arranjar alguma coisa contra esse pessoal.

— É. Basta você ficar fora de casa até lá. Até teu próximo plantão. Ou então tirar férias — sugere Adalberto.

— Não estou gostando nem um pouco dessa situação, Natan. Afinal, o que eles querem com a bancária? Você disse que estava fazendo uma investigação por amizade, de repente está correndo risco de morte. Aquele cara da Vila da Penha não respeita ninguém. Ele te fecha direitinho.

— Sei, Eclésio. Você está coberto de razão, mas não tem mais jeito. Adalberto, eu preciso que você segure a barra aqui, para eu dar uma fugida com o Eclésio até o IML. Tem uma pessoa que eu devia encontrar amanhã, mas se o Coutinho vai saber meu nome hoje, é preferível antecipar o encontro. Rodolfo podia ir atrás do sujeito para mim. O nome dele é Mauro e mora no Leblon.

— Tudo bem, eu vou sem problemas, mas por que você não telefona e marca um local com ele? — estranha Rodolfo.

— Um pressentimento que me deu de repente. É possível que eles estejam seguindo esse meu amigo. Vou ligar e marcar o encontro, mas quero que você acompanhe o cara. Para ver se a barra está limpa.

Nataniel e Eclésio saíram da delegacia sabendo que corriam contra o tempo. A conversa com o Martins do IML fora providencial. Um cadáver de mulher desovado em Ramos, sem identificação. Mais um, coisa corriqueira, ajuste de contas, não teria chamado atenção se não fosse a precisão dos cortes. Trabalho de especialista, quem comandara a tortura sabia exatamente onde cortar para doer bastante, mas não acabar com a vida enquanto o serviço estivesse incompleto.

— Algum tarado por faca. O colega conheceu a fulana? Se quiser dar uma olhada para ver se é a que vocês estão procurando, às ordens. — Martins demonstrava a maior boa vontade, um anfitrião em seus domínios.

Nataniel dispensou o reconhecimento, que, aliás, não adiantava. Nunca vira Ivonete, calculava aparência e idade pela descrição feita por Nadir. Seria pedir demais que Martins enviasse as digitais para o Cláudio do Félix Pacheco? Ele estava informado do assunto. Não era pedir demais, mas só dava para fazer na segunda, domingo era um dia meio morto apesar dos defuntos não se convencerem disso, riu Martins da própria piada, Natan e Eclésio o acompanharam, educados. Telefonariam para o IML, no dia seguinte, depois das duas.

— Procurem pelo Paixão, amanhã à tarde eu não trabalho. Vou interessá-lo no caso. Por falar nisso, é coisa oficial ou é trabalho particular dos colegas a localização do cadáver? — perguntou curioso.

— Pode se tornar oficial, mas por enquanto é apenas uma suspeita que nós temos — atalhou Natan. — Agradecemos o seu empenho e precisando de alguma coisa na nossa área, por favor, nos procure.

Eclésio segurou o braço de Nataniel na calçada da Mem de Sá.

— Mais um pouco e o Martins te pediria dinheiro pela informação. A gente podia aproveitar que está aqui e conferir a birosca em que a Samantha descansa pra ver se alguma coisa é verdade na história de Rodolfo.

— Você está que nem o Adalberto? Ele ficou babando com as histórias do travesti — zombou Natan. — Nunca vi tanto tesão por homem.

— Deixa de ousadia comigo, safado. Você sabe que o meu negócio é outro. Mas sabe que tem homem que gosta mesmo? Uma vez, uns colegas do plantão — faz tempo isso, eu era bem mais moço — encheram um carro com travestis e levaram para a delegacia. Eu e um veado ficamos de fora da farra. Ele porque se recusava a trabalhar de graça. Eu porque fiquei com nojo. O resto caiu tudo dentro. — Eclésio riu da lembrança.

— Você tem uma certa razão. Não deixa de ser tesudo observar duas mulheres transando, e com travesti é quase a mesma coisa. Deve ter sido por isso que o Adalberto ficou excitado. Deixando a viadagem de lado, qual é mesmo o rolo em que você se meteu?

— Vamos entrar no teu carro que eu faço um resumo da confusão para você.

As mudanças de expressão de Eclésio teriam feito Nataniel rir, se a situação fosse outra. Espanto, divertimento, raiva, incredulidade. E o relato de Natan fora sucinto. Elissa, Mauro, Nadir, Roberto, Serena e Ivonete de um lado, Carlos Eduardo, o misterioso Ruy, Cláudia e Coutinho do outro.

"Cleide e Julieta são um capítulo à parte. Vou ter de contar também. Alguém precisava estar informado, para a hipótese, não muito remota, dos caras conseguirem colocar a mão em mim."

— Deixa eu ver se entendi. Você está investigando a quadrilha há mais de um mês, de graça? Colocando dinheiro do bolso? — Ante o aceno afirmativo de Natan, ele continuou: — Inacreditável. Precisei chegar à minha idade para assistir a um milagre. E você acha que o médico matou a Ivonete, contratou o Coutinho e mais uma turma e mandou surrar o pai de santo?

— Não é bem assim. Acho que ele matou a mulher pessoalmente e contratou o Coutinho. Não acredito que tenha um contato direto com o bando todo. O Coutinho deve ter armado o ataque ao terreiro.

— Isto é detalhe. O pai de santo registra a queixa, reconhece o Coutinho e o outro nas fotos que a gente vai fornecer para o delegado, e o caso se torna oficial. Não tem flagrante, você sabe que os caras não vão ficar presos. Dá para eles te pegarem do mesmo jeito.

— Você tem toda a razão, mas o movimento deles diminui, ficam com menos liberdade de ação, não é mesmo?

— A gente também. Você, por exemplo, está fora. A advogada, provavelmente, vai mudar de hotel, eles vão checar os telefones com medo de grampo...

— Vai ter mais gente seguindo eles, se o cadáver for da Ivonete, começa-se a investigar um homicídio. Tem coisas boas, também.

— Se esse cara matou a maluca com injeção — não se sabe ainda, não se tem o resultado da autópsia — e a irmã com faca, mandar matar você não vai ser o menor problema para ele.

— É verdade, mas eu não posso mudar isso. Eu gostaria que você acompanhasse a mulher de Roberto até a delegacia, Eclésio.

— Sem problemas, você sabe que estou nessa por causa da nossa amizade — Eclésio hesitou. — Olha, Natan, quem sou eu para te dar conselhos nesse terreno, mas será que uma mulher vale tanto? Vale você se expor dessa maneira?

— Vale mais do que isso. E não é só a mulher. Este médico aprontou tanto que pegá-lo virou uma questão de justiça.

— Questão de justiça?! Não fode, Natan. Tem um milhão de casos na polícia, eu mesmo posso fazer uma lista, injustiças não investigadas, mal-investigadas, deixadas para lá, e a gente não grampeia o telefone, não arma vigilância. Essa Nadir deve ser um espanto, cuidado que a Cleide descobre e aí é que você vai ver com quantos paus se faz uma canoa.

— Já descobriu, Eclésio. E contou para a Julieta. Desde ontem estou fora de casa.

— Você enlouqueceu! Deixou tua mulher e tua filha?!

— Só a mulher. A filha está comigo.

— Nataniel, você está numa sinuca de bico. Os caras podem vir em cima de você, tua filha junto complica a situação. Ela passa a correr risco também.

— Este é o outro favor que preciso te pedir. Eu me sentiria melhor, mais seguro, no caso de me acontecer alguma coisa, se Julieta pudesse contar com você.

— Claro que pode. Se você quiser, ela vai lá para casa, eu falo com a Rosário, explico a situação.

— Por enquanto, não precisa. Vou deixar os teus telefones com ela e combinar um esquema seguro. Se for o caso, ela liga.

Mauro tirou a manhã para andar no calçadão sozinho. Na véspera saíra com Clara e os primos, jantaram e dançaram, noite alegre, despreocupada, um pouco de bebida demais. A decisão de manter-se afastado de Elissa, o esforço de lembrar a todo momento as várias inconveniências daquele relacionamento o faziam apreciar a alegria e ausência de noção de perigo que a bebida proporcionava. A certa altura, percebeu que Marcelo flertava descaradamente com Clara, mas aquilo, ao invés de irritá-lo, atenuava seu sentimento de culpa.

"Quando eu chegar em casa, vou conversar com Clara sobre Elissa. Não vou contar que estive apaixonado, que fui para a cama com ela, isso não, vou dizer que estou ajudando uma paciente, perseguida de verdade, por um bando de salafrários que contrata matadores para surrar os outros.

"Gente sem caráter, incluindo o Carlos Eduardo, que teve o cinismo de ligar para minha casa e preocupar minha mulher com suas mentiras."

As confidências foram atrapalhadas pela entrega à bebida que fez com que ele voltasse para casa quase em câmera lenta, esforçando-se por manter os olhos abertos. Por isso, ao acordar decidira aproveitar o sol no calçadão. A mulher já levantara, mas recusara carinhosa o convite, alegando compromissos domésticos inadiáveis, coisas acumuladas pelo fato dela ter trabalhado sábado.

Voltava satisfeito de ter diminuído os efeitos da ressaca, quando na esquina de casa lembrou-se de comprar cigarros.

"Aproveito para tomar um chope. Um apenas. Depois chego em casa, tomo um banho frio, levo Clara para almoçar fora. Talvez fosse bom convidar minha mãe também. É uma oportunidade para as duas fazerem as pazes."

O botequim estava cheio, gente voltando da praia, fazendo hora para almoçar, como ele. Encostou no balcão para fazer o pedido e, esperando que a empada de siri fosse desenformada, experimentou um gole do chope gelado. Foi um gole apenas porque um recém-chegado esbarrou no seu ombro, fazendo Mauro derramar o resto da bebida na roupa e quase espatifando o copo.

— Desculpe, desculpe, foi sem querer. Manoel, outro chope aqui para o nosso amigo e um na pressão para mim. — O sujeito falava alto para o português do balcão, um quase bêbado, jovial e bem-vestido, no início de tarde de domingo. — Sou amigo de Natan e você está sendo seguido por um cara perigoso. Fique calmo e não dê bandeira.

Mauro olhou chocado para o outro, em dúvida quanto à autenticidade da identificação e da instrução murmurada.

— Chegaram nossos chopes, faço questão de brindar com você, o primeiro cara em quem eu dou um banho de cerveja. Juro, nunca me aconteceu isso. Podia ter te machucado.

— Você não acha que já bebeu bastante? — Mauro está alerta, sem saber até que ponto acreditar na aparente alegria etílica do outro.

— Que nada. Este é o segundo copo que esvazio hoje. Vi que você pediu empada, vem me ajudar a escolher um tira-gosto, para mostrar que não guardou rancor.

Mauro sentiu seu braço ser agarrado de forma galhofeira, porém firme, sob o olhar divertido da assistência, enquanto era levado para o outro lado do balcão, onde na vitrine eram exibidos petiscos diversos.

— Liga para o Natan que ele vai confirmar quem eu sou. É para você encontrar com ele às duas e está quase na hora. O meu nome é Rodolfo, pode perguntar a ele — murmurou o aparente bêbado, inteiramente sóbrio.

Os minutos seguintes passaram-se no ritmo acelerado que se tornara padrão em sua vida desde que conhecera Elissa. Rodolfo — era este mesmo o nome do colega de Natan, o detetive confirmou no telefone — puxou conversa com os que estavam próximos a Mauro, fomentando uma polêmica bem-humorada sobre futebol, tumultuando o ambiente o bastante para que ninguém prestasse atenção à ligação.

Nataniel foi seco e incisivo em suas instruções. O lado de lá descobrira o seu nome no recibo do hotel, tinha uma informante, provável que fosse alguém do hospital, e ele, Mauro, estava sendo acompanhado desde que saíra de casa para andar no calçadão. Talvez até antes. Eles precisavam se encontrar urgente, não avisasse a ninguém, Natan o esperaria num bar na Lapa, no mezanino, pudesse deixar por conta de Rodolfo o despistamento. Ele costumava ser bem competente no que fazia.

A conversa de Nataniel com Julieta foi difícil, não tanto quanto seria se ele não soubesse que esta era sua última chance de consertar os erros passados. Reconhecia-se como um homem mole demais com mulher, sempre procurando contornar divergências para não esbarrar com chantagem e choro. Não era mais hora disso, Nadir precisava dele, o pessoal que combatiam era perigoso demais, Julieta poderia ser atingida — seu maior medo — e, além de tudo, ele não queria morrer na ponta de uma faca como Ivonete, possivelmente, morrera.

A filha tinha ciúmes de Nadir. Envenenada, em parte, pelos comentários da mãe, mas ele suspeitava que sua resistência maior era o ciúme contra a amante que fazia o pai arriscar a vida.

— Você vai adorá-la, Juju. Ela é igualzinha a você. Amorosa, sempre sorrindo, sem maldade. Ela é que devia ser sua mãe, se eu tivesse sido menos besta 17 anos atrás.

— Você gosta mais dela do que de mim.

— Deixa de besteira, gosto diferente e não existe ninguém no mundo que eu goste mais do que de você. Presta atenção porque você vai ficar uns dias sem me ver e eu não posso cometer erros agora. Se você não fizer tudo direitinho, pode acabar contribuindo com os canalhas que querem destruir seu pai.

O argumento decisivo. Decisivo foi também não recuar frente às lágrimas, as mais difíceis de suportar que ele enfrentara na vida. Não procurar Cleide ou Luís. Os homens iriam à casa deles, talvez ao colégio, ela deveria ficar uns dias sem aparecer nos lugares habituais, Natan manteria contato, todos os dias, ela teria o número de um celular para ligar para ele, outro para ligar para o Eclésio. Numa emergência que ele acreditava não ocorreria.

— E a Nadir, você vai me dar o telefone dela também? — Ela questiona com seriedade, mas por um momento ele teme que exista ironia por trás da pergunta.

— Eu não tenho como entrar em contato com Nadir. Ela está tentando ajudar uma pessoa amiga, assim como eu, e está correndo risco de morte. Eu nem sei se vou tornar a vê-la.

— Mas você pode dar o meu telefone para ela, não pode? O telefone aqui do hotel. Deve haver alguma forma, senão vocês estariam perdidos um do outro para sempre.

"Perdidos um do outro para sempre. Engraçado minha filha me dizer isso. Eu e Nadir ficamos tanto tempo longe que eu nem pensei nessa possibilidade. É claro que eu posso mandar o telefone do hotel ou do celular que Eclésio me emprestou, mas é arriscado. Mandar junto com os documentos falsos pela Hora Certa para elas retirarem no aeroporto em Belo Horizonte. É um risco danado. E se alguém colocar as mãos em Nadir e Elissa? E se Julieta contar para Cleide?"

— Não acho que seja uma boa ideia você conhecer Nadir agora, filhinha. Juro que eu não acho.

— Então você deixa com ela pelo menos o número do celular do Eclésio, meu pai. Acho que isso pode ser importante.

— Vou pensar nisso. Você entendeu tudo direitinho? — Ele se prepara para sair, precisa chegar à Lapa antes de Mauro.

— Tudo, papai. Não entrar em contato com a família, os amigos, a escola, avisar o Eclésio se você não me ligar, raspar a conta-poupança se você sumir, e torrar o dinheiro com o rapaz mais bonito que eu encontrar pela frente. — Julieta o abraça sorrindo, encostando o rosto no dele. — Vai dar tudo certo, papai. Eu vou cuidar para que nada saia errado.

Natan chega às 13h58 no bar e faz o pedido enquanto espera Mauro. A manhã corrida demais começava a pesar sobre a noite maldormida. Àquela hora, Jurema já registrara queixa na delegacia com Eclésio e, se tudo corresse bem, Coutinho estaria sendo vigiado oficialmente. Qualquer falha no plano derrubaria um deles, e em consequência todos.

Mauro chegou às 14h25, de jogging, tênis e cara de poucos amigos. Levou alguns instantes para localizar Nataniel sentado numa mesa aos fundos do mezanino. Sentou-se zangado:

— Será que dá para você me explicar este quase sequestro, esta situação sem pé nem cabeça?

O detetive o olhou pensativo, avaliando se explicava o que estava acontecendo com calma ou perdia de vez a cabeça com alguém, sendo Mauro o melhor candidato, o mais à mão.

"Melhor ir devagar, qualquer besteira agora a gente se fode. Depois eu acerto o homem de gelo, e ele vai ver estrela ao meio-dia."

— Perfeitamente. Eu pedi a você que viesse aqui sem avisar ninguém porque o cerco está se fechando em torno da gente. Eles sabem o meu nome, estão seguindo você e, a qualquer momento, Nadir e Elissa podem ficar sem nenhum auxílio para enfrentar esses canalhas.

— Tudo bem, acho que fiquei irritado porque não estou acostumado a desconhecidos me abordarem fingindo-se de bêbados e me dando más notícias. Eu tinha tomado uma série de resoluções hoje pela manhã e esta interrupção me impediu de levá-las adiante. Nem avisei em casa que ia sair, minha mulher deve estar me esperando para almoçar.

— Console-se comigo, Mauro. Eu acabo de mandar para o espaço um casamento de mais de trinta anos — que aliás já foi tarde —, estou com minha filha morando em hotel, uma zona minha vida, mas, enfim, estar vivo é o que importa. Ah, tenho a intuição de que nós achamos o cadáver da Ivonete. Talvez dê para dar uma prensa nesse safado do Munhoz.

— Se ao menos Elissa lembrasse do que sabe sobre ele. E sobre o tio, o Ruy Mendes. Você podia levantar em Santa Madalena a ficha dele e a da Cláudia.

— É uma boa ideia. A da Cláudia está sendo levantada, vou providenciar a do patife, também. O importante, Mauro, é a gente encontrar algum sentido nessa história. Descobrir a relação entre o que Dido escreveu e o que Elissa não lembra.

— Não foi Dido quem escreveu, Natan. Foi Elissa, mas não é sem sentido. Ao contrário, a autobiografia da rainha Dido gira o tempo todo em torno de brigas entre irmãos, de destruição dentro da família. A vida de Elissa é isso também, em resumo. O tio que se apropria de tudo o que era do cunhado, destrói a própria irmã, persegue a sobrinha. Vai ver foi a forma que ela encontrou de elaborar o sofrimento.

— Não vamos discutir o sofrimento de Elissa, Mauro. O que eu quero dizer é que podem existir pistas no que ela escreveu.

— Tenho pensado nisso também. A pista, para mim, é o homem que vende segredos. O conselheiro. A hora em que ela encontrar esta pista, acho que a gente desvenda o mistério.

— O homem por quem a rainha é apaixonada? A Nadir me contou o caso.

— Não, Natan. Ela é apaixonada por um, o que ajuda na fuga, não é este de quem estou falando. É do outro, o que negocia segredos. Para mim a chave está nisso. Por falar nisso, onde estão Elissa e Nadir?

"Demorou para perguntar por ela. O que será que está acontecendo com esse cara?"

— Elas estão justamente atrás das pistas. Quando nós sairmos daqui vou despachar uns papéis para elas, pelo avião, para poderem tentar chegar perto do início da história. Queria te consultar sobre isso. Estou pensando em marcar um encontro, deixar um local onde elas possam chegar, na volta. Você tem alguma ideia?

— Um lugar público é menos arriscado. Mas acho que você pode mandar todos os telefones e endereços. Os meus, de casa, do consultório. O da minha mãe, também. Ela virou sócia dessa investigação, por mais que eu tenha tentado evitar. Por falar em minha mãe, duas coisas estão me inquietando. Uma, é o que você falou de informante. Outra, é o risco que você está correndo, tua filha morando em hotel, enfim, como é que é isso?

— Tem uma mulher que é de alguma forma ligada ao Munhoz, e tudo indica — se é que dá para acreditar no que diz um travesti ciumento — é informante dele neste caso. Uma coisa meio enrolada, sexo com violência, suruba, maior rolo.

— Você tem o nome dessa mulher?

— Ela usou o nome de Maria Isabel, mas deve ser falso. Ela tem pinta de mulher direita, segundo o meu colega.

— Foto?

— Não. Eles não conseguiram fotografá-la. — Natan pega o relatório da campana de sábado. — Cabelos quase louros, bem cuidada, mais para baixa, estava vestida de linho e seda, saia, blusa, blazer. Jeito de executiva, Eclésio diz que é direita, o que é meio contraditório por ela estar num sábado de manhã se reunindo com a Cláudia e um travesti num hotel ou dar para o Munhoz, na sexta, amarrada na mesa do consultório, mas quem é que entende as mulheres?

Mauro pede ao garçom — que acaba de renovar o chope de Nataniel — um uísque. Quando ele se afasta, pergunta despreocupado:

— Por acaso, você sabe a cor da roupa que a mulher estava vestindo?

— Por acaso eu sei. Rosa e cinza. Bem discreta.

"Não é possível. Deve ser paranoia minha. É só uma coincidência."

— Alguma coisa errada, Mauro? Você ficou vermelho de repente.

— Eu estava pensando em outra coisa. Você já reparou que nesta trama tem internações e suicídios demais?

— Só a de Elissa, não é?

— Não, senhor. A mulher que se suicidou em Santa Madalena, a que o marido internou por causa do laudo do Munhoz. Antes dela, a mãe de Elissa. A própria Elissa. A amiga bancária, a que estava grávida. Sempre hospital psiquiátrico ou morte por suicídio.

— Quem contraria os interesses vai para o inferno, que é o hospício? Existe um demônio que arrasta as pessoas para o inferno?

— Eu não tinha pensado nisso, quando falei. Gente que leva os outros à morte antes do prazo. Eu não diria que existe um demônio fazendo isso. — Mauro hesita antes de continuar. — É verdade que hospital psiquiátrico é, realmente, uma coisa difícil de aguentar. Interessante, você comparar o hospital com o inferno, Natan. Um pouco de exagero, talvez.

— Pelo menos dois demônios a gente identificou. O Carlos Eduardo e o Ruy. Quanto ao exagero, eu preferiria qualquer coisa na vida a ser trancado à força num lugar fora da realidade. Não acredito nisso de morrer fora do prazo. Só peru morre de véspera.

— Quando a gente vai ter certeza de que o cadáver é o da Ivonete?

— Amanhã à tarde. Eu vou despachar os documentos hoje e o dinheiro para Elissa e Nadir amanhã; a partir disso, vou ter que assumir a investigação e torcer para que os caras não me peguem. Não dá para apressar a resposta da autópsia de Serena?

— Acho que dá. Com o cadáver da irmã no meio, o legista vai concordar que é urgente. Me explica uma coisa: quem viu a mulher que você descreveu? Qual dos teus colegas?

— O Rodolfo e o Eclésio. Por quê?

— Uma ideia que me ocorreu, depois te conto. Qual é a desse Rodolfo?

Ele teve de esperar que Natan atendesse ao celular que estava em cima da mesa. Ficou beliscando o tira-gosto pedido pelo detetive e bebericando o uísque, enquanto aguardava o fim do telefonema.

— Era o próprio. Segurou o cara que te seguia. Diz que, na hora em que você entrou no táxi, o sujeito tentou pegar outro e ele se apresentou como polícia. Revistou o cara, achou arma, walkie-talkie e uns papelotes de cocaína. O cara está lá na 14ª DP. De molho. É um sacana, o Rodolfo.

— Como é que ele conseguiu prender o cara? Acusou de estar me seguindo?

— Imagina se o Rodolfo ia fazer uma bobagem dessas. Flagrante de tóxicos.

— Porra, o cara vem atrás de mim com droga no bolso?! É burrice isso.

— É óbvio que eles não fariam uma bobagem dessas. O Rodolfo "plantou" a droga. Ele cansa de fazer isso, quando cisma com alguém. Coloca a droga, leva para a delegacia e espera para ver no que dá.

— Então ele tem sempre cocaína no bolso.

— Muitas vezes. Ele gosta de consumir. E o irmão é "avião". Eu até botei a mão no irmão dele, uma vez em que ele foi se abastecer num morro da minha área, mas relaxei o flagrante a pedido do Rodolfo. Ele faz isso com os otários, para vender ocorrência. Dá uma boa grana.

— Quer dizer que o Rodolfo é corrupto?

— Corrupção, hoje em dia, é uma questão de grau. Todo mundo leva algum. Sempre foi assim. O apelido do Rodolfo é "me corrompe". Ele gosta do jogo.

— Sei. Mas você não confia nele, confia?

— Depende para quê. Não confio minha filha ou a Nadir a ele. Confio você, por exemplo. E ele dá conta.

— Se você tivesse uma suspeita de quem é a informante e colocasse o Rodolfo para ir atrás e confirmar, o que ele faria? Com a mulher?

— Dava umas porradas — comia primeiro — e a obrigava a entregar o jogo. Talvez nem desse porrada.

Ele faz sucesso com as mulheres. Por que você está interessado nos métodos do Rodolfo?

— Por nada. Uma ideia que eu tive, mas não é possível, deve ser delírio meu.

— Você não me parece homem que delira, mas é bom tomar cuidado. Eu já vi mais de um se tornar defunto por não confiar em intuição. Se você desconfia de alguém, é bom tomar cuidado. Este Munhoz não é de brincadeira.

— Pode deixar comigo. Vou tomar todo o cuidado. Dá para você pedir ao Rodolfo para encontrar comigo amanhã no IML?

— Dá. Eu posso pedir a ele para conferir a identificação da Ivonete.

— Acho que posso ir até lá entre três e quatro horas para conversar com o legista. Aí, eu checo minha suspeita com o Rodolfo.

— Deixa eu ligar logo para ele para marcar um horário certo. Em relação a minha filha, a questão é simples por um lado e complicadíssima por outro. A menina tem a mãe errada e eu resolvi consertar isso numa hora em que não estou podendo dar assistência.

— Se você quiser, eu posso pedir a d. Déa para sua filha ficar na casa dela. Se isso te deixar mais tranquilo. Minha mãe vai gostar de companhia.

"Seria ótimo para Julieta. Este Mauro é muito engraçado. Todo reservado em relação a Elissa e a maior abertura para ajudar os outros, aos que ele não conhece. Quem será a mulher de que ele suspeita?"

Nataniel confere com Rodolfo o horário do encontro com Mauro na segunda à tarde. Dava para uma passada rápida, rapidíssima, ele estaria em dupla com Adalberto, atrás da advogada, não podiam deixá-la a descoberto. Entre três e meia e quatro horas. Tempo de sobra para checar as informações que pintassem. Um aviso gratuito, por amizade a Natan: o médico parecia meio sem malícia. A suposta Maria Isabel podia ser direita para o bobão do Eclésio, que acredita em mulher. Para Rodolfo, não passava de uma piranha tarada. E perigosa.

Clara estava furiosa quando Mauro chegou em casa. "Saiu às onze para tomar sol e desanuviar a mente e voltava às sete, cheirando a uísque e cerveja?" Ele não respondeu à ira da mulher. Trancou-se primeiro no banheiro e deixou que o chuveiro quente, fervendo, lavasse o cheiro de bebida e a irritação que ameaçava tomar conta dele. Quando entrou na sala, a mulher falava ao telefone e despediu-se rápida, para retomar o ataque contra a desconsideração que ele, pela primeira vez em dez anos, estava demonstrando. Poderia ter tentado acalmá-la, mas aí teria de contar pelo menos parte da verdade. O encontro com Rodolfo, a reunião com Natan — porque aquilo não era um simples bate-papo, era uma reunião de campanha —, o envolvimento cada vez maior de Déa com a entrega de Julieta aos seus cuidados, a suspeita.

Natan saiu do plantão com Adalberto, era cedo demais para procurar Guimarães, acabaram os dois indo tomar café num barzinho perto da casa de Munhoz, para fazer hora. As notícias da 39ª eram boas, Coutinho tentara botar banca para cima do delegado, que acabara por perder a paciência e deixara o alcaguete a noite toda no xadrez, sem direito a telefonar para advogado. "Melhor do que a encomenda", rira Eclésio, ao dar a informação para Natan. Ele soubera pelo amigo comissário que, no final do plantão, o delegado indiciara Coutinho como suspeito, convocando-o para acareação com Roberto na quinta-feira seguinte. Paulino seria convidado a comparecer à delegacia na mesma data. Era o que dava para fazer por hora. Coutinho e o matador seriam acompanhados, discretamente, por duas equipes da delegacia. O bicheiro filho de santo de Roberto prometera um prêmio aos policiais que conseguissem neutralizar os rapazes, e estavam todos ansiosos para ajudar. "O que Natan achava da eficiência da nossa polícia?", debochara Eclésio.

Natan achava o máximo a eficiência deles, e a capacidade de articular aliados demonstrada, mais uma vez, por Eclésio. Este foi o motivo que o levou — quando finalmente conseguiu descontar os cheques com Guimarães — a tirar um terço do dinheiro de Elissa e distribuir pelos três. Mil para cada um, era pouco pelo serviço que estavam prestando à investigação, mas era muito mais do que eles esperavam ganhar. Na verdade, ele estava cobrando todos os favores que Adalberto, Eclésio e Rodolfo lhe deviam, de uma vez só.

XX

Elissa e Nadir pegam um táxi na saída do aeroporto. Amassadas da viagem, quase 24 horas de baldeações entre Macaé e Santa Madalena, esperando horários de ônibus em rodoviárias de cidades pequenas, para se aproximarem do "covil da fera", como Nadir dizia, com um mínimo de risco. Na última parada de ônibus, já na manhã de segunda-feira, tomaram um banho rápido, trocaram de roupa, dando um reforço na maquiagem para disfarçar as olheiras de Elissa e o cansaço de Nadir. No banco traseiro do carro, abriram o envelope enviado no dia anterior por Natan, acabado de retirar por Nadir no balcão da companhia aérea. Um papel dobrado trazia escrito o nome de Nadir em letras grandes. Elissa passou para a enfermeira, enquanto examinava a identidade e a carteira profissional que lhe cabiam e as transferia para a bolsa.

— Más notícias? — Ela estende o envelope para Nadir, enquanto perscruta o rosto tenso da amiga.

— Eu diria que preocupantes. — Ela guarda na bolsa o bilhete de Natan e os documentos falsos depois de conferir brevemente o seu novo nome. Ana dos Anjos.

— Aqui está bom? — O motorista estaciona na esquina da avenida Central. — Eu posso dar a volta e deixar vocês na porta da Caixa.

— Está ótimo. É só um pedacinho, a gente vai a pé mesmo. Estamos com pressa.

Receber a ordem de pagamento que Nataniel mandara em nome de Ana dos Anjos não ocupou mais de meia hora.

— E agora, vamos direto, almoçamos primeiro, fazemos o quê? — questiona Nadir.

— Você reparou como eu acertei quando disse que a Caixa era pertinho? De repente a gente está numa área que eu conheço bem, mas não me lembro. Acho melhor não almoçarmos por aqui. Pegamos outro táxi e damos uma volta pelo bairro onde fica o apartamento. Vamos nos certificar de como funciona a portaria.

— Fazer um reconhecimento do terreno?

— Isso. Precisamos dar uma olhada no edifício para sentirmos como entrar, inclusive. — Elissa acena para um táxi que passa vazio e as duas entram.

"De fevereiro para cá, ela já mudou tanto. Está mais segura, mais confiante. Então esta é a cidade onde ela viveu nos últimos dez anos. Próspera, limpa, carros importados no centro, talvez favelas escondidas na periferia. Um dia, Elissa saiu daqui de carro, avião ou ônibus, foi com a amiga até Rio Vermelho e descobriu alguma coisa que desencadeou essa história toda."

— Santa Teresinha começa aqui — informou o motorista de táxi, voltando-se para as duas silenciosas passageiras, no banco de trás. — Qual é a rua que vocês estão procurando?

— Major Otoni, o senhor conhece? — perguntou Nadir.

— Não, mas não deve ser difícil de achar. O bairro é dividido por uma rua enladeirada que se chama Roseiral do Peixoto. Quase como se fosse o bairro baixo e o bairro alto, esta rua deve ficar...

— O senhor sobe a Roseiral do Peixoto direto, por favor. — Elissa interrompeu o motorista, para espanto de Nadir.

O motorista contornou uma praça e começou a subir a rua que era de uma inclinação suave, com casas antigas, algumas mostrando canteiros de rosas mariquinhas. No ponto mais alto da rua, Elissa pediu que estacionasse o táxi em frente a uma casa pintada de rosa vivo, com grandes janelas envidraçadas e emolduradas de branco, e um jardim exuberante na frente, onde rosas de todas as cores eram as vedetes principais.

— Luxúria, prazer, alegria — murmurou Elissa para si mesma. — Nadir, vamos entrar nesta casa, um instantinho — ela disse e foi saindo do carro, mal esperando que Nadir saltasse.

Do lado da porta, uma placa dourada trazia gravado CHEZ VALENTIN, e em letras menores: AQUI A BELEZA É AMADA. Elissa entrou como se não enxergasse Nadir mais atrás, acompanhando-a apressada, depois de pagar o táxi.

O salão era rosa e dourado, rosa antes de tudo, bancadas, guarda-pós das atendentes, potes de creme, poltronas, dourados tapetes e iluminação, dando um ar de filme americano mudo, de sheiks e desertos, àquela casa de beleza.

— Minha rainha, finalmente! Quem é vivo sempre aparece! — O cumprimento gritado partia de um homem magro de blusa rosa aberta no peito musculoso e peludo, com calças douradas colantes e cabelos tingidos de louro, quase branco, que do alto de um jirau comandava o salão. Ele desceu a escada circular e estendeu as mãos para Elissa.

— Olha o estado desse cabelo! Horrível. E as unhas então, parecem que não são lixadas há meses! — Sem cerimônia, ele se ajoelhou e examinou as pernas de Elissa. — Pernas depiladas a gilete, argh! E quem é essa senhora tão simpática? — perguntou, como atentasse subitamente para a presença de Nadir.

— Uma amiga. Uma grande amiga. Quase uma irmã — respondeu Elissa, sorrindo.

— Uma antiga conhecida! Quem sabe, companhia de outras vidas. — Ele abraça Nadir. — Muito prazer, meu nome é Cássio, mas todos me conhecem como Valentin e sou um escravo de Elissa, hoje e sempre. — Cássio abaixa a voz e confidencia para Nadir. — Eu estava ficando preocupado, sem saber se ela tinha conseguido conquistar o dragão ou se alguma coisa ruim tinha acontecido antes. Mas vamos deixar de conversa fiada. Minha rainha está um bucho! Tratamento completo para vocês, depois quero saber de todas as fofocas.

"Amigo ou inimigo? Ele vai nos separar; durante pelo menos duas horas nós não poderemos conversar a sós, mas Elissa parece tranquila, como se confiasse inteiramente nele. Vou ficar de olho nessa bicha, aqui de baixo posso observar se ele pega o telefone, liga para alguém, avisa, quem sabe nós entramos direto na armadilha. É capaz de ser bobagem minha, ele parece um bom sujeito e pelo visto conhece um bocado da história."

Elissa cortara o cabelo bem curto, do jeito que na infância de Nadir chamavam de "Joãozinho", e o tingira de louro, do mesmo tom do de Cássio, e a diferença operada na fisionomia dela era espantosa.

— Quase uma outra pessoa. Parece até que você está fugindo de alguém — maliciou o dono do salão, quando as duas subiram ao jirau depois de uma longa cerimônia dedicada à beleza, que durara exatamente o previsto por Nadir. Duas horas.

— Ou, quem sabe, tentando conquistar alguém — zombou Elissa, com suavidade.

— Meu Deus! Como ela voltou segura de si, apesar de maltratada e feiosa. Quer dizer que o robe finalmente encontrou seu dono?

— Mais ou menos. Ele ainda não experimentou.

— Não experimentou o robe apenas, eu espero. Apesar de que fico até ofendido com esta notícia, porque tem tanto tempo que eu te vendi o robe e o lenço. Uns três meses, pelo menos. Foi depois que eu voltei de Nova York e antes de você partir para Rio Vermelho, com aquela sirigaita pejada. Tempo demais para vestir um homem.

"Minha mãe Iansã! Ele sabe um bocado da história! E Elissa está dando conta do recado direitinho, dando corda, sem demonstrar o quanto ela não sabe."

— É que, dessa vez, eu mesma quero vesti-lo. Sem erros, sem protelações.

— Assim é que se fala, garota. Me conta tudo, quero saber os detalhes. Os mínimos.

— Depois. Agora eu preciso que você me ajude a voltar ao meu apartamento. Quero pegar um negócio que está lá, discretamente, sem que ninguém saiba que estou de volta.

— A senhora está vendo como ela é tirânica? Por isso é que eu só trato essa mulher por "minha rainha". Tenho certeza de que, em outra encarnação, fui escrava dessa madame — reclamou Cássio para Nadir. — Qual é o problema de você entrar no apartamento? Lá não tem porteiro mesmo. Mete a chave e entra. O aluguel está pago até agosto. Fiz do jeitinho que você mandou. Depositei na conta do proprietário. O recibo deve estar no meio dessa bagunça. — Ele aponta para a mesa de tampo de vidro, onde papéis, em perfeita ordem, convivem com pastas douradas e rosas, simetricamente arrumadas.

— Onde é que eu consigo um copo d'água? De repente, me deu sede.

— Minha senhora, mil desculpas! Que falta de hospitalidade a minha. — Ele interfona e pede que tragam água, café e umas "bobagenzinhas" para suas visitas. — Que coisa, tenho a impressão de que não ouvi direito o seu nome.

— Ana. Meu nome é Ana. E não precisa me chamar de senhora — informa Nadir.

— Perfeito. Você é talhada para esse nome. Ana. Simples, claro e forte. Há nomes que são assim. Muito bem, chegou a sua água. — Ele faz sinal com a mão para o rapaz moreno e bonito que, vestido com um guarda-pó branco, traz a bandeja. — Deixa aí que eu mesmo sirvo as minhas amigas. — Acompanha com o olhar o rapaz descer a escada. — Esse pessoal muito jovem é um problema. Espero que o café esteja bom. Às vezes, ele faz fraco; outras, forte demais, não aprendeu ainda a mão certa.

— É assim mesmo, é uma questão de experiência. Aos poucos, ele aprende — consola Nadir.

— A fazer café?

— Tudo, eu acho. Ninguém nasce sabendo. Este está quase perfeito.

— Elissa, essa sua amiga é uma sábia. Que diferença da outra.

— Coitada da Helena. Você é muito severo com ela. Deixa os mortos descansarem em paz — diz Elissa.

— Severo? Que é isso?! Uma infeliz que aborta uma gravidez de quatro meses, um pecado monstruoso, e ainda por cima se mata depois! Você não lembra que me contou o quanto ela te assustou aparecendo sem barriga, de repente, no hotel, de madrugada, em Rio Vermelho? Isto depois dela ter sumido durante horas, e você procurando feito uma doida, de carro, sozinha, no tal rancho mal-assombrado na beira da represa? Você chegou arrasada da viagem com ela. Deixa de ser boba, menina.

— Você mesmo disse, uma infeliz. Deixa ela descansar em paz.

— Infeliz, não. Irresponsável. Engravidar pra quê? Que ela tivesse os casos dela, mas filho, aborto, suicídio, e ainda mais colocar a minha rainha para suportar as consequências? Não perdoo.

"Eu preciso falar com Mauro. Escutar a voz dele, nem que seja ao telefone. Escutar a maneira controlada dele falar, provocá-lo um pouco, o suficiente para ele rir de novo e me dar coragem — a voz, o controle, o riso — para eu continuar a busca, a vitória final."

— Eu não suportei as consequências, ela foi quem morreu.

— É? E quem teve que pedir demissão do banco, sair da própria casa, correr atrás de um inimigo invisível, tudo por causa de uma idiota que gostava de aceitar o macho junto com o perigo?

— Desculpe eu dar palpite, mas ponderar não ofende — interveio Nadir. — Você mesmo acabou de falar em um inimigo, a culpa não foi só de Helena. E Elissa podia ter deixado para lá, não ter ido atrás de ninguém.

Cássio/Valentin ri, de pé, com as mãos nas cadeiras, e, por um momento, ele é uma perfeita e sensual mistura de homem e mulher.

— Como deixar pra lá? Eu me lembro perfeitamente da manhã em que ela chegou aqui, dia 2 de fevereiro, se queixando de que há noites tinha o mesmo sonho, com o homem enterrando o segredo do crime e da riqueza na beira do rio. Neste dia, eu falei para ela que deve ter sido na beira da represa — todo mundo sabe que, em Rio Vermelho, a água foi toda represada — e ela estava desesperada porque vinha o sonho e ela acordava, ficava escrevendo uma história estranha, estava com medo de procurar a polícia, acharem que ela estava louca, porque ela suspeitava que o Ruy — o do cheque que foi compensado pela Helena — era o irmão da mãe dela. Se ela não fosse atrás do inimigo, ele acabava vindo atrás dela. Líquido e certo.

"Achamos o fio da meada. Impressionante como Elissa, mesmo exposta ao maior perigo, consegue, ao mesmo tempo, encontrar aliados fiéis. É muito azar e muita sorte, juntos."

— Eu preciso ir até o apartamento agora.

Elissa se levanta e começa a recolher as coisas, Cássio a interrompe.

— Calma, eu vou levar vocês. Se vocês chegarem ao edifício de mala e cuia, vão reparar logo.

— Eu gostaria de mudar um pouco o visual, se fosse possível fazer isso rapidamente — pediu Elissa.

— Mudar mais? — espantou-se Cássio. — Talvez a roupa. O ideal mesmo seria colocar lentes. Eu tenho umas importadas, gloriosas. Que tal passar uma semana de olhos azuis?

— Eu adoraria.

Cássio começa a abrir armários e a escolher peças, experimentando em frente ao corpo, como se ele fosse vesti-las, e não Elissa.

— Pronto. Esta calça mais esta blusa vão te remoçar uns dez anos, não que você esteja velha, mas vão fazer você parecer outra pessoa. Deixa eu achar as lentes. — Ele remexe numa gaveta e tira uma caixinha lacrada. — Aqui. Importadas, descartáveis, dá até para dormir com elas. Daqui a uma semana, você tira e joga fora. Anda, perua. Vá se trocar, enquanto eu fecho o salão. E você, Ana, me aguarde que eu já volto.

Eles estavam há uma hora e meia esperando na esquina no carro de Cássio. O carro era discreto como o homem que o dirigia, em tudo diferente do ser andrógino em atividade no Chez Valentin. Um quase quarentão elegante, camisa social creme, calça de linho verde-escuro, mocassins de couro preto. Em comum, só os cabelos muito claros, como os da mocinha magra, de olhos azuis, maquiagem carregada e visual punk, que entrara no prédio onde Elissa alugava o apartamento.

"Os homens, mesmo quando viados, gostam de quem aprecia suas histórias. E este é muito interessante. Pena a bichice, mas deve ter suas razões."

— Sabe de uma coisa, Ana? Homem gosta mesmo é de homem, mulher é vício — continuou Cássio, como se ouvisse o pensamento de Nadir. — Não tem um que eu bote o meu desejo em cima, que eu não leve para a cama. É porque sou monogâmico por natureza e ando meio enrabichado pelo rapaz que serve café lá no salão, porque tem o marido de uma cliente minha, o maior machão, você precisa ver, que se eu desse um tantinho assim de confiança — ele mostra a ponta bem cuidada do dedo anular — ele caía dentro. A regra para identificar quem é que dá para levar para a cama é a seguinte: tem homem que não parece viado e é, mas todos os que parecem são.

"Pombajira de primeira deve acompanhar este cara. Como a minha. O mesmo sentido de alerta para coisas de cama, a mesma confiança no próprio taco."

— E você tenta passar a sua sabedoria sobre a espécie masculina para sua amiga Elissa?

— Tento, mas ela é séria demais. Preocupada com a vida, sabe como? Quando conheci Elissa, ela estava terminando a faculdade aqui em Santa Madalena. Eu estava procurando alguém que me ensinasse alguma coisa de informática e a contratei. A preço de banana, reconheço, mas também cuidei bastante dela e olha que nunca consegui aprender a lidar com a maldita máquina. Elissa me deu sorte, não me ensinou computação, mas deu ótimas ideias para administrar dinheiro. Ela tem uma cabeça de primeira para construir coisas. Quando comecei o salão, eu era de mil e uma utilidades, cortava, pintava, maquiava, fazia a beleza das mulheres. Muito do que tenho hoje devo à orientação e aos conselhos de Elissa.

— Há quantos anos vocês se conhecem?

— Seis, quase sete. Nesta vida, porque eu tenho certeza de que nos conhecemos de muito tempo. Em outra encarnação, devo ter sido mulher e vivido na corte de Elissa. Porque ela é uma rainha, você não acha?

— Pode ter sido, um dia. Mas hoje a situação dela é meio preocupante — arriscou Nadir, sem saber exatamente até que ponto levar a conversa. — Essa coisa de tio, de inimigo, sei lá.

— Vamos ver. Eu tenho muita confiança em Elissa. Ela é do tipo que cai, levanta, cai, levanta de novo. E o dragão, que tal?

"Pronto. Ele rodeou, rodeou, acabou chegando ao ponto em que eu não tenho mais escapatória."

— Não sei por que este apelido. Dragão. De onde vocês tiraram isso? — disfarçou Nadir.

— Uma brincadeira nossa. Sempre que Elissa passava um tempo saindo com alguém e não dava certo, ela dizia que não fazia mal, porque o Dragão estava esperando por ela. Um dia, no último Natal, fui para Nova York e achei o robe chinês com desenhos de dragão e o lenço parecido. Eu vendo umas coisinhas que trago de viagem, essas duas trouxe separadas para Elissa. Rimos tanto por causa desse robe. Apostando que agora ia, ela estava perto de encontrar o bicho.

— Ela está saindo, Cássio. — Nadir aponta para a porta do prédio.

Ele insistira em acompanhá-las até Rio Vermelho. Dois voos diários ligavam a cidade a Santa Madalena, "por que não viajar no dia seguinte, cedo?", sugeriu Cássio, oferecendo, inclusive, a própria casa para hospedá-las. Elissa aceitaria o convite se eles não conseguissem chegar a tempo ao aeroporto, sua preferência era por viajar e achar o que procurava naquela mesma noite. "É para já", acedeu Cássio, manobrando o carro. No aeroporto ele tentou comprar três passagens com cartão de crédito, mas Elissa não permitiu. "À vista, eu pago", disse, estendendo o dinheiro. Ela deixou que ele passasse na frente para o *check-in* e pediu que comprasse um analgésico para dor de cabeça na farmácia enquanto elas faziam os delas. Menos chances dele descobrir que as duas estavam usando documentos falsos.

— Você confia ou não confia nesse rapaz? — perguntou Nadir em voz baixa, enquanto ele se afastava para cumprir o mandado.

— Inteiramente, apesar de não me lembrar de quase nada do período em que convivi com ele. Lembrei da casa rosada assim que a vi, mas dele não. Quando fecho os olhos e tento forçar a memória a me trazer alguma imagem do que ele conta, a única coisa que vem é uma noite escura e Dido, a irmã — suponho que seja a irmã, Ana — e uma escrava, desenterrando um cofre. Não é loucura?

— O que é loucura? — perguntou Cássio, chegando silencioso por trás delas.

— A gente pegar o voo das nove da noite para Rio Vermelho e depois alugar um carro para a Terra da Mãe de Deus, hoje ainda — informou Elissa, encaminhando-se para o embarque.

— Mas que tirana! Ela vai decidindo tudo e comunicando à gente depois, pode uma coisa dessas? — perguntou ele bem-humorado a Nadir.

— Você já devia estar acostumado com o mandonismo desta moça, depois de tanto tempo — respondeu Nadir no mesmo tom. — Alguém podia me explicar o que é Terra da Mãe de Deus?

Ela obteve resposta para sua pergunta após a decolagem do avião de 48 lugares e o letreiro de proibição de fumar ter-se apagado. Cássio sentou-se ao seu lado, na poltrona do corredor, depois de acomodar a bagagem das duas e ter, com cavalheirismo, insistido para que Nadir ocupasse a janela.

— Terra da Mãe de Deus é uma cidadezinha perto de Rio Vermelho, onde Elissa costumava passar férias em pequena. Você sabia que o pai dela tinha uma fazenda de gado por lá? — Ante o aceno negativo de Nadir, ele continuou: — Pois é, tinha. Elissa nasceu a uns duzentos quilômetros da divisa do estado, em Dourados, e a família costumava passar períodos nessa fazenda, uma região linda que ela não visitava há 25 anos. Desde que a mãe foi internada. Um dia, Helena pediu que Elissa tirasse uma semana de licença no banco para acompanhá-la até Rio Vermelho. Na primeira noite ela sumiu do hotel, Elissa pegou o carro e foi atrás dela seguindo indicações meio vagas de um rancho milionário que o amante de Helena teria à beira da represa. O rancho era a ex-fazenda do pai de Elissa. Ela não via o lugar há mais de vinte anos, mas reconheceu na hora. Apesar de não existir mais o rio onde ela nadava em pequena e do lugar estar bem diferente. Assim ela me contou.

— É para lá que nós vamos agora?

— Não tenho a menor ideia. A rainha não teve a bondade de passar as instruções. Espero que o que quer que seja não nos impeça de voltar amanhã às sete, afinal eu preciso trabalhar e estou viajando com a roupa do corpo. Nem avisei ao menino da viagem. Ele vai morrer de ciúmes.

Chovia, uma garoa fina, quando pegaram a estrada. O carro foi alugado em nome de Cássio, no aeroporto de Rio Vermelho, mas quem dirigia era Elissa, da maneira silenciosa e concentrada com que os que não têm atração pelo volante costumam dirigir. Chegaram ao centro da cidade às 23h45. Elissa seguiu pela rua principal e hesitou ao avistar a igreja.

— Contornar à esquerda — murmurou para si mesma.

O caminho escolhido levava a uma estrada secundária, asfaltada nos primeiros quilômetros. Casas rareavam, afastadas umas das outras por extensos gramados, quase sítios. O asfalto contornava parte da represa e terminava num entroncamento em forma de T. Nadir cochilava no banco de trás e Cássio assobiava baixinho, acompanhando as músicas tocadas no rádio. Elissa parou o carro e acendeu um cigarro.

"Avanço pelo tato, pelo faro, como um bicho. Por que não gosto de dirigir e, no entanto, sei conduzir o carro por caminhos que são familiares, apesar de desconhecidos? Quem são as mulheres que me acompanham? Uma enfermeira que em fevereiro eu não conhecia e, hoje, final de abril, é íntima como uma irmã. A outra que, por azar, nasceu homem, também me segue sem perguntas. Independentemente das consequências que nos aguardam."

— E agora, Elissa? Vamos por onde? — perguntou Cássio.

— Pelo chão de terra, acho. Deixa eu conferir uma coisa. Pega minha bolsa aí atrás, por favor, Cássio.

Ela remexe na bolsa e pega uma das conquistas da busca no apartamento. Um tubo pequeno, de perfume, dentro do qual fora guardado um rolo de papel diminuto, preenchido de um lado com um mapa e do outro com símbolos.

— Pelo chão de terra. Direto até "Traição".

— Nossa! Que nome é esse? — perguntou Nadir despertada pelo espanto.

— O nome da fazenda de meu pai — respondeu Elissa, ligando de novo o carro e pegando a encruzilhada pelo caminho do meio. — Não se chama mais assim. "Vitória" é como o atual proprietário a batizou. Não é mais uma fazenda, é um rancho. Piscinas, sauna, haras, um refúgio de luxo. Nada de fogão de lenha, cavalo pangaré, banhos de rio, mercurocromo nos machucados. No lugar disso, um ambulatório para as visitas.

— Equipado para abortos, você quer dizer? — Cássio voltou-se para Elissa e, de perfil no escuro, existia uma certa semelhança entre eles, por causa dos cabelos quase brancos. — A Helena deve ter abortado aqui, é o que você suspeita?

— É o mais provável. Vejam, daqui dá para a gente observar a sede, lá em cima, no morrote. — Ela desviou o carro e estacionou. — Acabou o conforto, daqui para diante nós vamos a pé.

— Vocês vão, eu fico — contestou Nadir. — Andar no meio do mato de sandália e vestido não é minha ideia de passeio preferido. Ainda mais no escuro.

— Você não pode ficar aqui sozinha. Eu peguei uma lanterna no apartamento e o lugar não fica longe. Quando voltarmos, te dou de presente uma sandália nova. Anda, não seja teimosa — comandou Elissa.

A casa branca e comprida estava lá, num descampado, vinte ou trinta minutos andando numa trilha pelo mato, mas para Nadir pareciam horas, em terreno de assombrados, o pavor acumulando por dentro, à espera de, a qualquer momento, ouvir um tiro ou, no mínimo, o grito para que parassem e explicassem o que faziam na propriedade alheia. Noite de chuva, sem estrelas, Nadir sente frio com a roupa inadequada, as sandálias estão perdidas, Elissa segue na frente, os cabelos dela e de Cássio são manchas brancas na escuridão, de vez em quando ela liga a lanterna como para se localizar no caminho de suas lembranças precárias.

No descampado, eles eram alvos perfeitos para qualquer um que surgisse, Elissa devia saber disso, mas aparentava tranquilidade quando se ajoelhou no chão molhado e iluminou novamente o pequeno retângulo de papel. Silenciosa, caminhou para a direita, se afastando da casa. Seguida pelos companheiros, caminharam tanto que a casa ficou pequena e distante, observada a partir da grande árvore, centenária gameleira, sufocada dentro dela outra árvore, abraçada por seu tronco. Da gameleira, a casa era enxergada pequena, construção de imagem difusa e sem época. Elissa foi rodeando a árvore como que tentando reconhecer algum sinal do que buscava. Novamente se ajoelhou, dessa vez fazendo um gesto para Cássio, que carregava, desde o carro, uma pequena pá de jardinagem, mais um dos objetos recolhidos por Elissa no apartamento. Seu butim de guerra. O primeiro, desde que começara seu percurso pelas trevas do esquecimento, em fevereiro, mês dos mortos.

A chuva ajudava, com o tempo seco jamais conseguiriam cavar rápido. Quando Elissa se cansava, Cássio a substituía, o tempo passando e o sentimento de urgência sufocando Nadir, até que o barulho da pá, encontrando uma superfície sólida, os assustou. Elissa precipitou-se com as mãos, "adeus às belas unhas tratadas com tanto esmero pela melhor manicure do meu salão", pensou Cássio, irreverente, mas não disse em voz alta porque o medo de ser descoberto também o sufocava, além do desconforto de saber perdidos, talvez para sempre, o mocassim importado e a calça de linho. O medo, o desconforto e o choque de ver Elissa retirar, do buraco recém-aberto, um cofre bancário e um vidro embrulhado num pano escuro. Dentro do vidro, boiava um feto.

— Direto para Santa Madalena, você dirige — disse Elissa, descendo do carro na praça onde ficava a igreja.

Cássio ainda tentara argumentar que aquilo era uma insensatez, deviam procurar um hotel em Rio Vermelho e viajar no início da manhã, mas ela fora inflexível.

— O carro está em seu nome, esqueceu? O guarda nos viu. E se ele resolver investigar? Toca para a estrada, quando você cansar eu pego o volante. Você entrega o carro em Santa Madalena, eu pago a diferença.

Exausto como estava, ele podia ter argumentado, mas não adiantava argumentar contra o perigo. Fizeram o trajeto em quatro horas e meia, o dia amanhecia quando entraram em Santa Madalena e pararam num posto de gasolina para tomar café. Durante toda a viagem, escutaram as histórias das conquistas amorosas de Cássio e Nadir, cantaram músicas bregas e contaram piadas para espantar o sono. Nenhum comentário sobre o desenterrado, nem sobre o medo quando o vigia armado do Rancho Vitória os surpreendera, acabando de fechar a mala do carro. Nadir o vira se aproximando de longe, mal tivera tempo de se abaixar no banco de trás, ela a primeira a entrar no carro, exausta, não tinha idade, nem peso, para aventuras como aquela, que exigiam sangue-frio e esforço físico.

— Tenho que confessar uma coisa para vocês, que me deixa até constrangido — começou Cássio depois de ter devorado um sanduíche de pernil acompanhado de um copo de suco e duas xícaras de café. — Nunca pensei que um beijo de mulher pudesse ser gostoso.

As duas gargalharam, e várias cabeças de motoristas de caminhão voltaram-se para o estranho trio citadino.

— Um amasso de mulher é sempre melhor do que um tiro, não é mesmo? — ponderou Nadir. — Eu pensei que aquele sujeito ia matar vocês primeiro e perguntar depois o que estavam fazendo ali.

— Que nada. Casais devem procurar aquelas bandas para encontros clandestinos, com uma certa frequência. Não é o tipo de cidade em que você encontre um motel a cada esquina. Você viu como ele engoliu direitinho a história de que a gente tinha visitado a cachoeira para namorar? — menosprezou Elissa.

— Ele deve ter achado que eu sou um tarado saindo com uma parenta mais nova, com este cabelo você está parecendo uma putinha de vinte anos. Impressionante a sua memória, Elissa. Como é que você lembrava que naquele lugar existe uma cachoeira, tantos anos depois? O que foi, eu disse alguma coisa errada? — perguntou Cássio, observando a troca de olhares entre as duas.

— Nada, Cássio. É que eu ando me esquecendo das coisas, acho que é um certo estresse. Aí você disse que eu tenho boa memória e a gente achou engraçado.

— É natural que você esteja estressada. Não sei tudo o que aconteceu, mas, enfim, pelo que vi, tua amiga Helena se envolveu com gente muito doida. A menos que ela mesma tenha enterrado o filho naquele vidro. Por que a gente não vai para o meu apartamento e dá uma olhada no cofre?

— Não, Cássio. Você já se envolveu demais nessa história. Eu te agradeço, mas é hora de você cair fora. Você nos deixa no aeroporto, troca de carro, pega o seu, deixa este no estacionamento e depois manda alguém devolver em Rio Vermelho. Um empregado, um motorista de táxi, nada de usar gente muito próxima. E, Cássio, por favor, não comenta o que aconteceu. Pelo menos durante uns dias, até eu ligar de novo para você.

XXI

A ADVOGADA CLÁUDIA VILELA teve uma segunda-feira atribulada, segundo o relatório transmitido à noite por Adalberto a Natan. Trocou de hotel logo cedo, transferindo-se para um luxuoso, na avenida Atlântica, onde a investigação se complicava, porque as propinas se tornariam caríssimas. Rodolfo retirara o grampo da caixa telefônica do andar depois que ela saiu, mas não havia mais novidades. A mulher resolvera ficar cautelosa, de repente.

Por volta das dez, um táxi levou a doutora a uma igreja de crentes no Méier, onde ela assistiu ao culto e fez uma doação de duzentos reais em notas de cinquenta e conversou um pouco com o pastor. Vestida no maior apuro, como sempre, mas sem minissaia. Roupa de madame, discreta e gostosa. "O tipo de Eclésio, apesar dele viver jurando que não trepa com bandida, mas eu duvido que ele resistisse àquela", comentou Adalberto, que não dispensava uma alfinetada no investigador aposentado. Ela saíra da igreja acompanhada por uma senhora magra, baixinha, com o cabelo enrolado num coque e uma cara azeda de quem não vê graça em coisa nenhuma. Conversaram durante o lanche num restaurante próximo. No final, se despediram com um aperto de mão e meio abraço, e a advogada pegou outro táxi, foi para a delegacia do Leblon, levou uma hora lá dentro e retornou ao hotel, de onde saiu às sete para jantar com os dois médicos, o Munhoz e o Sérgio. Adalberto sentara-se numa mesa próxima, conta salgada como Natan podia observar pela nota fiscal em anexo. A advogada jogou charme para cima do jovem o tempo todo, não do Munhoz, do outro. O Carlos Eduardo parecia em baixa no conceito dela, uma hora em que os dois ficaram sozinhos na mesa ela aproximou o rosto do dele com uma expressão furiosa. A mulher era uma artista porque, quando o cara voltou — deve ter ido mijar, voltou rápido —, ela abriu um sorriso de orelha a orelha, como se o Munhoz fosse o cara mais simpático do mundo. Os três dirigiram-se ao hotel andando. Chegando lá, Sérgio se despediu, entrou num fusca 79 e foi embora, não sem antes receber dois beijos da Cláudia, num clima meio de paquera. Ela e o Munhoz conversaram um pouco na entrada do hotel, depois ele foi embora e ela subiu.

Munhoz foi atrás de Samantha assim que se despediu da advogada, informou Rodolfo para quem Natan telefonou em seguida. De manhã esteve no hospital, com certeza para atormentar as malucas de quem ele tratava. À tarde, recebeu Coutinho no consultório, o homem deve ter cheirado todas, porque o nariz mexia mais do que o de um coelho, podia ser nervoso também, porque os colegas da 39ª estavam no encalço dele e nem faziam muita força para disfarçar. Um deles, pelo menos, estava numa campana acintosa, tipo "toma cuidado, seu fresco, que nós estamos de olho em você". Meia hora depois que o Coutinho saiu, chegou a Maria Isabel, de óculos escuros e cabelos presos. Foi nessa hora que Rodolfo aproveitara para encontrar com o amigo de Natan no IML. O dr. Mauro mostrara para Rodolfo a foto de um grupo numa festa. Ele não tinha dúvida. A chamada Maria Isabel estava no meio, abraçada com um sujeito gordinho, do mesmo tipo dela, claro de pele e de cabelo. O grupo parecia de parentes. Mauro não comentara nada, era mesmo um cara frio, mas não era possível que estivesse satisfeito com a confirmação. Agradeceu a Rodolfo e foi conversar com o legista. Notícia quente, o cadáver era sem dúvida o que eles procuravam, o Cláudio do Félix Pacheco confirmara, eles tinham, finalmente, um homicídio. O caso era oficial.

Rodolfo voltara para o consultório de Munhoz, e Maria Isabel — era mesmo a mulher da foto — continuava lá. Saiu uns vinte minutos depois, com uma cara feliz da vida. Quase noite. Munhoz foi para o próprio apartamento, andando, "um porco branco e grande com cabelos amarelos e ralos, tem gosto para tudo neste mundo", comentou enojado Rodolfo. Do apartamento saiu logo em seguida, todo lorde, de carro, em direção à Atlântica. Jantou com a advogada e outro médico, como o Adalberto já devia ter informado a Natan.

Ah, importante, ele ia esquecendo. A advogada pediu ao delegado para liberar o sujeito preso com tóxico no dia anterior. O que estava seguindo o Mauro. "Conversei com o delegado pelo telefone, ele disse que foi a maior dificuldade enfrentar a insistência da moça. Ela conhece um bocado a lei, conversou, ameaçou um pouco, falou de arbitrariedade, insinuou dinheiro", informou Rodolfo. O delegado resistira, porque o Gomes da 39ª tinha conversado com ele a pedido do Eclésio, dizendo que o cara pertencia a uma quadrilha que a equipe dele estava investigando, gente poderosa interessada, um pai de santo surrado quase até a morte. Aquela novela, enfim.

A terceira ligação de Natan foi para Julieta. Atendeu Déa, a mãe de Mauro, estava preocupada com o filho, "o amigo poderia conversar com ele depois? Ele ainda estava no consultório, ela acabara de falar para lá, uma voz soturna, tensa...", Natan aquiesceu, duvidando um pouco de sua eficiência em resolver o que quer que fosse com uma pessoa tão fechada e autossuficiente, ainda mais por telefone. Déa agradeceu e passou para Julieta, não sem antes informar que Nataniel podia se orgulhar da filha, "uma menina encantadora, as duas riram juntas o dia inteiro". Ela estava bem, o mais que podia naquelas circunstâncias, d. Déa era ótima, a comida uma delícia, não botou os pés fora de casa, do jeito que o amigo do pai recomendou na noite anterior, não telefonou para ninguém, a mãe e o irmão deviam estar preocupados, "você conseguiu falar com eles, paizinho?"

Ele mentiu para a filha, muito mais preocupado do que ela, tentara várias vezes durante o dia falar com Cleide para avisá-la do perigo, ela desligava o telefone sempre que escutava a voz dele, no final da tarde desistiu e apelou para Gordon que o atendeu frio, todo do lado da mãe, como sempre, nem solidariedade masculina podia esperar naquelas circunstâncias, tinha de admitir a mágoa do filho, mesmo assim insistiu que levasse Cleide para a casa dele e tomasse conta dela, ele, Natan, estava envolvido numa investigação complicada, era possível que chegassem até a mulher para tentar encontrá-lo. Gordon prometeu buscá-la quando saísse do trabalho, prometeu de má vontade porque sabia que a mulher e a mãe não se suportavam, mas, apesar das falhas de caráter, respeitava o tino de policial do pai, e se ele dizia que existia perigo era porque existia mesmo.

"Eles já chegaram até Cleide. A advogada esteve com ela, na igreja. A mulherzinha azeda a que Adalberto se referiu. Ele nem imagina que é a minha mulher. Por que imaginaria? Ela nunca deixou que eu convidasse meus colegas para um almoço ou uma festa lá em casa. Os convidados dela, as festas dela, no máximo os convidados do filho. O que será que ela disse para a mulher--serpente? Tudo sobre Nadir, sobre Julieta, os meus roteiros, os meus caminhos."

Mauro atendeu ao quinto toque, com a voz cuidadosa que os que beberam muito usam para não tropeçar nas sílabas. O legista acabara concordando que era uma coincidência estranha duas irmãs morrerem no mesmo dia e prometera o resultado de Serena para quinta-feira. Não, ele não estava com problemas, apenas um pouco aborrecido com a mulher, fazendo hora para chegar em casa e encontrá-la dormindo. Sim, ele achava bom que Rodolfo desse uma conferida na área do consultório, para observar se ele continuava sendo seguido. Em casa, não achava necessário, preferia mesmo que deixasse Rodolfo em outra ocupação, gasto de mão de obra à toa. Na manhã seguinte, iria ao hospital conversar com o diretor. Tomaria cuidado, já que pelo visto eles estavam rodeados de traidores. Preferia não dizer por telefone quem era a Maria Isabel, mas ele a identificara. Rodolfo, aliás, fizera isso por ele. Realmente, tinha bebido um pouco, para aliviar a tensão, mas o amigo não se preocupasse, ele não poria tudo a perder tendo uma crise emocional ou etílica naquele momento.

Jurema recebeu a última ligação de Natan no quarto da clínica. Roberto estava dormindo e estava bem, ele não precisava se desculpar pelo adiantado da hora, estivera acordado até minutos antes, as noites ele passava desse jeito, cochilando e acordando. O pai de santo sonhara com Nadir e Elissa desenterrando tesouros e tirando da terra um egum novo. Acordara sobressaltado, porém feliz. "Elas estão voltando", ele contou para Jurema assim que acordou, tinham conseguido vencer a primeira parte da guerra. Quinta-feira, ele seria conduzido à delegacia para fazer o reconhecimento de Coutinho e Paulino, se estivesse melhor, os médicos achavam que talvez conseguissem levá-lo de maca. O rosto desinchara, o braço esquerdo estava quase bom, ele estava se alimentando bem, o resto só o tempo para acabar de emendar.

Nataniel deitou-se para dormir um sono inquieto, repleto de sonhos ruins, no quarto barulhento de um motel de quarta categoria, na mesma rua em que repousavam os corpos de Ivonete e Serena. Um homem alto e moreno, quase velho, tentava fugir de um bando comandado por um jovem enlouquecido pela ambição. O bando acabava por degolar o homem mais velho, e a sua expressão era horrível. Ira e escândalo.

Mauro chegou ao consultório atrasado pelo almoço com o diretor do hospital. O velho custou a acreditar nas evidências que apontavam para a psicopatia de um membro do corpo clínico. Sentiu-se desprestigiado também, Mauro identificou na hora o sentimento, por não ter sido avisado das suspeitas logo no início. "Poderiam ser infundadas", ele tentou argumentar, sabendo que era inútil, Saboia não poderia evitar a mágoa, afinal, vinte anos de conhecimento não eram vinte dias e ele confiara mais no detetive do que no velho amigo e ex-professor.

— Parece incrível que o Munhoz seja capaz de se envolver com gente deste tipo. E você acha mesmo que eles vão tentar incriminar o Sérgio se o exame confirmar que houve erro na dosagem? Isto pode destruir a vida profissional do rapaz!

— Acho que ele é capaz de qualquer coisa para escapar impune. Na verdade, não existe nenhuma prova contra ele ou contra a advogada e os dois jantaram com o Sérgio ontem, numa clara manobra de sedução.

— Foi bom você ter me prevenido. O Sérgio deixou recado com a minha secretária de que apareceria no gabinete hoje à tarde. Vou ligar para o legista antes de falar com ele e pedir que todas as informações sejam passadas para mim ou para você. E, Mauro, vê se a partir de agora você me mantém informado do andamento das investigações.

Ele cancelara as consultas do final da tarde, atenderia apenas até as quatro e, ao entrar no prédio, pôde notar, do outro lado da rua, Rodolfo encostado indolente na porta de um bar, mais um desocupado, era o que parecia aquele que dera a pior notícia que sua vaidade recebera na vida.

Às 16h15, quando ele se preparava para sair, ouviu o barulho da porta da antessala sendo aberta e depois trancada por dentro. Nenhum cliente marcado, o sentido de alerta o fez recuar para o fundo da sala onde atendia os pacientes, não acreditava que os bandidos tivessem coragem de invadir seu consultório, em plena luz do dia, mas alguém estava entrando e o cuidado de trancar a porta indicava intenções, no mínimo, estranhas.

A maçaneta de porcelana, escolhida por Clara da mesma maneira que todos os outros móveis do consultório, foi girada e uma moça entrou. Usava uma saia muito curta, blusa justa, colada no corpo, e das botinhas ao decote generoso fazia um conjunto juvenil e sensual que combinava com o cabelo muito curto e claro, e com os olhos azuis de cílios longos e pretos. "O tipo de garota que se olha duas vezes na rua, o que será que ela quer aqui?"

— Parece que minha vida, ultimamente, se resume em correr para te salvar e ser comido por você — murmurou Mauro no pescoço de Elissa.

— Alguma queixa contra o segundo item? — Ela ainda estava sentada na escrivaninha dele, a saia arregaçada, quase uma blusa, por causa da posição, as meias presas pela cinta-liga que ela não tirara no assalto que começara com o primeiro beijo, quando se pendurara no pescoço dele, dizendo "Mauro, querido, sou eu, Elissa".

— Nenhuma queixa. Eu gosto quando você me ataca, sem palavras. Qualquer conversa eu recuaria, porque acho muito errado fazer amor com você no meio dessa confusão toda.

Pronto. Estava dito. A confissão de culpa, o resumo do recuo que ele vinha preparando há mais de uma semana e que a suspeita confirmada o impedira de proceder.

— Ainda bem que eu saí da posição de vítima que você socorre, não é mesmo? Tive tanta vontade, esses dias todos, escondida, fugindo, vontade de ligar para você e chorar as mágoas, pedir socorro. — Ela o abraçou apertado. — Deixa eu descer daqui, foi muito gostoso, mas minhas pernas estão ficando dormentes. — Eles se separaram rindo e Elissa se esticou na escrivaninha, virando-se de barriga para baixo enquanto Mauro se recompunha.

— As pernas estavam ficando dormentes porque você é muito baixinha para transar comigo nesta posição — zombou Mauro, estendendo uma toalha para ela. — É bom se arrumar, é perigoso você demorar aqui.

— Por que você não consegue resistir a uma loura sem calcinha, deitada em cima de sua mesa de trabalho? Deitada no lugar onde você escuta seus pacientes malucos e medita sobre a alma humana?

Ele ri e, ajoelhado do lado da mesa para seus rostos ficarem na mesma altura, beija a boca de Elissa, enquanto acaricia a bunda descoberta, dividido entre morrer de novo, dessa vez entre as duas metades carnudas que os dedos exploram, ou recuar para o reino da sensatez e do perigo.

— Não, não, não. Mesmo você estando irreconhecível com este visual de garotinha gostosa de olhos azuis, não é bom a gente ficar junto muito tempo. Conversamos com uma amiga sua de infância, Isabel, que mora até hoje na cidade onde você nasceu. Aliás, quem conversou foi minha mãe, que arranjou um jeito de ser detetive amadora. Tudo indica que você está envolvida numa guerra familiar sem tamanho. Consegue lembrar do seu tio, Ruy Mendes? — Ela nega sorrindo, a mão dele acariciando a bunda, dividida entre o relato e o tesão. — O pior é isso. Esta amnésia que não cede.

— Eu estive no meu ex-apartamento. Você precisa ver, Mauro, que lugar engraçadinho. Pequeno, mas claro, com retratos de meus pais, vários retratos meus quando criança, aquarelas, um jardinzinho de inverno, com as flores murchando, sem trato, mas bonito. Estive também num lugar onde existia um cofre enterrado e um feto. E descobri um amigo, um viado supercharmoso.

— Mais essa! Intrigas, viagens sem memória e um viado supercharmoso. Aqui também aconteceram coisas incríveis nos últimos dias. Eu estou sendo seguido — beija a boca que se aproxima —, o Natan foi descoberto — introduz o dedo no orifício apertado que ainda não explorou —, a Ivonete foi assassinada — ela vira de lado, mostrando os seios descobertos que ele mordisca —, tudo indica que o Munhoz envenenou Serena...

"E ele provavelmente está comendo minha mulher", Mauro gostaria de ter contado naquela hora, mas não resistira ao oferecimento silencioso de Elissa, que confessou depois que, desde que beijara na boca um viado na ex-fazenda do pai, estava com a fantasia de ser comida por Mauro, agarrada por trás, apertada entre ele e a parede, no consultório.

— Mas, meu amor, no consultório? Com dor, sem nenhum amaciamento prévio? — perguntou quando ela saiu do banheiro de novo maquiada, a roupa cor-de-rosa no lugar, o visual rejuvenescedor, inteiro de novo.

— Bobagem. O importante é a gente realizar a fantasia. Eu perco a memória, corro o risco de levar um tiro e ainda vou abrir mão do prazer com você? Nada disso. Chega de seriedade.

"Quem pensa não trepa. Quem será que me disse isto um dia? Algum gaiato na faculdade? Natan, Nadir? Qualquer um dos dois poderia ter dito, é bem o jeito deles."

— Vem cá, senta aqui perto de mim. — Ela senta no colo dele. — Sossega, querida, não começa de novo, que a gente tem pouco tempo, eu tenho uma coisa difí-

cil para contar. — Ela o olha séria e segura a mão dele.
— É o seguinte: eu quase contei tudo sobre você para minha mulher. — Ela continua em silêncio. — Tem mais, eu traí você com ela. Tentei me livrar, tirar você de minha pele.

— Tudo bem, Mauro. Você é casado. É mais do que ser leal você esconder toda esta história para a tua mulher. Afinal, você está arriscando até a vida para me ajudar.

— Não foi por lealdade ou nobreza que eu não contei, Elissa. Foi um motivo sórdido o que me fez recuar.

— Qual motivo?

— Ela está me traindo com o Munhoz. Ele cooptou Clara para ser informante dele.

Mauro acompanhou com o olhar a saída de Nadir e Elissa do prédio, escondidas no carro de Rodolfo. Inspirara-se no esquema delas, armado com uma simplicidade cristalina.

Haviam chegado às dez de Santa Madalena, de avião. Um táxi as levara para um shopping na Zona Sul, as malas deixadas no guarda-volumes, só permaneceram com as bolsas, na de Nadir o feto, na de Elissa o cofre. Roupas novas, as velhas dobradas e colocadas nas sacolas das lojas. Do shopping foram almoçar num restaurante próximo ao consultório de Mauro e, depois de examinar o letreiro das salas na portaria, optaram por uma clínica de estética existente no mesmo prédio. Unhas, massagem, cabelo, fazendo hora para Elissa subir para o consultório. Pela segunda vez, luxúria, prazer e beleza, ajudando-as a achar o momento certo para encontrar os aliados.

Mauro combinou com Elissa a saída e, enquanto ela buscava Nadir, três andares abaixo, foi até a rua e consultou Rodolfo discretamente. O investigador colocou seu próprio carro na garagem e elas entraram. Rodolfo não acreditava que Mauro ainda estivesse sendo seguido, mas era bom não arriscar as moças, declarou, galante, dividindo intenções e olhares entre as duas mulheres. Mauro hesitou entre ficar irritado ou se divertir com o olhar abusado de garanhão assumido, mas acabou por optar pelo humor.

— Nataniel te mata, se acontecer alguma coisa com elas — avisou.

— Deus me livre. Quero tudo na vida, menos ter mestre Natan como inimigo — declarou Rodolfo. — Levo as moças para onde?

— Você tem algum encontro hoje com Natan? — perguntou Elissa.

— Tenho, às nove da noite. Daqui a pouco, são sete agora.

— Num lugar seguro?

— Seguríssimo. Na delegacia que está investigando a surra que o pai de santo levou.

— Ótimo. É para lá que nós vamos — decidiu Elissa.

— Você tem certeza, Elissa? — questionou Nadir.

— Tenho. É hora de começar a resolver esta história.

Eclésio havia combinado com o delegado Gomes apresentar evidências significativas e uma importante testemunha naquela noite. Não tinha a menor ideia de quais seriam as evidências e ignorava a possibilidade de contar com algum ser de carne e osso para dar consistência à investigação de Natan. Era assim que ele considerava o trabalho que estavam fazendo. Um acerto de contas entre ele, Rodolfo e Adalberto, de um lado, e Nataniel, o boa-praça, de outro. Não que levasse a sério os motivos que moviam o amigo. Uma mulher não era estímulo suficiente, muito menos a preocupação com justiça. A entrada triunfante de Rodolfo, comboiando Nadir e Elissa às nove da noite em ponto, foi para Eclésio um choque. Imaginara Nadir branca, bem nova e meio extravagante, como as putas que ele e Natan frequentavam na juventude. Não estava preparado para o discreto e consistente charme da negra. Nem para a firmeza de Elissa, que ele classificara, a partir do relato de Nataniel, como uma pessoa indefesa, à mercê dos amigos e da boa vontade do poder público, a vítima perfeita.

Elissa pedira a Rodolfo que parasse no aeroporto, no trajeto até a delegacia. Pegaram as malas, e ela trocara de roupa e de pele mais uma vez. Em vez da mulher jovem, sensual e de maquiados olhos azuis que seduziram Mauro à tarde, a que voltou para junto de Nadir e Rodolfo vestia as roupas bem-comportadas que ela trouxera de Santa Madalena quando viera para o Rio atrás de pistas, em fevereiro. Removidas as lentes de contato, providenciadas por Cássio, e o rímel, ela voltava a ser a bancária de beleza discreta, cujo maior atrativo era a clareza com que expunha os fatos que incriminavam o dr. Carlos Eduardo Munhoz.

— Esta é que é a alienada, a maluca que mal sabe o nome? — murmurou Eclésio, puxando Rodolfo para o lado, enquanto esperavam o dr. Gomes. — Que diabo de história malcontada é essa? Você conhece a mulher do Nataniel? — Ante a negativa do outro, ele continuou: — Como é que ele levou tanto tempo com a jararaca, tendo uma negona dessas de regra-três? Ela é completamente diferente do que eu imaginava.

— De maluca ela não tem nada. As duas foram até uma cidade chamada Terra da Mãe de Deus e trouxeram um cofre com que a Elissa acredita poder deslindar tudo. Ela tem um organograma que anotou antes de perder a memória e, dependendo do que tiver no cofre, a gente mata esta charada logo, logo.

— Ela não pode dizer para o Gomes que perdeu a memória. De jeito nenhum. Se ela fizer isso, ele vai querer internar é a gente. Cadê o Natan que não aparece para preparar direito esse depoimento?

Nadir e Elissa aproximaram-se deles, na mesma hora em que o Gomes mandava que entrassem na sua sala.

"Porra, não combinamos nada. Nataniel não chegou, a única evidência é o cadáver da Ivonete. A testemunha não lembra por que está sendo perseguida. Se pelo menos o médico dela, o amigo de Natan, estivesse aqui para atestar a sanidade mental desta Elissa, a chance de dar certo aumentava um pouco."

O delegado Gomes conhecia Eclésio desde os 15 anos de idade e tinha uma tradição de simpatia familiar pelo detetive aposentado. Nataniel, ele conhecera na véspera, quando tomara o depoimento de Roberto no hospital, e o jeito matreiro do detetive desfizera um pouco a impaciência que o caso do pai de santo começava a despertar. Era muita gente telefonando, pedindo empenho na investigação, muito barulho por causa de uma surra, violenta é verdade, mas sem morte, sem causa aparente e, se os orixás ajudassem o seu sacerdote — o delegado também um homem de fé —, sem maiores consequências. Entediado, começou a tomar o depoimento de Nadir e Elissa, estranhando a ausência de Nataniel, que identificava como o principal interessado.

Elissa viera para o Rio em fevereiro, atrás do médico Carlos Eduardo Munhoz, que ela suspeitava ter realizado um aborto clandestino em uma colega sua de trabalho, Helena Maia. Ao procurar o médico, ela se perdera, por não conhecer direito o caminho, e acabara sofrendo um mal-estar que lhe custara 15 dias de internação no hospital em que ele trabalhava, e do qual ela fugira com a ajuda de uma interna, Serena, que morrera recentemente. A irmã da moça abrigara Elissa por quase um mês. Estava morta também. Torturada e assassinada. Nadir conseguira que Roberto a hospedasse. Na noite em que Serena dera entrada no pronto-socorro, em coma, e que Ivonete sumira, o terreiro fora invadido, destruído, e o pai de santo surrado. Ela não podia provar ainda, mas acreditava que o médico estava por trás daqueles crimes.

O delegado a ouviu em silêncio, espantado com o resumo preciso que ela havia feito, com os fatos principais elencados com tranquilidade, quase com distância. Ela tinha alguma ideia dos motivos que poderiam levar o médico a fazer tudo aquilo? Eliminá-la como testemunha. Testemunha de quê? Do aborto, da indução ao suicídio, de crimes cometidos dentro do banco em que ela e Helena trabalhavam. Alguma prova desses crimes ou da ligação do médico com eles?

Ela desenterra um cofre em terras que haviam pertencido a seu pai. Um cofre e um vidro que abrigava o cadáver de um feto. Não abrira o cofre, para não atrapalhar as investigações policiais. Trouxera até o delegado, para que ele procedesse da forma que achasse melhor.

"Ela está usando as nossas memórias, as nossas descobertas, para traçar o caminho da vingança contra Munhoz. Não demonstra mais angústia por não lembrar do que aconteceu, se guia pelos nossos passos. Natan se sentiria orgulhoso dela se estivesse aqui. Aliás, onde foi que se meteu Nataniel, que não apareceu até agora?"

O delegado, como Eclésio e Rodolfo, que assistiam ao depoimento, estava bem-impressionado com o testemunho e as evidências. O feto não era prova de que Munhoz tivesse feito o aborto, mas o cofre poderia conter alguma coisa. Mandou que chamassem o carcereiro e conversou com ele em voz baixa. Enquanto o homem saía para cumprir sua ordem, ele se voltou para Nadir:

— Soube que o detetive Nataniel se envolveu nessa investigação por amizade à senhora, d. Nadir. O Roberto também abrigou a d. Elissa a seu pedido, seus amigos gostam um bocado da senhora, não é mesmo?

— Eu também gosto muito deles, doutor. Tento retribuir o melhor que eu posso.

"Mulherzinha danada! Meia dúzia de palavras e o delegado está todo simpático para o lado dela. Eta, Natan de sorte. Onde será que anda o crioulo?"

O carcereiro voltou com um homem magro e baixinho, que tinha um tique nervoso que o fazia torcer o pescoço para o lado o tempo todo. Um preso.

— Gonçalves, estamos precisando de seus serviços — disse o delegado. — Você abre este cofre, a gente olha o que tem dentro e você fecha de novo sem deixar vestígio, que eu vou mandar depois para a perícia. Vê aí o material de que você precisa.

O preso confabulou com o carcereiro e os dois saíram da sala por um momento, enquanto o delegado oferecia café para as visitas e engendrava uma conversa social com Elissa sobre Santa Madalena, cidade que ele visitara há alguns anos. O preso trabalhava em silêncio, sobre a mesa do delegado, com os instrumentos de seu ofício que o carcereiro havia buscado.

— Este Gonçalves é um talento. Não tem cofre de casa ou de banco que resista a ele. Mais de vinte processos porque, apesar do talento, é burro, se mete com quem não deve, gasta dinheiro com bebida, era para ser rico e aposentado, mas não quer, fazer o quê? Tem um telefone tocando e não é o daqui, alguém está com celular?

Era o de Eclésio, que pediu licença às senhoras e foi atendê-lo no corredor, perdendo assim a abertura do cofre.

— É bom vocês não tocarem em nada. Vamos só dar uma olhada no conteúdo e chamar o perito para inventariar. Gonçalves, me passa essa pinça. Pronto: uma corda, não, isso não é corda, é uma tira, parece que de couro, coisa estranha, couro não curtido, de boi, com certeza. CDs, aqui pode ter coisa interessante, precisamos examinar, papéis velhos, dobrados, vamos ver se consigo ler o que está escrito, a data é de novembro de 1964, a assinatura é de Eneias Batista Nogueira, um testamento, é isso. Uma lista de propriedades, em Dourados, Rio Vermelho e Terra da Mãe de Deus — nome bonito, este —, deixadas para a filha Elissa, em usufruto para Catarina Mendes Nogueira. Eneias Nogueira é seu pai, d. Elissa? A senhora está sentindo alguma coisa? Uma cadeira para a moça, Gonçalves, rápido.

"Eneias foi meu pai, delegado. Ele não existe mais, está morto. E eu passei a vida acreditando que ele tinha deixado tudo para um canalha e permitido que minha mãe enlouquecesse por não conseguir impedir que a história se repetisse. E, mesmo assim, eu não consigo me lembrar do rosto dele. Como pode um tio ser tão cruel com o próprio sangue?"

Nadir faz com que Elissa baixe a cabeça e esfrega-lhe as mãos, que estão geladas, como gelado e arrepiado está o corpo todo.

— O pai dela morreu há 25 anos, dr. Gomes. E, até hoje, o que nós sabíamos era que o testamento deixava tudo em nome do tio, Ruy Mendes, que é amigo do dr. Munhoz — esclareceu Nadir, ajoelhada ao lado da cadeira de Elissa.

— Parece que não foi isso, não. A menos que ele tenha feito outro testamento depois. A senhora não deve lembrar o dia em que ele morreu, não é, d. Elissa?

— Lembro, sim. Seis de novembro, foi no dia do meu aniversário de cinco anos. Ele não voltou para casa naquele dia. Não veio para a festa. — Elissa levantou a cabeça, a cor começando a voltar ao rosto.

— É a data que está aqui. Seis de novembro. É improvável que ele fizesse dois testamentos no mesmo dia.

"Lembro da festa e de minha mãe gritando, quando chegou a notícia. Gritando, como eu gritei quando encontrei o corpo de Helena. Lembro do corpo dela também e do sangue. Mas não me lembro do rosto dele. Do rosto do usurpador."

— Pois não, o senhor está procurando alguém? — O delegado se dirige ao homem que surgiu na porta, acompanhado por Eclésio, mais atrás uma moça gordinha e mulata com cara de choro.

— Delegado, este aqui é o dr. Mauro, médico e amigo de Elissa e de Nadir. A moça é a filha de Nataniel. As notícias não são boas. Natan sumiu.

XXII

Adalberto estava em casa, assistindo ao futebol pela televisão, quando Liliana trouxe o telefone. Ele tentou recusar-se a atender, mas ela insistiu, "voz de velha e muito teimosa", murmurou a esposa.

— O senhor não me conhece, quem fala aqui é Déa Castro, mãe do dr. Mauro.

— O que é amigo do Nataniel? Sei quem é. Pode falar.

— Eu nem sei exatamente por onde começar, mas achei seu telefone aqui em casa, num caderno de matemática da filha do Nataniel, a Julieta, e como ela saiu correndo com o Mauro e levou a bolsa com a caderneta de telefones, estou ligando para o único número que achei. O seu.

"Maluca. Que história é esta de filha de Nataniel sair correndo com o médico e levar a caderneta de telefones?"

— E em que eu posso ajudar a senhora? A senhora quer o telefone da casa do Natan? Acho que não adianta porque ele está passando uns dias fora...

— Eu sei que ele não está em casa. Por isso estou hospedando a filha dele. Por causa do perigo. E agora

tive um palpite que pode ajudar a achá-lo, mas tem de ser rápido, porque não é normal uma mulher casada pegar um táxi, às onze da noite, e mandar tocar para o subúrbio, o senhor não acha?

— A senhora quer achar quem? De que mulher casada a senhora está falando? Eu não estou entendendo nada.

— Está certo. O senhor tem razão. É o seguinte: o Nataniel sumiu, ficou de ligar para a filha e não ligou. Aí ela chamou o Mauro e o Eclésio, que o senhor deve conhecer, e foi com meu filho para a delegacia, e eu fiquei sem notícias. Estou aqui porque quando liguei para a minha nora — depois que meu filho e Julieta saíram — ela me pareceu estranha, com pressa, tarde da noite...

— Minha senhora, vamos fazer o seguinte, eu vou entrar em contato com o Eclésio, investigar o que está acontecendo e pedir ao seu filho que ligue para a senhora. Eu nem sabia que o Natan tinha sumido. Vou correndo...

— O senhor não entendeu. O senhor tem que vir para cá. Para onde eu estou. Minha nora saiu de casa, às 11h15 da noite, e pegou um táxi para a Pavuna. O que uma mulher moradora do Leblon vai fazer no subúrbio a esta hora, sem avisar o marido? Ela saiu praticamente por uma porta, enquanto ele saía por outra, com a Julieta, para tentar achar seu colega Nataniel. Eu a segui. Tenho certeza de que ela está envolvida com os inimigos de meu filho. E da tal moça, a Elissa.

Déa se perdera do carro que conduzia Clara na praça que abrigava o parque de diversões e a igreja. Na verdade, ela não se perdera. Mandara o táxi parar por medo de perseguir a nora por mais tempo e ser tragada por algo incontrolável, ela também. Foi neste momento que ela ligou para Adalberto de um telefone público, com um cartão telefônico conseguido com o motorista de táxi — chofer, como ela ainda chamava.

O policial demorou a chegar, tempo suficiente para que ela desfiasse o rosário inteiro de orações e se informasse de toda a vida pregressa do chofer. Quando Adalberto chegou, acompanhado de dois carros oficiais cheios de colegas, ela estava sentada nos degraus da igreja, comendo um sanduíche que seu mais novo amigo conseguira comprar num bar próximo, uma mulher grisalha e pequena, prestes a sair em caçada com um bando que antes ela nunca vira.

— D. Déa? Eu sou Adalberto Nunes, seu criado — cumprimentou ele, sem graça. — Eu já avisei a seu filho onde a senhora está. Ele ficou muito preocupado. Na sua idade, é perigoso andar por aí.

— Não se preocupe comigo. O importante agora é achar o pai de Julieta, se meu palpite estiver certo, pode não estar também.

— A gente trouxe alguém que pode auxiliar nas buscas, talvez seja melhor a senhora ir para casa agora, a pessoa está meio machucada — ele apontou para o fundo do carro da polícia —, não é uma coisa bonita de se ver.

— Que absurdo! O senhor está tentando me dizer que essa quantidade de homens, armados até os dentes, torturou alguém para ajudar a achar o Nataniel?

Um dos policiais — justamente o que estivera seguindo Coutinho a mando do delegado Gomes — fez sinal para Adalberto, pelas costas de Déa, para que o investigador se livrasse dela. "Maluca" era o diagnóstico dele.

— D. Déa, nós trabalhamos com o Nataniel há muitos anos. A gente sabe o que faz. Este cara que está aí no carro não vale nada. Para a senhora ter uma ideia, ele surrou, há uns dez dias, um pai de santo, amigo do Nataniel, e quase matou o cara.

— E ele confessou alguma coisa? Disse onde está o seu amigo?

— Não disse, mas vai dizer, a senhora tenha certeza. Ele indicou três favelas aqui da área onde o pessoal dele pode ter escondido o Natan. E nós vamos entrar barbarizando nesses lugares. Em cada uma que a gente não encontrar, a gente bate mais nele, até ele falar. Por isso, eu acho melhor a senhora ir para casa.

— O carro do Mauro, veja o senhor, finalmente vou conhecer a mulher que fez meu filho sair do caminho dele — interrompeu Déa. — Lá vem ele e mais gente. Vocês estão quase com um exército aqui.

Ela observou o filho descer do carro e dar a volta para abrir a porta do passageiro para uma mulher de cabelos muito curtos, a quem ele estendeu a mão. Atrás dela desceram Julieta e uma negra cheia de corpo que amparava a moça.

"Parecem mãe e filha. Não é só a cor, ou o jeito do corpo. É alguma coisa a mais. Esta deve ser a amante do pai da menina. E a outra é a amante do meu filho, a mulher que ele pensa que é uma paciente, mas que na verdade é a dona da vida dele, como a sonsa da esposa não seria jamais. O de terno, que está saindo do outro carro, deve ser o delegado. Não imaginava que um policial pudesse ganhar mais que um médico, carro importado e tudo, o que é a vida."

— D. Déa, o que a senhora está fazendo aqui ainda, mamãe? Que diabo de confusão é esta, de telefonema para Clara e táxi a esta hora?

O delegado Gomes havia reunido no centro da praça as duas equipes, a que ele trouxera e a que acompanhava Adalberto, alguém tirou o homem espancado do carro, aos empurrões, Déa teve tempo de observar o sangue escorrendo da boca e do nariz, a camisa rasgada e o olhar de ódio de Nadir em direção ao torturado, antes de virar para responder ao filho.

— Meu filho, por que você perde seu tempo em me recriminar? Que coisa boba! Eu deveria ter ido dormir quando uma pessoa ligada a você está em perigo e outra mais ligada ainda está do lado de seus inimigos?

"Ela está falando da esposa dele e passando sal na ferida como nós mulheres nos acostumamos a fazer quando um homem nos desafia. Se não fosse o sumiço de Natan, a situação seria até engraçada. Eu conhecendo a mãe do Mauro, às duas da madrugada, numa praça de guerra."

— Mauro, não é melhor você nos apresentar a sua mãe? Acho que ela só conhece Julieta. Mauro! — Ela chama enquanto ele levanta as mãos, como quem desiste de discutir, e se afasta em direção a Rodolfo, Eclésio e Adalberto. — Sinto muito, acho que ele está muito tenso com essa confusão toda. Eu sou Elissa, sei que a senhora sabe mais da minha vida do que eu mesma. Pelo que entendi, a senhora seguiu a mulher de Mauro da casa deles até aqui. Ela passou em algum lugar antes?

— Minha filha, ainda bem que você lembrou disto. É a primeira pergunta inteligente que alguém me faz hoje. Eu tinha esquecido esse detalhe. Minha nora não veio sozinha, uma mulher foi buscá-la de táxi e seguiram para cá, juntas. Eu estava chegando ao prédio onde eles moram e a Clara estava entrando no carro. No início, pensei em dar sinal para elas pararem para eu conversar com ela, mas um palpite me bateu de que eu não devia fazer isso.

— D. Déa, meu nome é Nadir e eu acredito muito em palpites que parecem sem sentido. A senhora tem alguma ideia de para onde foi o táxi que a senhora seguiu?

— Não, mas tem uma coisa: eu não acredito que duas mulheres sozinhas saiam da Zona Sul em direção à favela, para mim, com toda a surra que este homem levou, ele está mentindo.

— Quer dizer que eles não vão achar meu pai? — Era a primeira contribuição de Julieta à conversa e Nadir a apertou contra si, um instante.

— Calma, meu bem. Ele vai contar onde seu pai está nem que eu tenha que arrancar os olhos dele — prometeu Nadir. — Ei, Elissa, aonde você vai?

Os policiais abriram espaço para que ela passasse até o centro da roda. Um deles estava com o joelho sobre o peito de Coutinho, o soco armado, e olhou de forma zombeteira para Elissa, quando ela se ajoelhou junto ao alcaguete. Ela dirigiu-se ao delegado:

— Posso conversar com ele?

Gomes traçou o plano de ataque ainda na praça. Os carros se aproximaram lentos pela escuridão até uma distância segura. O resto do caminho os policiais fizeram a pé, cercando a casa abandonada. Nos fundos, um cômodo iluminado, a dupla que chegou mais próximo pôde escutar os gemidos de dor, as perguntas raivosas e uma voz medrosa de mulher. Eles voltaram em silêncio para dar conta da missão. Podia não ser Nataniel, mas alguém estava recebendo uma prensa segura, muito pior do que a que eles estavam dando em Coutinho quando a moça os interrompera. Era a informação que o delegado esperava para ordenar o assalto.

Mauro e Elissa foram separados na confusão que se estabeleceu no local, tiros e fuga, o último momento em que estiveram juntos, durante o cerco, foi na hora em que ele gritou para que se abaixasse porque ela olhava siderada para o grupo que fugia, um homem velho, de cabeça grande, junto com a advogada e com Munhoz, este arrastando Clara, que se debatia, pelo braço. Elissa olhava para eles, sem reação, mesmo vendo nítido o velho parar e suspender a arma para ela, perfeito alvo. Por isso, Mauro gritara e ela obedecera, automaticamente, da mesma forma passiva, se abaixara e continuara olhando, enquanto Eclésio correndo e atirando abatia o velho e os outros fugiam. Fora Eclésio que recolhera Elissa do chão, Mauro convocado para socorrer Nataniel, abandonado na fuga, o longo corte no pescoço quase degolado por Munhoz na saída, Natan em choque, o provável punhal que havia retalhado Ivana abandonado também. Ele havia sido achado às seis da manhã, no sítio menos óbvio, os fundos do barracão de santo, o lugar abandonado por Elissa e Nadir na fuga, o território onde Roberto fora espancado por abrigar a fugitiva.

Julieta dormia, a cabeça no colo de Déa, a igreja já aberta para a primeira missa, quando os carros voltaram, os da polícia com a sirene ligada e cantando pneus, a caminho do primeiro hospital, Natan quase morto, sangue encharcando o vestido de Nadir, amontoada com ele no carro, sangue e armas, no carro dirigido pelo colega que surrara mais impiedosamente Coutinho depois que este entregara o local para Elissa, confessando que há horas vinha enganando a todos, com medo de Paulino e raiva de Nataniel.

Déa recebeu Elissa amparada por Eclésio, de novo muda, levou-a junto com Julieta para casa e administrou às duas as mezinhas de mulher de médico, de médico de outras épocas, quando ainda não existiam tantas especialidades e tratamentos como os que seguia seu filho, época em que chá e cama eram tentativas válidas para curar o corpo e a alma do excesso de sofrimento. Três dias ela cuidou da febre da filha de Natan e do silêncio de Elissa, sem notícias do mundo exterior, recebidas só a partir do momento em que o padre Hipólito desceu do seu refúgio na serra e veio ajudar a velha amiga a recuperar os feridos na guerra.

XXIII

Era forte a cicatriz no pescoço de Nataniel. Um colar marcando para sempre a estranha investigação acerca de guerras e ajustes de contas dentro de um mesmo clã, no presente e no passado. Dois longos meses de febre e delírios. E susto. Roberto havia se curado antes que Nataniel voltasse a si, e quando Nadir não estava ao lado do paciente, atormentava o pai de santo — ela completamente fora de seu reconhecido equilíbrio — para que consultasse os búzios, arriasse para os orixás, garantisse que seu homem retornaria inteiro. Nada lhe interessava, nem Elissa, entregue primeiro a Déa, depois a Mauro. A Julieta ela dava alguma atenção, quando a moça aparecia no hospital para visitar o pai. Quando os búzios e os médicos — a fé em primeiro lugar — consideraram que o perigo maior se distanciava, Nadir levou Julieta até seu pequeno apartamento e a deixou lá, com as malas e os livros. "Casa, comida e sossego, quando seu pai estiver salvo, de verdade, a gente resolve o que fazer da vida", determinou, partindo de novo para a disputa com a morte. Cleide e Gordon expulsos na primeira hora, Nadir não perdoava à quase viúva de

Nataniel as informações passadas para a advogada, o filho tentara defender a mãe da suspeita, por pouco não apanhara. A paciência da enfermeira com a maldade e com a burrice tinha se esgotado, bater em Gordon era pouco, para quem se dispusera, no pesadelo da busca, a furar os olhos do Coutinho.

— Irreconhecível. Magra e bordando numa cadeira — murmurou Natan. — Quantos quilos você emagreceu?

Eram as primeiras palavras em muitos e muitos dias, mas Nadir não teve nem tempo de comemorar porque Nataniel voltou a dormir, dessa vez sem delírios e sem o calor de doença.

No final da tarde, no dia seguinte, Nadir entrou no quarto e lá estava Eclésio fazendo Nataniel rir, colocando-o a par dos resultados, maldizendo os colegas, implicando, em especial, com Adalberto e Rodolfo, incapazes de arrancar uma confissão de um vagabundo como Coutinho, precisados que foram da ajuda de uma mulher, Elissa.

— Chegou minha nega. — A voz de Natan para sempre rouca, o médico havia avisado a Nadir da inevitável sequela. — O calhorda aqui me disse que você bordava de dia e desmanchava de novo, só esperando a hora de eu voltar.

Ela se curva para abraçá-lo, o eterno decote, o colo cheiroso, ela ri e chora, pouco, mas chora, da alegria de, afinal, recuperá-lo.

— O médico disse para te poupar de emoções fortes e de muita conversa. Nem sei se é bom a d. Nadir ficar por perto — zombou Eclésio. — No máximo, o Mauro pode fazer uma visitinha hoje, a Elissa amanhã, d. Nadir, semana que vem. Talvez.

Nadir senta na beira da cama, a mão de Natan entre as suas, sorri para Eclésio e o amigo pensa mais uma vez nos motivos que teriam feito Natan passar tanto tempo longe daquela mulher.

— Pode me chamar de Nadir, Eclésio. A gente não ficou esse tempo todo grudado no Natan para se tratar com formalidade.

— Que é isso, nega? Não dá confiança a este sujeito, não. É d. Nadir mesmo. Mulher dos outros se trata assim. Ai!, dói até quando eu falo.

— Então não conversa, Natan. A gente fala e você ouve — sugeriu Nadir, alisando o peito dele e provocando um sorriso.

— Isto, assim é que se fala. Deixa eu te contar a melhor: a Maria Isabel, a tal que eu achava que era direita, era mulher do teu amigo, o Mauro.

Nataniel arregala os olhos, depois começa a rir e para sufocado pela dor.

— Puta que pariu! E o que ele fez quando soube?

— Acho que já sabia, mas não podia dar bandeira, porque se o Munhoz soubesse que ele tinha descoberto tudo, matava ele. O Mauro passava de isca para pegar Elissa, a testemunha. O erro dele foi não ter contado para a gente. E a nossa sorte foi que a mãe, a d. Déa, achou que a nora estava traindo o filho de alguma forma e foi atrás dela. No final, ela acabou escapando porque conseguiu se soltar do Munhoz quando viu o tiroteio e o Ruy Mendes caído, e enrolou direitinho o delegado Gomes. Inventou que foi sequestrada pelo bando para denunciar o marido e acabou indo para casa. O Mauro só veio saber dela dias depois, porque veio para o hospital atrás da Nadir e da turma que te trazia. Adivinha quem saiu com ela da delegacia?

— O Rodolfo — sugeriu Natan.

— Exato. Não sei como o cara tem coragem de comer uma pistoleira daquelas, desculpe, Nadir.

— Pode chamar de pistoleira, eu não dou a mínima. Uma traidora escrota, tentando prejudicar a pobre Elissa, e nem foi por ciúmes, pura maldade.

— Bom, a sua amiga Elissa de pobre não tem nada, não é mesmo? Herdeira duas vezes, pelo testamento do pai, porque foi descoberta a falsificação, ele não tinha deixado a fortuna para o cunhado, e pela morte do tio, no incêndio do carro.

— Bem feito. Castigo de Iansã — assentiu Nadir, rancorosa.

— Como, incêndio? Você me contou, antes de Nadir entrar, que tinha baleado o homem.

— Acertei mesmo, mas a advogada, a Cláudia Vilela, arrastou ele para o carro, com a ajuda do Munhoz, e o carro pegou fogo logo na saída. Carro novo, bacana, não tinha motivo para incendiar.

— Ah, motivo tinha. Os três destruíram tanta gente e iam escapar impunes?

— Se não fosse o incêndio, iam. Com certeza — garantiu Eclésio.

— E a falsificação do testamento? E os CDs? — perguntou Natan.

— A Elissa levaria vinte anos na justiça para recuperar o dinheiro, Natan. Até parece que você não sabe como as coisas funcionam. Os CDs comprometiam um bocado o Ruy, é verdade. Crimes variados, todos bancários. Compensação de cheque falsificado, empréstimo a empresa não correntista, sem contrato e sem contato, esquentamento de cadastro, desconto de duplicata fria, levantamento de segredos bancários, uma mixórdia. O sujeito tinha uma rede de negociação de segredos e falcatruas. Nada que um bom advogado, desses que deixam os milionários fora da cadeia, não resolvesse. Se o cara tivesse sobrevivido ao fogaréu. E a minha bala, modéstia à parte.

— Onde estão os CDs? — perguntou Natan.

— Estão por aí, fazendo a felicidade de alguns colegas nossos. As firmas envolvidas devem estar pulando miudinho na mão deles, para ficarem fora do inquérito.

— Não entendi para que o tio de Elissa se deu ao trabalho de registrar sua carreira de crimes — disse Nadir. — Memória mais besta.

— Se é que foi ele quem registrou. Não esqueça de que o feto estava junto, no vidro. Parece mais coisa do Munhoz, quem sabe para chantagear o Ruy, mais tarde. Nadir, eu acho que vou embora, nosso amigo está quase cochilando.

Nataniel permaneceu de olhos fechados enquanto Nadir levava Eclésio até a porta. Quando ela voltou, ele abriu os olhos e bateu na cama, chamando-a para perto.

— É muito siligristido você. Fazendo de conta que estava dormindo para Eclésio ir embora.

— Estou cansado de investigações, injustiças e crimes. Senta aqui perto de mim.

Nadir senta na beira da cama, alisando a perna dele, por debaixo do lençol.

— Ah, que mão gostosa. Quando os caras me pegaram e ficaram ameaçando cortar meu pau e me fazerem engolir, eu pensava em você. O tempo todo.

— Ficava com medo dele não subir mais para tua nega? Hem? Era nisso que você pensava?

— Não, meu bem. Eu pensei nisso, no fim. Quando o Munhoz se aproximou com o punhal. Antes, eu pensava na minha idiotice de atender ao celular e acreditar num recado de Adalberto me chamando à casa de Jurema.

— Mas Jurema estava no hospital, nego. — Nadir tira a mão que acaricia a virilha e começa a massagear o pé direito de Natan, pressionando suave a planta dos órgãos vitais. — Como ela podia te chamar ao barracão?

— Falaram em nome de Adalberto, citaram Eclésio, Rodolfo, quem ligou sabia o número do celular. Eu pensei que o recado era quente. Nem passou pela minha cabeça que, além de Julieta e deles — dos três que estavam comigo na parada —, outra pessoa tinha o número.

— A lambisgoia da tua mulher, aquela branca azeda, a cobra. — Nadir puxa o dedão de Natan, que geme. — A filha da puta ligou para você e te chamou para a armadilha.

— Ela é tudo isso, mas não foi ela quem ligou. Deve ter entregue o telefone — ela tinha o número do celular que o Eclésio me emprestou, era um número que eu deixava em casa — e os nomes dos meus amigos para a advogada. Eu sabia que a Cláudia tinha encontrado com a Cleide. Fui burro.

— Não é você que é burro, querido. Ela é má. Nunca prestou. Não vê a garotinha de vocês, a bruxa nem cuida direito da bichinha.

— Julieta! Eu esqueci completamente. Onde está Julieta? Continua com a mãe do Mauro?

— Não, amor. Está comigo, a mãe dela. A que devia ter sido. Por que você não cala a boca um pouquinho e deixa eu conferir o material para ver se você está inteiro mesmo?

Mauro estacionou o carro na entrada da sede. Uma placa de madeira indicava na entrada: "Traição". A casa cheirava a tinta nova, a cor ocre chamava a atenção da estrada, jardineiras derramavam flores e ervas, parecia um bom retiro para o restabelecimento de Nataniel, alegre, caloroso, "ele vai adorar quando tiver alta, vir para cá com Nadir e a filha, curtir a gratidão de Elissa".

Ela veio recebê-lo feliz, os cabelos novamente castanhos e a expressão tranquila, como ele ainda não vira. Ela foi simpática, interessada em notícias dos amigos, perguntou pela mãe dele, de quem ela guardava as recordações mais ternas. Um empregado levou as malas dele para o quarto, amplo, com uma larga cama e cortinas de renda. Em cima do leito, o robe masculino. O que estivera na mala com a qual ela fora para o Rio, o robe com desenhos de dragão.

Nadir e Elissa andaram até a gameleira, perto da qual ela mandara erguer uma escultura de mulher, rodeada de um jardim em miniatura, menos do que um altar, menos do que um túmulo. Protegida da chuva e do tempo, a reprodução de um retrato de Catarina.

— Você sabia que nunca encontraram o corpo de minha mãe, Nadir?

— Esquece isso. Deixa os mortos descansarem em paz.

— Mas eu estou deixando. Por isso o cenotáfio. D. Déa é que me contou que é assim que se chama. Eu quis construir alguma coisa para cultuar a memória da minha mãe. D. Déa veio me visitar há uns meses, bateu os olhos em cima e disse o nome: cenotáfio.

— Como ela sabia? — estranhou Nadir.

— O padre Hipólito. O assessor dela para assuntos de cultura clássica.

Nadir ri, o riso bom recuperado, nem o rancor dos 17 anos roubados por Cleide, que a acometera durante a hospitalização de Nataniel, a incomodava mais.

— E a ex-mulher de Mauro, que fim levou?

— Sei lá, parece que descobriu a verdadeira vocação.

— E ele, superou o choque dessa confusão toda?

— Mais ou menos. Na cama, não existe choque, confusão é o máximo. Na cama e ao telefone, Mauro é perfeito. Vestiu a roupa, sentou para conversar, vai me cutucando para aceitar os esquemas cartesianos dele, as dúvidas dele. Você sabia que ele me obrigou a fazer todos os exames? Ressonância magnética, mapeamento cerebral, tomografia. Tudo para descartar a biografia de Dido.

— E você continua sem lembrar de tudo?

— Lembro cada vez mais. Pedacinhos. Um aqui, outro ali. A memória de Dido sumiu, nunca mais sonhei com as lembranças dela.

— Ainda bem. Um descanso para nós todos. Eu, Natan e Cássio conversamos a viagem toda sobre a rainha.

— Você e o Cássio, não é? Duvido que Natan tenha dado essa confiança a vocês.

— Deu, sim. Ele mudou, Elissa. Está muito mais solto, mais aberto.

— Ótimo. Vamos voltar para eles, então, porque eu só tenho o Dragão de vez em quando, não tenho a sorte de vocês, juntos. Para nós, a maior parte do tempo é solidão e distância.

— Até quando?

— Não sei.

Passeio a minha morte, ainda neste reino, após tantos castigos, prestes a cruzar o Lete, sem saber quem encontrarei do outro lado. Amigos ou inimigos, com quem decide está a resposta das combinações entre o amor e o ódio, mas para mim só restará o encontro cego, a descoberta lenta, talvez tardia, do mal que me espreita ou do bem que me salva.

Cartago, minha cidade nova, foi destruída, o poeta contou ao mundo a amizade que me uniu a Ana e deixou de lado minha paixão pelo Dragão para se ocupar exclusivamente do antepassado lendário de Roma, Eneias. Sua omissão será repetida através dos tempos e nada me resta, a não ser transformar-me em lenda.

Destruída foi Tiro, disputa e origem. Por que sobreviveria Cartago, suas muralhas e guerreiros? Nossos navegadores, capazes de cruzar terras nunca sonhadas por povos mais guerreiros e menos persistentes do que nós. Seremos sempre lembrados — se não por nossa resistência a Roma que precisou nos destruir — pelo menos por nossa inteligência de trocar com povos desconhecidos mercadorias por ouro, sem precisar, para isso, derramar sangue ou granjear inimigos além do necessário.

O Tempo é lento. O Tempo é sábio no reino dos mortos. Se os deuses não me impedirem, preservarei na vingança da memória, na época em que me for dada a travessia pelo Lete. Quem sabe, a memória me permita, um dia, realizar a Justiça, perdoar Eneias e, talvez, amar o Dragão.

NOTA FINAL

Hesitei muito em escrever este pós-escrito. Alguns detalhes, no entanto, a respeito do processo de descoberta da "autobiografia" da rainha Dido, merecem ser partilhados. Foi escrita pela primeira vez em forma de conto, como anexo de uma monografia apresentada ao prof. Junito de Souza Brandão, ao final do curso sobre epopeia latina, no doutorado de literatura da PUC-RJ, em julho de 1993. Meses depois, surgiu o Dragão, personagem que me parecia, na época, deslocado. Como acrescentar um conselheiro — um dragão ainda por cima — à história da rainha Dido? Minha consciência racional estava errada, soube através de outras pesquisas, mais tarde, e minha intuição levava-me para o caminho certo. Aos poucos, as insistentes pistas e desconfianças surgidas após a leitura da *Eneida*, de Virgílio, foram se justificando. Um homem, provável sacerdote de Júpiter em Chipre, pode ter ajudado Dido a conseguir terras para fundar Cartago. O dragão é um mito da Suméria, exportado para a Fenícia, presente também na Grécia heroica, ensinou-me Mircea Eliade em *Tratado geral das religiões*. Outra suspeita, que levei meses afastando de minha mente, era a de que Dido estaria de alguma forma ligada aos labdácidas, dinastia de Édipo. Estava. Soube disso lendo *As fenícias* de Eurípedes. A lendária Dido era descendente de Cadmo, que teria matado um dragão e, por cima de seus dentes, fundado Tebas. Édipo e Dido seriam parentes distantes. A segunda metade do século XIII a.C. é colocada — conforme Aymard e Auboyer no tomo I, volume 2, da *História geral das civilizações* —, pela tradição antiga, como data provável da guerra de Troia. Cartago foi fundada em 814 a.C. Cinco séculos de distância são uma dificuldade objetiva para um caso de amor como o que teria ocorrido entre Dido, a fundadora de Cartago, e Eneias, herói troiano sobrevivente da guerra, segundo Virgílio. Não sei se estão erradas as datas, as lendas ou a literatura. O que importa é a verossimilhança da paixão.

Muitos autores foram lidos por mim para juntar essas "memórias". Homero, Sófocles, Eurípedes, Dante Alighieri, Juana Elbein dos Santos, Junito de Souza Brandão, Christa Wolf, Mircea Eliade, Oliver Sacks, Gasparetto/Lúcius, Brian Weiss. Autores apaixonados, consistentes, instigantes. Não poderia deixar de revelar essas fontes, porque recorrer ao que foi anteriormente contado é um direito, um privilégio autoral, uma bênção.

Conversei bastante, como é do meu costume, com muita gente sobre Elissa, Dido e seus companheiros de viagem. Conversei com sacerdotes de diferentes religiões, bancários, profissionais do sexo, pessoas que vivem da lei ou de sua transgressão. As informações fornecidas foram preciosas e, na medida do possível, tentei ser fiel a elas. Aos que escreveram sobre Dido antes de mim e aos que me ajudaram a desvendá-la, meu agradecimento. Eterno.

Produção editorial
Ana Carla Sousa
Gabriel Machado

Revisão
Flávia Midori
Rayana Faria
Sophia Lang

Projeto gráfico
Priscila Cardoso

Diagramação
Priscila Cardoso

Este livro foi impresso em outubro de 2010, pela Ediouro Gráfica, para a Editora Nova Fronteira. As fontes usadas no miolo são Adobe Jenson Pro e Gil Sans. O papel do miolo é pólen soft 70g/m², e o da capa é cartão 250g/m².